SANDRO VERONESI

BINGO!

SANDRO VERONESI

BINGO!

Reportagen aus dem anderen Italien

Aus dem Italienischen
von Bruno Genzler

C. Bertelsmann

Die Originalausgabe erschien 2002 unter dem Titel
»Superalbo. Le storie complete« bei Bompiani, Mailand

Umwelthinweis:
Dieses Buch und der Schutzumschlag wurden auf
chlorfrei gebleichtem Papier gedruckt.
Die Einschrumpffolie (zum Schutz vor Verschmutzung)
ist aus umweltschonender und recyclingfähiger PE-Folie.

1. Auflage

Satz: Uhl + Massopust, Aalen
Druck und Bindung: GGP Media GmbH, Pößneck
ISBN 3-570-00818-5
Printed in Germany
www.bertelsmann-verlag.de

Ich akzeptiere es.

Henry Miller

Stell dir vor, um sie herum sei ein Rahmen wie beim Fernsehen, stell dir vor, dass sie ein Stück aufführen und du ihnen dabei zusiehst. Du kannst auch daran teilnehmen, wenn du Lust dazu hast, oder auch einfach nur zusehen, ohne dich irgendwie einzumischen.

Thomas Pynchon, *Vineland*

INHALTSVERZEICHNIS

Komm, komm, komm

Es ist morgens Viertel vor sechs, und ich sitze auf der Leitplanke vor der Mautstation Prato-West an der Autobahn Firenze-Mare. Es regnet, und es ist kühl, durch den Hosenstoff spüre ich die Kälte des Metalls an meinen Schenkeln. Es ist nicht so, dass die Autobahn um diese Uhrzeit leer wäre. Eine Reihe von Kleinwagen mit Pistoieser Nummernschildern sind unterwegs, nähern sich, passieren die Schranke und lösen sich dann im Dunkel, in Richtung der Textilfabriken, auf. Und Lastwagen, jede Menge Lastwagen, die mit Wimpeln und überall mit blinkenden Lämpchen versehen an mir vorbeirauschen, mit einem Dröhnen, dass man Angst bekommen kann. Einer mit belgischem Nummernschild legt ein seltsames Wendemanöver hin und fährt dann direkt auf mich zu: Der Fahrer lehnt sich aus dem Fenster und fragt mich, wo die Grenze ist. Seit vielen Jahren wohne ich in der Gegend, aber zum ersten Mal höre ich, dass es hier eine Grenze geben soll. Ich schicke ihn zur Schnellstraße, Richtung Osten. So wird er irgendwann auf die jugoslawische Grenze stoßen – nachdem er die Adria durchquert hat. Und ich bleibe auf meiner Leitplanke sitzen und warte.

Um Punkt sechs, als die Männer im Kassenhäuschen gerade Schichtwechsel haben, naht der Bus. Ich mache winkend auf mich aufmerksam, und er antwortet mit einer Lichthupe und fährt an die Seite. Es ist ein Lazzi Super Turismo, zweistöckig, ein echtes Ausflugsungetüm. Drinnen sitzen zwei Fahrer und ein junger Mann, der jetzt aufsteht und mit einem Block in der Hand aussteigt. »Veronesi?«, fragt er. »Ja«, antworte ich, »aber ich bin allein. Ausgerechnet gestern ist meine Frau krank geworden.« Der junge Mann hakt meinen Namen auf der Liste ab und lässt mich einsteigen. »Das ist bestimmt die chinesische Grippe«, meint er, »die grassiert zur Zeit.« Und er begleitet mich hinauf, zu all den noch leeren Sitzen, denn, so erklärt er mir, ich sei der Erste, die anderen würden alle in Lucca und danach zusteigen. Aha, denke ich, mit meinem kleinen Streich zwinge ich sie also zu einem Umweg von hundertsechzig Kilometern. Der Bus setzt sich wieder in Bewegung. Ich habe meine erste Lüge verbreitet, und der Ausflug beginnt.

In der ersten Reihe sitzend, in der Ecke zwischen dem Seitenfenster und der Panoramawindschutzscheibe, beobachte ich, wie die Autobahn unter mir vorbeizieht, so wie John Voight im Greyhound in dem Film *Asphalt-Cowboy*: allein und mit einem weiten, weiten Weg vor sich. Nach Biella im Norden Italiens ist es wirklich eine lange Fahrt, es scheint ein Witz, dass jemand aus Prato bis dort hinauffährt, um sich seine Möbel zu kaufen. Doch Aiazzone hat für alles gesorgt: Sie kommen einen mit dem Bus abholen, spendieren ein Mittagessen und bringen einen abends wieder heim. Alles gratis und ohne Kaufverpflichtung, wie es im Fernsehen heißt. Ich hoffe wirklich, dass das stimmt, denn sonst sitze ich in der Patsche mit all meinen Lügengeschichten, angefangen mit denen, die ich im letzten Juli der Telefonistin erzählt habe, um auf die Liste zu kommen. Als ich dann Ende November überraschend Bescheid bekam, dass ich dabei sei, hatte ich meinen Anruf bereits vergessen. Man riet mir, einen Plan der einzurichtenden Wohnung mitzubringen, und um dort oben in Biella nicht aufzufallen, ließ ich mir den von einem Freund geben, der wirklich letztes Jahr geheiratet hat.

In Lucca fahren wir ab, um Leute aufzulesen. Es ist noch dunkel und weit und breit niemand zu sehen, der auf uns warten würde. Allerdings kommt mir der Treffpunkt auch recht unheimlich vor, in einer Kurve direkt hinter einer Unterführung.

Der Fahrer stellt den Motor ab, und der junge Mann verschwindet im Nebel, auf der Suche nach Fahrgästen. Er kommt zurück, immer noch allein, doch von Weiterfahren kann keine Rede sein. Die Zeit vergeht, es beginnt zu dämmern, und ich bin immer noch allein. Dann plötzlich tauchen im Methylenblau der Morgendämmerung drei Gestalten auf, die mit Zombieschritten auf uns zukommen. Im Nu bin ich von ihnen belagert. Der ganze Bus ist leer, aber ausgerechnet in meiner Ecke wollen sie sitzen, neben und gleich hinter mir. Es ist ein Vater mit zwei kleinen Töchtern, eine mit langen, die andere mit kurzen Haaren. Der Vater hat beschlossen, dass es der Platz direkt neben mir sein muss, vielleicht wegen der Panoramawindschutzscheibe. Aber warum nimmt er nicht die andere, vollkommen freie Seite, vor allem angesichts seiner sperrigen Ausrüstung: Die dicke Winterjacke, die er auszieht, zusammenrollt und zwischen unsere beiden Sitze klemmt, der Stock mit Silberknauf, der mir zwei-, dreimal aufs Knie fällt (tock!), und eine große Landkarte, auf der er die komplette Strecke in Echtzeit verfolgen will. Inzwischen sind noch weitere Leute eingestiegen. Ein jüngerer Mann in meinem Alter mit seinen Eltern, ein junges Ehepaar, wie ich und meine Frau es hätten sein sollen, wenn sie nicht plötzlich erkrankt wäre und vor allem, wenn ich eine hätte; ein älteres Paar und zwei betagte Schwestern mit strohblondem Haar, die sich so laut unterhalten, dass sie den ganzen Bus schon bald darauf mit einer Fülle von Details aus ihrem Privatleben versorgt haben. Mittlerweile ist es heller Tag. Ich drehe mich um, der Bus ist immer noch halb leer. Nur ich bin in eine Ecke gequetscht, umhüllt von der Landkarte, es ist wirklich kaum auszuhalten. Beim nächsten Halt werde ich mir einen anderen Platz suchen, denke ich, zumal über meinem Kopf ein Fernseher angebracht ist, und sollte der eingeschaltet werden, sähe ich überhaupt nichts. Bald fährt Alberto Tomba im Riesenslalom, und ich frage mich, ob sie uns das hier zeigen.

Bei einer Autobahnraststätte in der Höhe des Flusses Magra machen wir Halt um zu frühstücken. Leider ist dort komplett der Strom ausgefallen, und so soll es nichts werden mit unseren Cappuccinos. Die »Kerngruppen« (wie unser Begleiter sie nennt) haben sich schon verbrüdert und protestieren im Chor. Die Frau an der Kasse scheint außerdem noch mit dem falschen Fuß aufgestanden zu sein, und ihre Antwort fällt barsch aus. Es kommt zum Streit. Mir ist das peinlich, und so halte ich mich etwas abseits, während einer der beiden Fahrer mit einem starken florentinischen Akzent sagt, wenn es keinen Strom gäbe, könne das nur heißen, dass sie die Stromrechnung nicht bezahlt hätten, und der andere Fahrer lacht laut auf. Ich kaufe zwei Zeitungen und gehe hinaus. Doch als ich auf der Schwelle stehe, geschieht etwas Überraschendes: Mit ihren Protesten ist es meinen Reisegefährten gelungen, sich ihre Cappuccinos zu ergattern. Nicht dass plötzlich wieder Strom da wäre (das hätte ich gemerkt, es ist immer noch alles dunkel), doch von irgendwoher sind auf einmal einige Thermoskannen aufgetaucht, die die Kassiererin zuvor nicht erwähnt hatte, so dass schließlich alle ihren Kaffee kriegen, außer mir, dem Verräter. Dabei hätte ich schon große Lust gehabt auf einen schönen heißen Kaffee. Ich schlendere zum Bus zurück, wo die beiden Fahrer die *Gazzetta dello Sport* lesen, die sie drinnen gekauft haben. Sie sind also Sportfans, denke ich, vielleicht zeigen sie uns tatsächlich, wie Tomba fährt. Ich könnte sie gleich darum bitten, aber eigentlich bin ich überhaupt nicht berechtigt, in diesem Bus mitzufahren, ich bin ein Spion, und es kommt mir unangebracht vor, den anderen auch noch meine Vorlieben aufzudrängen. Es ist neun Uhr, die Übertragung beginnt in einer halben Stunde, ich warte und hoffe lieber.

Ich suche mir einen anderen Platz, weiter hinten, die Aussicht interessiert mich sowieso nicht. Doch schon im nächsten Augenblick kommt ein Herr, dem ein Finger an der rechten Hand fehlt, und macht mich darauf aufmerksam, dass das sein Platz sei.

»Schauen Sie, das ist Nummer einundzwanzig«, erklärt er mir äußerst höflich, indem er auf die Sitznummer deutet und mir dann ein Blatt zeigt, auf dem, mit Kugelschreiber, die gleiche Nummer steht: »Ich hab sie mir extra aufgeschrieben, bevor ich ausgestiegen bin.« Er wird so um die fünfzig sein, ein Süditaliener mit einem typischen Emigrantengesicht, schmal und runzlig wie das Blatt einer Kartoffelpflanze, und den Finger hat er vielleicht in einer Fabrik eingebüßt oder in jungen Jahren in Belgien in einem Bergwerk. Da ihm so viel an der Einundzwanzig liegt und der Bus immer noch halb leer ist, ziehe ich erneut um.

Nun sitze ich hinter den beiden blonden Schwestern, verfolge ihr Geplapper Minute für Minute, atme ihr Parfüm ein. Es ist ein Parfüm so alt wie sie, aber kräftig, visuell, ein Parfüm, durch das ihr ganzes Leben vor einem Gestalt annimmt. Es ist der Duft ihrer kleinen Wohnung im Erdgeschoss (eine ist Witwe, sie trägt einen Ehering, die andere eine alte Jungfer, denn sie trägt keinen), der ihres Schäferhundes, den sie heute einer gewissen Marisa in Obhut gegeben haben, das Parfüm des Sonntagsputzes, der Radio-Magazine um sieben Uhr morgens und das all ihrer Verwandten, der Söhne und Töchter, Schwiegersöhne und Schwiegertöchter und Enkel, die sich zum alljährlichen Weihnachtsessen für ein Foto aufgestellt haben. Ich kann nicht sagen, dass mir dieses Parfüm besonders behagen würde. Es ist so süßlich. Aber jetzt sitze ich nun mal hier und bin es leid, von Platz zu Platz zu ziehen.

Unterdessen hat sich der Mann mit der Landkarte verirrt. Gerade erklärte er seinen Töchtern noch die Topographie der Gegend, und mit einem Mal hat er die Orientierung verloren. Das Dorf, das linker Hand an einem Hügel klebt, kann er einfach nicht finden, und so behauptet er schließlich, dass es auf seiner Karte gar nicht drauf sei. Ich weiß, wie der Ort heißt, das ist Ameglia, und gleich dahinter kommt Monte Marcello, das sich steil über der Cinque-Terre-Küste erhebt. Ich erinnere mich noch genau, denn das war das Ziel des schönsten Familienausflugs, da war ich sechs. Und nun will dieser Mann solch einen Ort einfach aus Italien tilgen, nur weil er seine Landkarte nicht richtig lesen kann.

Es ist halb zehn, und wie durch Zauberhand schaltet sich der Fernseher ein. Aber ich komme gar nicht dazu zu jubeln, da laufen schon, statt Tomba, die ersten Bilder eines Films mit Michel Piccoli und Romy Schneider: *Die Spaziergängerin von Sans-Souci*, eine Story mit alten Nazis und Waisen, die ihre Familie rächen, und ich schlafe fast auf der Stelle ein.

Als ich aufwache, stehen wir auf einem Platz in Genua. Weitere Personen steigen ein. Frauen im Pelzmantel (ich zähle vier), dazu ein dickliches Mädchen, das sich sogleich daran macht, ein paar Kalorien zu verbrennen, indem es zwischen den Sitzen hin und her rennt, und ein dunkelhäutiger, in sich gekehrt wirkender junger Mann. Weitere zwei ältere Schwestern, nun in der ligurischen Version, braunes Haar, mager und ohne Parfüm. Ich frage mich, was sie bei Aiazzone kaufen wollen: ein neues Wohnzimmer vielleicht? Oder sind sie in ihrem Alter noch mal umgezogen? Vielleicht geht es auch um ein Hochzeitsgeschenk für irgendwelche Verwandte. Der Film jedenfalls hat die Atmosphäre abkühlen lassen, die Kerngruppen interagieren nicht mehr. Nun beginnt ein anderer Film, und ich erkenne sofort Walter Matthau, als Greis geschminkt, ja, es ist tatsächlich *Die Sunny Boys*. Ich kenne den Film fast in- und auswendig, sehe ihn mir aber auch gern noch mal an, um aus vollem Herzen zu lachen. Doch wie ich feststelle, bin ich der Einzige, der hier lacht. Die anderen schauen zu, lächeln hier und da, aber begeistert scheint niemand zu sein.

Mittlerweile bin ich schon sieben Stunden mit dem Aiazzone-Bus unterwegs. Ich bin müde und hungrig und wünschte, ich hätte mich nie auf die Sache eingelassen. Wie wohl Tomba gefahren ist? Draußen vor dem Fenster breitet sich ein riesiges Gewerbegebiet mit zahlreichen Textilfabriken aus, Spinnereien und Webereien mit freundlicheren Namen als die um Prato – Eden, Paradiso, Futura … Die Landschaft ist voralpin, schon halb französisch. Plötzlich beginnt es im Bordlautsprecher zu knacken, und die Stimme des Reisebegleiters lädt uns dazu ein, zu unserer Rechten das neue Möbelzentrum von Aiazzone zu bewundern, das demnächst eröffnet wird. Es handelt sich um einen weißen Block, der gar nicht enden will und wie aus Legosteinen gebaut scheint: 25 000 Quadratmeter Verkaufsfläche, erklärt man uns, plus Kino, Spielhalle, Kindergarten, Tennisplatz und Hotel, wo die Kunden, die von weit her kommen, übernachten können. Nächstes Jahr soll die Anlage eröffnet werden. Im Moment sieht sie jedoch noch recht trostlos aus. Wir folgen noch ein, zwei Kilometer einer stark befahrenen Straße, bis zum Restaurant Grillo d'Oro, wo es ein Mittagessen geben soll.

Das Grillo d'Oro muss man sich so vorstellen: Neonlampen, schwarze Kunstlederstühle, wahrscheinlich bei einer Zwangsversteigerung erstanden, Familienbetrieb, dazu ein Kellner in zerknittertem weißen Jackett. Ein langer Tisch ist bereits für uns gedeckt. Es dauert seine Zeit, bis alle Platz genommen haben (die unterschiedlichen Bedürfnisse der einzelnen Kerngruppen), auch weil mittendrin plötzlich eine der beiden Schwestern aus Lucca, die Witwe, zur Seite schwankt und einen Gummibaum direkt am Fenster umreißt. Ich spüre, wie er wie eine Pistolenkugel an meinem Hinterkopf vorbeischießt. Wir helfen der Witwe, die sich nichts getan hat, wieder auf die Beine, während der Kellner schon mit einem Tablett Maccheroni bereitsteht.

Ich habe einen Platz in der Mitte der Tafel erwischt und sitze einer Frau gegenüber, die sofort versucht, mich gegen diese Fahrt aufzuhetzen. Sie ist furchtbar gestresst vom Rauchverbot im Bus und lässt ihren Ärger an den Maccheroni aus – verkocht, aufgewärmt, verklebt –, nichts ist ihr recht. Eine andere Frau, die neben mir, schaltet sich tröstend ein, indem sie erklärt, dass das

Essen bei solchen Ausflügen ohnehin immer schlecht sei. Zu meiner Rechten überlegt man, woraus die Tomatensoße gemacht ist, während ich selbst noch gar nicht bedient wurde, weil das Tablett gerade einen Platz vor mir leer war. Als ich dann endlich an der Reihe bin und von den Maccheroni koste, stelle ich fest, dass sie gar nicht so schlecht schmecken, vielleicht ein ganz klein wenig verkocht, und in der Soße sind Oliven. Beim Essen folge ich den Gesprächen am Tisch, sie überlagern sich, das heißt, die Kerngruppen kommen sich wieder näher. Zu meiner Rechten ist man immer noch beim Thema Ernährung, nun unterhält man sich darüber, dass man wenig, aber dafür häufiger essen solle, um einer Übersäuerung des Magens vorzubeugen. Zu meiner Linken hingegen erörtert man die Frage, wie man sich bei einem Gewinn von 4 Milliarden Lire im Fußballtoto verhalten würde, und alle tun kund, zumindest eine Milliarde für wohltätige Zwecke spenden zu wollen: Das möchte ich sehen. Viele stimmen hier in ihren Urteilen überein, auch über das Huhn in Soße, das mittlerweile für alle aufgetragen wird und von dem es heißt, es wäre zu viel Soße dran. Mir schmeckt es, es ist sogar richtig gut. Dann gibt's noch Obst und Espresso, während man schon drängelt, dass wir wieder in den Reisebus klettern sollen.

Nun erinnere ich mich ja an die Fernsehspots von Aiazzone im letzten Sommer, als ich auf den Gedanken kam, mal selbst bei einer solchen Fahrt mitzumachen, und weiß, wie die Gäste dort empfangen werden: von einer Schar junger Mädchen mit Geschenken und Girlanden (wie auf Tahiti) und vom Moderator Artigiani, der die Gäste der Reihe nach interviewt. Doch die Realität sieht heute anders aus: Als wir beim Möbelzentrum eintreffen, sind wir ganz normale Kunden wie andere auch, weder das Fernsehen noch junge Mädchen mit Girlanden warten auf uns, und so etwas wie eine kollektive Enttäuschung macht sich breit, ich kann sie auf den Gesichtern meiner Gefährten ablesen. Was haben wir uns da bloß eingebildet?

Schon am Eingang wird jede Kerngruppe von einem Einrichtungsspezialisten in Empfang genommen, der sich persönlich um ihr Anliegen kümmern wird. Ich bilde eine Kerngruppe der besonderen Art, ich bin allein, und der Mitarbeiter, an den ich gerate, ist ein junger Mann mit lichtem Haaransatz, der in seine Unterlagen schaut und sagt: »Sie suchen also ein Esszimmer und ein neues Wohnzimmer, nicht wahr?« Das muss es wohl sein, was ich aufs Geratewohl der Telefonistin angegeben habe, als ich vor fast sechs Monaten dort anrief. Nachdem klargestellt ist, welcher Stil es sein soll (für mich eher modern), führt mich mein Berater in die Ausstellungshalle: Dutzende von Wohnzimmern, Küchen, Esszimmern usw., komplett mit Nippes und Ziergegenständen, so als würde jeder Raum bereits zu einem eigenen Heim gehören. Das ist also die oft gepriesene »enorme Auswahl«. Mir würde es schwer fallen, jetzt zu erklären, ich hätte keinerlei Absicht, irgendetwas zu kaufen, und so finde ich mich, nachdem wir eine Zeit lang in der Ausstellung herumgewandert sind, an einem Tisch wieder, auf dem der Plan von der Wohnung meines Freundes ausgebreitet liegt. Nun also mein Anliegen, ein Esszimmer und ein Wohnzimmer. Ich versuche, mir die Möbelstücke in Erinnerung zu rufen, die mir am besten gefallen haben, obwohl man sagen muss, dass unsere Geschmäcker, der von Aiazzone und der meinige, nicht gerade perfekt übereinstimmen. Das muss daran liegen, dass die Professoren an der Uni meinen Kopf sechs Jahre lang mit den Entwürfen der Bauhausarchitekten, von Jerry Rietveld oder auch Carlo Scarpa gefüttert haben, von Leuten also, deren Möbel nicht dazu gedacht waren, per fünfjähriger Ratenzahlung an den Mann gebracht zu werden, mit Auslieferung in ganz Italien, »einschließlich der Inseln«. Doch sei's drum, schließlich haben wir das Heim meines Freundes tatsächlich neu eingerichtet. Mein Berater hantiert jetzt mit Listen herum und nennt mir den Preis: 10 Millionen 700 000 Lire, um mir dann auf der Stelle einen Rabatt von 2 Millionen einzuräumen. An diesem Punkt bleibt mir nichts anderes übrig, als endlich zu gestehen, dass ich nichts zu kaufen gedenke: Ohne meine Frau, nuschle ich, könne ich das nicht entscheiden, und leider habe sie nicht mitkommen können, weil ausgerechnet gestern die chinesische Grippe sie erwischt habe. »Sie ist etwas eigen«, füge ich hinzu, um klarzumachen, warum ich nicht eigenständig entscheiden kann. Also ruft der Einrichtungsberater den Verkaufsleiter an. Jetzt ist es so weit, denke ich, ich habe ausgespielt, jetzt schmeißen sie mich raus und verlangen noch das Geld für die Fahrt und das Mittagessen zurück. Doch als der Verkaufsleiter anrückt, gibt er mir gleich noch mal 2 Millionen Rabatt, einfach so. Er hält mich für einen ganz Ausgefuchsten, einen harten Knochen, und geht noch eine weitere Million runter. Nun bekäme ich ein Wohnzimmer und ein Esszimmer für 5 Millionen, das ist günstig. Das heißt, es wäre vielleicht günstig für mich, wenn ich kürzlich geheiratet und eine neue Wohnung einzurichten hätte. Aber es hat keinen Sinn, ich muss hart bleiben. Ich verspreche wiederzukommen, bleibe aber dabei, dass ich mich im Moment zu nichts verpflichten kann. Der Verkaufsleiter, als wahrer Gentleman, erklärt, das tue ihm Leid, so günstige Preise würde ich zu einem späteren Zeitpunkt nicht mehr vorfinden, erkennt aber an, dass, wenn ich mich tatsächlich schon im letzten Juli für diese Fahrt beworben habe, der Fehler wohl bei ihnen liege, und entschuldigt sich dafür. Er drückt mir energisch die Hand und gibt mir die besten Wünsche für die baldige Genesung meiner Gattin mit auf den Weg.

Es ist halb fünf, die Rückfahrt ist für sechs Uhr vorgesehen. Ich beginne durch Schlafzimmer und Bauernküchen zu streifen, umgeben von Spiegeln, Schränken, Tischchen ... Hin und wieder treffe ich auf eine Kerngruppe von Reisegefährten, die, in Berechnungen versunken, um ihren Spezialisten herumsitzen, während über Lautsprecher immer noch die beiden Schwestern aus Lucca ausgerufen werden, die offenbar ihren Innenarchitekten verloren haben. Ich trete hinaus ins Freie. Es ist schon wieder dunkel, kalt ist es auch, der Reisebus ist abgeschlossen. Ich überquere eine Art Autobahn und finde Unterschlupf in einer Bar, wo sich auch die beiden Fahrer aufhalten, die mit der Kassiererin plaudern, und irgendwie vergeht die Zeit.

Als wir wieder losfahren, haben alle eine durchsichtige Plastiktüte voller kleiner Geschenke auf dem Schoß (Gummifrösche, Federmäppchen, galaktische Ungeheuer, Sweatshirts), ein Zeichen, dass jede Kerngruppe etwas gekauft hat. Nur ich habe nichts, und das ist wie ein weit sichtbarer Makel, der an mir haftet: Ich überlege, wie mich die anderen bedauern werden, so allein, so schweigsam die ganze Zeit, und noch nicht mal einen Gummifrosch … Es herrscht nun eine Atmosphäre wie bei einem Ausflug des Alpenvereins, alle reden laut durcheinander, lachen, scherzen. Niemand jedoch erzählt davon, was er gerade gekauft hat, vielleicht aus Angst festzustellen, dass die anderen günstiger weggekommen sind.

Und ich überlege: All das läuft unter dem Schirm eines einzigen Schutzgottes: des Fernsehens. Das Möbelland Aiazzone ist ein x-beliebiges Möbelhaus, wie es in meiner Gegend, in Quarrata oder in Ponsacco, viele gibt. Die Möbel sind nicht besser und nicht schlechter als irgendwo sonst. Gewiss, sie sind preiswert, aber Rabatte gibt es im Grunde überall, seitdem die Welt besteht. Warum zum Teufel nehmen die Leute diese Mühe auf sich, auch wenn sie mit dem Reisebus abgeholt werden und man ihnen ein Mittagessen spendiert, warum opfern sie einen ganzen Tag, um sich ein Wohnzimmer zu kaufen? Doch nur dank der Macht des Fernsehens. Mit dem Fernsehen hat sich Aiazzone einen neuen Markt geschaffen, auch ich habe eine halbe Nacht wie hypnotisiert vor dem Fernseher verbracht und dem Redeschwall der Moderatoren gelauscht. Sie haben Werbeslogans und neue Komiker lanciert, Jingles, die die Leute auf der Straße summen (»Komm, komm, komm zu Aiazzone«), und Moderatoren, die später zu

Stars wurden, wie Guido Angeli etwa (den sie hier im Bus alle Piero Angela nennen). Und dann die Tragödie um den Eigentümer von Aiazzone, der vor zwei Jahren mit seinem Privatjet abstürzte, gerade als er plante, die Kunden nicht mehr nur mit dem Reisebus, sondern mit Charterflügen nach Biella zu transportieren. Auch unsere Fahrt, diese unaufhörliche Bombardierung mit Filmen, um uns ruhig zu halten, und die Gespräche unter den Kerngruppen stehen ganz im Zeichen des Fernsehens. Was da zum Beispiel zwischen dem jungen Paar aus Lucca und den beiden Schwestern aus Genua abläuft, ist ganz symptomatisch: Sie glauben, sich zu unterhalten, tun in Wirklichkeit aber nichts anderes, als sich gegenseitig noch einmal Antworten aus der Quizshow gestern Abend im Fernsehen aufzuwärmen. Zufällig habe ich die Sendung auch gesehen und merke es deshalb. Sie haben sich die Informationen angeeignet (zu welcher Tageszeit die meisten Unfälle auf den italienischen Straßen passieren, wie viele Jahrhunderte der Vatikan brauchte, um die Lehre von Galileo Galilei anzuerkennen usw.), unterlassen dabei aber jeden Hinweis auf die Sendung, aus der sie diese Kenntnisse haben, so als hätten sie diese Dinge schon immer gewusst und als handle es sich hier um ganz normale Themen für eine Plauderei im Reisebus. Es ist echtes Recycling, ähnlich wie wenn Gelder, die ein Mafioso im Drogenhandel verdient hat, in der Lohntüte der Hilfsarbeiter landen, die in seinem Unternehmen angestellt sind. Doch egal wie, als die Stimmung immer ausgelassener wird und schon Stimmen laut werden, gemeinsam ein Lied zu singen, wird plötzlich ein neuer Film mit dem italienischen Komiker Renato Pozzetto eingelegt. Und anders als bei Walter Matthau lacht jetzt die ganze Gesellschaft. Doch jede Kerngruppe besinnt sich nun wieder auf sich selbst, die Lichter sind gelöscht, die Kontaktphase ist vorüber.

Ich würde gern schlafen, aber ich kann nicht. In Genua äußern die beiden Schwestern den Wunsch, vor die Tür ihres Hauses gebracht zu werden, es sei neun Uhr abends, und sie hätten Angst auf der Straße, und als man merkt, dass sich der Reiseleiter dazu bewegen lässt, beginnt der ganze Bus, sie aus vollem Herzen zu hassen. Wir wollen auch heim, wir können nicht mehr. Zum Glück werden wir am Hafen aufgehalten: Protestierende Matrosen haben sich mitten auf die Straße gelegt, wir kommen nicht durch. Weiter um schützenden Beistand flehend, werden die Schwestern am Kai ausgeladen, unter tausend Entschuldigungen, aber anders geht's leider nicht.

An der Autobahnraststätte Genua Nervi halten wir erneut, damit wir etwas essen und zur Toilette gehen können. Alle kaufen ein Los der Neujahrslotterie, denn die ist an eine andere Lotterie gekoppelt, bei der man als Gewinn das ausbezahlt bekommt, was man konsumiert hat, aber niemand gewinnt. Da ich nicht auf die Toilette muss, stelle ich mich noch mal an, um meiner Mutter *marrons glacés* mitzubringen, die sie so mag. Und als ich rauskomme, sehe ich, wie der Bus dabei ist, ohne mich loszufahren. Einen Moment lang steht mir in aller Deutlichkeit der ganze Fall Majorana* vor Augen, denn ich spüre genau, dass ich nicht mehr die Kraft zu reagieren hätte, wenn mir das Gleiche passierte. Ließe man mich hier tatsächlich allein zurück, fände ich nicht mehr nach Hause, ich würde mich im Nichts auflösen. So renne ich also auf den Bus zu und habe das Glück, dass mich einer der beiden Fahrer beim Wendemanöver im Rückspiegel bemerkt und wieder aufnimmt. Aber viel hätte nicht gefehlt.

Man zeigt nun den x-ten Film, aber viele schlafen schon. Heimlich mache ich mich daran, eine Zigarette zu rauchen, während in der ersten Reihe Xamamina gereicht wird, weil einer der

* *Das Verschwinden des Ettore Majorana*, Roman von Leonardo Sciascia, in dem der Autor das Leben des bedeutenden Kernphysikers Majorana rekonstruiert, der 1938 unter rätselhaften Umständen spurlos verschwand. (Anm. d. Übers.)

beiden Schwestern aus Lucca schlecht geworden ist. Es ist elf, als in Lucca alle aussteigen. Sie gehören jetzt zur großen Aiazzone-Familie, und wer weiß, vielleicht haben sie in einem Monat alle genau die gleichen Wohnzimmer. Man verabschiedet sich voneinander, aber ohne großen Gefühlsüberschwang. Vielleicht unterschätzen sie die Tatsache, dass sie sich nie mehr wiedersehen werden, oder es macht ihnen gar nichts aus. Vielleicht haben sie aber auch schon ihre Adressen ausgetauscht und werden sich Karten schreiben. (»Romoli wer?« – »Na du weißt doch, die aus dem Bus, als wir bei Aiazzone waren!« – »Ach ja.«)

Ich bin wieder allein. Über den Bildschirm läuft nun ein alter Perry-Mason-Film, durch den ich noch melancholischer werde. Seit achtzehn Stunden bin ich nun unterwegs. Sechzehn davon habe ich stumm wie ein Fisch verbracht, Filme geschaut oder mir die Privatgeschichten anderer Leute angehört und die restlichen zwei einem Einrichtungsspezialisten in Biella Unsinn erzählt. Nicht gerade ein berauschender Tag. Irgendwie erinnert er mich an meinen ersten Tag beim Militär, in der Feuerwehrkaserne Capannelle. Und gäbe es nicht die Fernsehspots, wären auch Aiazzone, Biella, die Schwestern aus Lucca, sogar dieser Reisebus dazu verdammt, in meinem Gedächtnis zu Brei zu werden, zu etwas Vagem und Konfusem, so wie der schwarze Zahn des Unteroffiziers Schillace (oder hieß er Sabella?), der mir so gern die Ausgangsgenehmigungen verweigerte. Aber so wird es nicht sein, denn wenn ich nachts in ein Programm von Aiazzone schalte, werde ich im Hintergrund die Einrichtungsspezialisten wiedererkennen und alles wieder vor Augen haben, für immer, mit teuflischer Klarheit, obwohl ich gar kein Wohnzimmer gekauft habe.

Es ist schon nach Mitternacht, als sie mich an der Ausfahrt Prato-West rauslassen. Der Kassierer sitzt in seinem gläsernen Käfig und starrt auf einen kleinen Schwarz-Weiß-Fernseher. Er also auch. Ich gehe hin und klopfe. »Wie ist Tomba heute Morgen gefahren?«, frage ich. Der Kassierer blickt mich verwundert an, auf so eine Frage war er nicht vorbereitet. »Tomba?«, fragt er. »Ja, Tomba. Heute Morgen war doch Riesenslalom. Wie ist er gefahren?« – »Ach so«, und er schüttelt den Kopf. »Der hat verloren. Er ist gestürzt.« Auch das noch. Jetzt ist seine Glückssträhne auch beendet.

Fundbüro

Handys, Terminkalender, Fotoapparate, Schirme, Taschen, Koffer, Tagesrucksäcke, Uhren, Schmuck, Gebisse, Holzbeine, Bücher, Stühle, Kocher, Lexika, Fahrräder, Strumpfhosen, Broschen, Figürchen, Schlüsselanhänger, Unterhosen, Pullover, Bälle, Ostereier, Baseballkappen, Sturzhelme, Tennisschläger, Föns, Hüte, Handschuhe, Krücken, Spielzeug, Käsereiben, Skateboards, Medikamente, Zahnbürsten: Es gibt nur einen Ort, an dem man alle diese Dinge zusammen ausgestellt findet ...

Sehr höflich werde ich am Bahnhof Santa Maria Novella in Florenz empfangen, wo ich dem Fundbüro einen Besuch abstatten möchte. Man vertraut mich Signor Nardi an, dem Leiter und zuverlässigsten Gedächtnis eines verblüffenden Universums, das sich nur um Dinge dreht, die in Zügen vergessen werden. Zunächst einmal holt Nardi aber eine große Schachtel Pralinen aus einem Spind hervor und bietet mir davon an. Es handelt sich um das Geschenk eines Reisenden, der gerade seinen Terminkalender mit Geld darin wiederbekommen hat. Dann beginnt er, mir die merkwürdigsten Anekdoten zu erzählen, um gleich schon mal klarzustellen, wie er über den Zustand der Welt denkt. Wie kann man bloß sein Holzbein im Abteil vergessen? Und doch ist es passiert. Oder sein Gebiss? Oder einen Kocher? Im Gespräch mit ihm wird eines sofort deutlich: dass das Verlieren von Dingen anders als man vielleicht denken mag, hier keine persönliche Angelegenheit ist; ich hatte einen Terminkalender mit großen Scheinen drin, jetzt ist er weg, ich Ärmster – nein, so funktioniert das nicht. Im Gegenteil, dieser Verlust ist bloß der Ausgangspunkt eines Prozesses, in den zahlreiche Leute verwickelt sein können. Denn auf jeden Menschen, der etwas im Zug verliert, kommt *immer* ein weiterer, der den betreffenden Gegenstand findet. Und dieser Finder hat nun zwei Möglichkeiten: Entweder er behält ihn stillschweigend, so dass der Gegenstand in seinen Händen weiterlebt wie von Hehlern weiterverkauftes Diebesgut, was häufig der Fall ist. Oder er bringt ihn zum Fundbüro, setzt also jenen Prozess in Gang, von dem ich hier erzählen will. Doch so oder so, auf alle Fälle ist jenes Gefühl eines Endpunkts, das einen beschleicht, wenn man etwas verliert, vollkommen trügerisch, denn verloren zu gehen und wiedergefunden zu werden gehört sozusagen zum natürlichen Kreislauf der Dinge. In der Tat machen wir uns doch gar nicht bewusst, dass das Leben der Dinge viel länger dauert, als wir uns um sie zu kümmern bereit sind.

Nardi erklärt mir, wie aufwendig es ist, verlorene Gegenstände aufzubewahren. Denn – und das ist das Beeindruckende – es sind wirklich viele Dinge, die niemand wiederhaben will. Und in diesen Fällen ist die Prozedur lang und kompliziert. Nehmen wir ein banales Beispiel: Ich habe meinen Koffer im Zug vergessen. Sobald er im Fundbüro abgegeben wird, öffnet man ihn, um festzustellen, ob sich Hinweise darin befinden, die zu mir führen könnten, und ist das nicht der Fall, wird er wieder verschlossen und drei Monate aufbewahrt, in Erwartung, dass ich dort erscheine und nach ihm frage. Aber das tue ich nicht (weil ich gestorben bin oder verhaftet oder ausgewiesen wurde oder nach Australien zurückgekehrt bin oder ganz einfach, weil mich der Koffer nicht mehr interessiert), und so wird der Koffer nach drei Monaten wieder geöffnet und alles, was er enthält, aufgelistet und nach verschiedenen Kategorien sortiert: Unterwäsche, Wollkleidung, Elektrogeräte usw. Eine richtige Puzzlearbeit. Nachdem der Koffer auf diese Weise in seine Einzelteile zerlegt und in große homogene Felder eingeteilt ist, wird das Inventar bei der nächsten jährlichen Versteigerung unter die Leute gebracht. Es handelt sich um eine ganz offizielle Veranstaltung, mit Schätzungen von Gutachtern der Sparkasse, Auktionatoren und vor allem Käufern. Offenbar gibt es viele Liebhaber solcher Versteigerungen, die in zähem Ringen Fundsachen ergattern, um sie dann an irgendwen weiterzuverkaufen. Und so beginnt neben dem eigentlichen Koffer auch alles, was er enthielt und nicht abgeholt wurde, in den Händen anderer Menschen ein neues Leben zu führen.

Nun endlich geht Nardi auch von der Theorie zur Praxis über, führt mich zum Depot, und ich *sehe*, *sehe* all die verlorenen Sachen wie Schaufensterdekorationen in den Metallregalen liegen und darauf warten, dass jemand sie zurückhaben will. Und trotz allem, was mir Nardi gerade über die lange bürokratische Prozedur erzählt hat, die diese Gegenstände am Leben erhalten wird, so wandern meine Gedanken zu den Besitzern, die sie verloren haben; zu dem Stich im Herzen, den jeder von ihnen empfunden haben muss, als er feststellte, dass sie fort waren. Ein Motorradhelm. Ein Handy. Eine Tasche mit – ach – bereits schön eingepackten Geschenken. Es ist wirklich ein furchtbar trauriges Bild: Ich schwöre, dass ich nie wieder etwas verlieren werde. Und es tröstet mich weder der Gedanke an die Geier, die sich bei der nächsten Versteigerung auf diese Sachen stürzen werden, noch der Gedanke an die Armen, an die sie im besten Fall diese Sachen für wenig Geld weiterverkaufen werden. Diese »Action-Man«-Packung war für einen ganz bestimmten kleinen Jungen gedacht, er war es, der damit spielen sollte. Verdammt noch mal, warum konnte jener Vater – oder jene Mutter – nicht besser aufpassen? Wo war die Person mit ihren Gedanken, als sie aus dem Zug stieg? Und warum kommt sie nicht her?

Bevor ich gehe, frage ich Nardi: »Warum lassen die Leute ihre Sachen liegen? Brieftaschen voller Geld, Weihnachtsgeschenke – es sind vielleicht die wertvollsten Dinge, die sie dabei haben, und die vergessen sie einfach im Zug. Wie kommt das?« Und seine Antwort gefällt mir: »Ich glaube, es liegt am Stress. Auch wenn Reisen heutzutage vollkommen normal ist, es bleibt eine heikle Angelegenheit, die mit Anspannung verbunden ist, manchmal sogar mit Angst. Und so mag jemand unter diesem Druck ausgerechnet das tun, was er auf jeden Fall vermeiden wollte, und bringt sich damit in Schwierigkeiten.« Genau. *Act manqué* hat es Lacan genannt und dazu eine erschütternde Theorie aufgestellt. Man kann auch weise werden, wenn man Leute beobachtet, die ihre Sachen verlieren.

Ein idealer Tag für Welse

Eines Tages nahm Stefano Benni seine kleine Nichte zum Angeln an einen kleinen privaten Angelsee nicht weit von Bologna mit. Während er so dasaß und auf den Schwimmer blickte, zupfte ihn das Kind plötzlich am Ärmel und rief: »Schau mal, Onkel, da ist ein *Herr* unter Wasser, der schaut uns die ganze Zeit an.« Aber das war kein Herr, sondern ein Wels. Schon bald trafen drei, vier Kopfgeld-Fischer aus der Gegend von Mantua ein, die man unverzüglich benachrichtigt hatte; und nach einer Jagd von einigen Tagen fingen sie ihn. Er war einen Meter achtzig lang.

Vor zwei Jahren stand ein Mann perfekt ausgerüstet an der Adda, um Karpfen und Katzenfische zu angeln. Er hatte Großes im Sinn. Was er herauszog, war ein Wels von zwei Meter dreißig Länge. Ich habe das Foto in der Zeitung gesehen: Der Fischer mit entgeistertem Blick, und neben ihm der Wels, an einem ellenlangen Pfahl baumelnd, das riesige Maul weit aufgerissen, die beiden Bartfäden wie Antennen von Marsmenschen nach unten gebogen.

Welse haben ein spezielles Merkmal: Sie sind unglaublich gefräßig. In den Balkanländern heimisch, wurden sie vor vielleicht fünfzehn Jahren von ahnungslosen Betreibern privater Angelseen nach Italien importiert, zusammen mit einem weiteren recht eigenartigen Fisch mit roten, fleischigen Lippen, dem Tolstolob. Durch Abwasserkanäle, Bäche, Nebenflüsse konnten sie sich nach und nach bis zum Po verbreiten und waren nun dabei, wie man lesen kann, mit rasender Geschwindigkeit die ganze norditalienische Fischwelt zu verschlingen. In einem alarmierenden

Artikel in der Bologneser Tageszeitung *Resto del Carlino* bezeichnete man kürzlich den Wels als »ultimative Bedrohung« des ohnehin schon aus den Fugen geratenen ökologischen Gleichgewichts der Wasserläufe Norditaliens. Mittlerweile sind auf ihre Köpfe Belohnungen von Hunderttausenden von Lire ausgesetzt.

All diese Dinge gehen mir durch den Kopf, während ich mit dem Wagen im Apennin unterwegs bin und mir immer klarer wird, dass ich mich tatsächlich verirrt habe. Irgendwo hinter der Autobahnausfahrt Pian del Voglio muss ich falsch abgebogen sein, und nirgendwo ist ein Schild zum Futa-Pass zu sehen. Stattdessen lese ich bizarre Namen auf den Prellsteinen (Gnizzano, Prato delle Donne) und unglaublich hohe Nummern für die Provinzstraßen. Das einzige menschliche Wesen, dem ich begegne, hat sich noch hoffnungsloser verirrt als ich. Der Mann sucht die Straße zurück nach Ravenna: »Wo zur Hölle sind wir hier«, meint er mit eher verwunderter als besorgter Miene. Darüber hinaus hatte auch die Dame, die mir am Telefon antwortete, als ich beim Lago dei Castori anrief, um zu erfahren, wo der See überhaupt liege und wie man dorthin fahren müsse, recht ungenaue Vorstellungen von den geographischen Verhältnissen. Das heißt, sie wusste selbst nicht so recht, von wo aus sie mit mir sprach, und erzählte verschwommen von einer Gegend mit Orten wie Raticosa, Val di Zena, Quinzano. Natürlich, denke ich jetzt und erinnere mich an einen alten Witz, sie war ja schon da, und wer sich verfahren hat, bin ich.

Kreuz und quer fahre ich durch die Täler und treffe nur Waldarbeiter, die auf den Ladeflächen von Kleinlastern schaukelnd an mir vorübersausen und auf meine Zeichen anzuhalten nur freundlich zurückgrüßen. Und doch komme ich schließlich, ich weiß auch nicht, wie, am Lago dei Castori an. Es ist schon Mittag, der Himmel hat sich vollkommen bezogen, und im Wind biegen sich die Zweige der Akazien, Steineichen und einiger anderer Bäume, deren Namen ich nicht kenne. Aber es ist ein schöner Ort. Immerhin. Schlangenförmig, lang und schmal, zieht sich der See hin, also keiner von den sonst üblichen tristen gelblichen Pfützen, die man von der Straße aus sieht. Am Ufer reihen sich Metallbänke und -stühle aneinander, auf denen reglos Angler sitzen. Es gibt eine Holzbaracke, wo Angeln und Köder verliehen werden, und ich hoffe, dort Signor Casarini zu finden, den alten Eigentümer des Lago dei Castori, der als einer der größten italienischen Importeure von Welsen gilt.

Der junge Mann, den ich dort antreffe, wird zwar nicht der Chef sein, aber zumindest sein Sohn. Er ist damit beschäftigt, Geld entgegenzunehmen, Angeln zurückzustellen, Wechselgeld abzuzählen. Die Kunden sprechen ihn mit Vornamen an (Ivan) und zeigen, dass sie mit ihm befreundet sind. Sie sind ungefähr in seinem Alter, also auch in meinem, wir sind alles Gleichaltrige hier. Während ich darauf warte, mit Ivan allein zu bleiben, tue ich so, als würde ich mich für das Gewusel von Würmern in einer Schublade interessieren und komme dann ohne Umschweife zur Sache. Ich stelle mich vor und erkläre ihm, dass ich aus der Toskana angereist bin, um alles Wissenswerte über Welse zu erfahren. Ihr Leben, ihre Gewohnheiten und Eigenschaften, ihre Taten und die Legenden, die sich um sie ranken. Er hat sie gesehen, hat sie gezüchtet, kennt sie genau, ich bin also an den Richtigen geraten. Er fordert mich auf, unter einer Pinnwand voller Fotos von Anglern und ihrer Beute Platz zu nehmen, und setzt sich dann, sehr emilianisch, zu mir, wie um eine weitschweifige Unterhaltung zu beginnen.

»Haben Sie in Ihrer Gegend auch einen See aufgemacht?«, lauten seine ersten, etwas seltsamen Worte.

Warum auch nicht, sage ich mir. Als Junge wollte ich mal Astronaut werden oder Spion oder Feuerwehrmann, und obwohl ich nicht im Traum daran gedacht hätte, einmal einen Angelsee aufzumachen, wird mir jetzt klar, dass das so absurd gar nicht ist. Manche Leute tun das eben. Er, Ivan Casarini, betreibt einen

Angelsee, und er ist der Sohn eines Mannes, der einen Angelsee betreibt. Für ihn ist es also ganz normal zu denken, dass andere auch Seen betreiben.

»Nein«, antworte ich, »ich habe in meinem ganzen Leben noch keinen Fisch gefangen. Mich interessieren Welse, sonst nichts.«

Ich bin gespannt, wie Casarini reagiert, denn ich fürchte, er könnte sich jetzt zurückziehen, angesichts der Tatsache, dass die Welse in der letzten Zeit ziemlich ins Gerede gekommen sind. Doch er bleibt sitzen, lächelt sogar. Vielleicht mustert er mich innerlich, und dabei wird ihm klar, dass ich ihm nicht schaden kann.

»Ich würde auch gerne mal einen sehen«, füge ich hinzu, »wenn das möglich ist.«

Casarini schüttelt den Kopf. Ganz, ganz schwierig. Seit mehr als einem Jahr sei in seinem See kein Wels mehr gefangen worden. Er zeigt auf ein Foto an der Pinnwand über meinem Kopf: Ein kräftiger Junge mit einem runden Gesicht und einem schmalen Bart, der den ganzen Unterkiefer umrahmt – ein Gesicht, das mich an jene erinnert, die mein Vater früher an Ostern auf die gesegneten harten Eier malte –, hält mit erschütterter Miene einen mächtigen Fisch auf dem Arm. Das war der letzte Wels, der im Lago dei Castori gefangen wurde, erfahre ich, im Juni 1987, ein Meter zwanzig lang. Zwei Tage und eine Nacht lag der Junge auf der Lauer, ohne zu essen, ohne sich zu bewegen, ohne etwas anderes zu tun, als auf die gekräuselte Wasseroberfläche und den phosphoreszierenden Schwimmer zu starren. Ich schaue mir ein anderes Foto an (1981), unter dem mit Filzstift geschrieben steht: »Der Allergrößte«. Ein riesiger Wels, ein Meter vierundsechzig lang, rücklings auf einem Stuhl, die Bartfäden zu Boden gerichtet. Daneben ein Mann in der Hocke mit selbstzufriedenem Blick, das Gesicht wie auf einem Werbeplakat, das Friseure gerne neben ihren Meisterbrief an die Wand hängen (toupiertes Haar,

Haarlack, rote Wangen). Sechs Stunden hat es gedauert, bis der an Land war, erzählt mir Casarini. Nachdem der Wels angebissen hatte, führte er den Angler den ganzen Morgen lang um den See herum spazieren. Dann erst ließ er sich ein wenig in Richtung Ufer ziehen. Er selbst, Ivan, war es dann, der mit seinen hohen Anglerstiefeln ins Wasser stieg, um dem Fisch die Kiemen zu harpunieren, und zwar mit einem Gerät, dessen Namen ich sofort wieder vergesse. Das Ganze geschah an einem Sonntag, und eine große Menschenmenge hatte sich versammelt, um die Männer anzufeuern.

»Sehen Sie«, fährt Casarini fort, »der Angler ist ein mit einer unerschöpflichen Fantasie gesegneter Mensch. Wie könnte er auch sonst Stunde um Stunde an einer Stelle verharren, wenn nicht seine Einbildungskraft unablässig aktiv wäre.«

Seine Augen glänzen, während er das sagt. Jedenfalls sei das eine notwendige Vorbemerkung, erklärt er mir, um sich ein wenig von den bizarren Geschichten zu distanzieren, die er mir erzählen will. In seinem Umfeld muss Casarini als Skeptiker gelten.

Die erste Geschichte stammt aus dem Fundus der Lastwagenfahrer, die ihm die Welse aus Jugoslawien bringen. Um große Welse zu fangen, verwendet man im Osten Angelhaken wie für die Thunfischjagd und lebende Köder, üblicherweise Entenküken oder Hühner. Die bindet man in der Nähe der Angel an, wirft eine robuste Angelschnur in die Donau oder Wolga aus und braucht dann nur noch eine Nacht zu warten. Am nächsten Morgen findet man dann anstelle des Federviehs den Wels, der es gefressen hat, schon erschöpft von dem langen Kampf mit dem Stahl des Angelhakens, und zu dritt oder zu viert können sie ihn dann an Land ziehen.

»Ich habe von einem Mann gelesen, der behauptet, ein Wels habe seinen Hund gefressen«, werfe ich ein. Es stimmt, das habe ich tatsächlich gelesen.

Casarini kichert. Er kennt diesen Mann. Es ist jemand aus

Mantua (in Mantua scheint man auf Welse richtig fixiert zu sein, stelle ich fest). Aber das sei alles erfunden, erklärt er mir dann, dessen Hund sei ein Setter gewesen, und ich wisse ja wohl, wie groß Setter sind.

»Wäre es ein Fuchshund gewesen«, räumt er ein, »könnte das ja noch angehen. Aber ein Setter…«

»Aber stimmt es denn«, hake ich nach, »dass Welse nachts die Flüsse verlassen und über Land streifen, um Hühner und Mäuse zu jagen?«

Das habe er auch irgendwo gelesen. Casarini schüttelt jedoch den Kopf, gibt sich wieder skeptisch.

»Übertreibungen. Katzenfische schon, die verlassen schon mal das Wasser, ich habe selbst gesehen, wie sie sich an Land bewegen, aber Welse, nein, die können das nicht.«

Er richtet seinen Blick auf den kleinen See und deutet mit dem Finger auf ein Entenküken, das ungefähr dreißig Zentimeter vom Wasser entfernt unter einer Bank kauert.

»Sehen Sie dieses Entchen da? Das könnte gefährdet sein. Denn ein Wels könnte aus dem Wasser schnellen und es sich schnappen. Zöge es sich jedoch einen halben Meter weiter zurück, vielleicht bis zur Steineiche dort, wäre es in Sicherheit.«

»Ich habe auch gelesen, im Bauch eines Welses habe man die Hand einer Frau mit vielen Goldringen an den Fingern gefunden«, erzähle ich weiter, und jetzt beginnt Casarini zu lachen, davon hat selbst er noch nie gehört. Kein Wunder, die Sache habe ich mir gerade einfallen lassen.

»Wo soll das gewesen sein?«, fragt er.

»In der Nähe von Mantua.«

»Tja…«, Casarini gibt sich wieder sehr skeptisch, »schwer zu glauben. Der Wels hat ja keine scharfen Zähne wie zum Beispiel ein Hecht.«

Dann jedoch wird er nachdenklich.

»Obwohl«, setzt er wieder an, »die Geschichte von dieser armen Frau im Po…, die kennt ja jeder, und die scheint zu stimmen.«

Und jetzt verkauft er mir geradewegs eine Po-Ebenen-Version der ersten Szene aus dem *Weißen Hai*, mit allen Details, mit Morgennebel und nacktem Mädchen, das ein Bad nimmt, nur dass sich das Mädchen hier in Sicherheit bringen kann, weil es schneller schwimmt als der Wels und – während der Fisch es verfolgt und wie im Zeichentrickfilm immer ins Leere schnappt – noch rechtzeitig das rettende Ufer erreicht.

Eine Tür öffnet sich, und eine Frau mit einem unsicheren Lächeln steht auf der Schwelle. Das Essen sei fertig, sagt sie zu Ivan. Es muss sich um die Frau handeln, mit der ich am Telefon gesprochen habe, seine Mutter, diejenige, die nicht so genau wusste, wo man sich hier befindet. Casarini entschuldigt sich, erklärt mir, wegen irgendwelcher Magenprobleme dürfe er nichts Aufgewärmtes essen, sonst würde er gerne noch bleiben und sich weiter mit mir unterhalten.

»Ach übrigens«, sage ich, während ich ihm aus dem Raum folge, »ich habe gehört, Sie seien, im Gegensatz zu den meisten anderen, nicht der Ansicht, dass Wels eklig schmeckt.«

Casarinis Augen funkeln schlau.

»Da haben Sie Recht«, meint er, »er ist lecker.« Er zwinkert mir zu. »Man muss nur wissen, wie man ihn zubereitet.«

Ich halte ihn noch einen Moment auf. Da ich schon mal da bin, beschließe ich, während er zu Mittag isst, das erste Mal in meinem Leben zu angeln. Bevor ich aufgebrochen bin, habe ich mir von einem Freund, einem passionierten Angler, eine Angel ausgeliehen. Jetzt kaufe ich mir ein Tütchen dieser stinkenden Würmer, eine Dose Mais und eine Angelkarte für den See, für 15 000 Lire.

»Gibt es denn in Ihrem See überhaupt Welse?«, frage ich noch, während er sich schon in jene Richtung entfernt, aus der es nach Ragù duftet.

Er kann es nicht sagen. Bis vor zehn Jahren hat er noch viele ausgesetzt, es dann aber gelassen, als er merkte, dass sie ihm alle Forellen wegfraßen.

Ich wähle mir einen Platz direkt bei der Steineiche, dort, wo das Entenküken in Sicherheit sein soll – ich hänge nämlich an meinen Schienbeinen –, während das Küken selbst unter der Bank hocken bleibt, verträumt und nichtsahnend von der Gefahr, in der es schwebt. Ich brauche eine ganze Weile, bis mir klar ist, wie die Spule funktioniert und der Schwimmer befestigt wird und ich die Nylonschnur, die sich um die Rute gewickelt hat, entwirrt habe. Mir kommt das alles reichlich kompliziert vor, doch irgendwann schaffe ich es, nicht umsonst habe ich Architektur studiert. Und nun, mit einem ganzen Klumpen aufgespießter Würmer und den Haken entschieden zu nahe am Ufer ausgeworfen (ploff), sitze ich da und warte wie all die anderen auf mein Anglerglück.

Länger als eine Stunde beißt kein Fisch an, auch nicht, als Ivan mit einem Motorboot an mir vorüberfährt und um meinen Schwimmer herum einen Eimer lebender Fische auskippt. Ich scheine wirklich eine Niete zu sein, aber andererseits werde ich auch schon zum echten Angler, denn meine Fantasie hat bereits zu arbeiten begonnen. Ich stelle mir den Wels vor, wie er dort unten, still, scheinheilig und ausgehungert, den Bauch voller menschlicher Finger, über die Algen am Seeboden gleitet und sich die Würmer ansieht, so wie Nero Wolfe Salzgebäck betrachten würde. Dann sehe ich, wie er plötzlich losschnellt, um alle Fische um ihn herum zu verschlingen, bevor diese überhaupt daran denken können, sich an meinen Ködern gütlich zu tun.

Es beginnt zu regnen, und ich trete den Rückzug an. Ich stelle mich bei einem Vordach unter, Rute und Schnur vollkommen verheddert, so dass sie an ein abstraktes Gemälde meines Freundes Canevari erinnern. Das Entchen hockt immer noch unter der Bank. Da plötzlich sehe ich den Wels, der aus dem Wasser schnellt, es schnappt und verschlingt. Nur ich beobachte es, alle anderen schauen zufällig in eine andere Richtung, und ich beginne zu schreien. Sofort bin ich umringt von Leuten, und ich erzähle allen, was ich gesehen habe. Bald schon trifft aus Mantua ein eilig herbeigerufener Trupp Kopfgeld-Fischer ein, und zwei Tage und zwei Nächte bleibe ich ganz in ihrer Nähe, bis sie ihn endlich gefangen haben. Alle gemeinsam hieven wir ihn aus dem Wasser, und ich selbst bin es dann, der dem Wels mit einem langen Messer den Bauch aufschneidet und das Entenküken darin findet. Nicht zu fassen, es lebt noch.

Das beste Abendessen unseres Lebens

Meine einzigen Erfahrungen mit der Haute Cuisine gehen auf die Lektüre der Nero-Wolfe-Romane in meiner frühen Jugend zurück. Aber sie haben Spuren hinterlassen, und ich glaube, dass mein Gaumen tatsächlich durch die Gerichte geschult wurde, die Fritz, der Koch, in diesen Büchern seinem beleibten Chef servierte, auch wenn ich dann, wie alle Italiener, mit Pasta und dünnen Kalbfleischscheiben großgezogen wurde. Geblieben war mir von dieser Lektüre vor allem die fantastische Vorstellung, irgendwann einmal in einem erlesenen Luxusrestaurant erstklassige, von wahren Künstlern der Gastronomie zubereitete Gerichte genießen zu können. Jedermann hat ja so seine Spinnereien im Kopf, und das waren eben meine. Ein Traum, der jetzt aber, im Alter von dreißig Jahren, wahr werden soll, denn hin und wieder werde ich fürs Schreiben bezahlt, und so habe ich bei einer Reise nach London, die ich ohnehin machen musste, folgende Vereinbarung mit der Redaktion ausgehandelt: eine Erzählung für einen kostenlosen Restaurantbesuch. Dadurch hatte ich nun Gelegenheit, eine Telefonnummer zu wählen, die für alle Kenner der feinen Küche, und gewiss auch für den alten Nero Wolfe, einer Legende gleichkommt: 499/7070, die Nummer von dem Restaurant The Connaught, das der *Connoisseur* (»The guide of civilized world«) jedes Jahr wieder unter die zehn besten der Welt einreiht.

Ich bin allein nach London gekommen, habe aber für zwei Personen reserviert. Es kam mir einfach schäbig vor, das beste Abendessen meines Lebens ohne Gesellschaft zu genießen, und so beschloss ich, den einzigen Menschen einzuladen, den ich unter den über fünf Millionen Einwohnern Londons kenne. Es handelt sich um den jüngeren Bruder einer Freundin, Pinguino genannt, den ich seit seinem elften Lebensjahr, als er noch auf Mäuerchen herumturnte und sich die Knie aufschlug, nicht mehr gesehen habe. Jetzt ist er neunzehn und kam in die Stadt, um dort den üblichen einmonatigen Belohnungsaufenthalt nach dem Abitur zu verbringen, ist dann aber anscheinend einfach zwischen mittelmäßigen Englischkursen, Rap, Gras und Sozialhilfe hier hängen geblieben. Meine Freundin hat mir seine Nummer gegeben und mich gebeten, ihn zu treffen. Ich soll herausfinden, ob es eine Möglichkeit geben könnte, ihn zur Heimkehr zu bewegen. Als ich ihn anrufe, habe ich den Eindruck, dass er sich noch nicht mal an mich erinnert, aber immerhin handelt es sich ja um eine Essenseinladung, und Pinguino scheint genau der Typ zu sein, der nichts auslässt, was es umsonst gibt. Er wird mich um halb zehn im Hotel abholen, von wo aus wir dann zusammen ins Connaught fahren.

Aus dem kleinen Jungen ist ein schlaksiger Kerl mit einer Baritonstimme geworden, er ähnelt kein bisschen meiner Freundin, und hätte er mich auf der Straße angerempelt, hätte ich ihn bestimmt nicht wiedererkannt. Aber ich hätte mir dabei wehtun können. Er trägt eine sehr wehrhafte, mit Nieten, Schnallen und Reißverschlüssen besetzte Lederjacke (»genau wie die von Alice Cooper«, erklärt er mir stolz), und seine Haare sind Dreadlock-Stummeln, die vielleicht, wenn er sie ein paar Jahre sorgfältig behandelt, einmal so wie die von Bob Marley werden könnten. Vorausgesetzt, er würde sich nie die Haare zu waschen, eine Aufgabe, für die mir Pinguino jedoch durchaus geeignet erscheint. Im Taxi erkläre ich ihm, dass wir zu einem der besten Restaurants der Welt unterwegs sind, was anscheinend nur sein Misstrauen erregt: »Warum das denn?«, fragt er mich, »wir hätten zu Ed's gehen können. Das ist näher und billiger.«

Das Connaught ist aber nicht nur ein exquisites Restaurant, sondern auch eines der elegantesten Hotels in London. Am Carlos Place fährt der Taxifahrer bei einer Markise ran, und ein alter Hausdiener mit Zylinder beeilt sich, uns die Wagentür zu öffnen. Ein Stückchen weiter sind zwei Rolls-Royce geparkt. Ich reiche dem Diener eine Pfundnote, und Pinguino schüttelt den Kopf, während er in die Drehtür schlüpft. Die Portiers, ebenfalls ältere Herren, empfangen uns beflissen und in sehr würdevoller Haltung, so als wäre Pinguinos Aufmachung in keiner Weise völlig unangemessen für diesen Ort. Allerdings, denke ich, werden sie an den Besuch diverser Rockstars gewohnt sein. Ein weiterer Diener an der Garderobe, ein richtiger Greis, ein weiteres Trinkgeld, aber Pinguino besteht darauf, die nietenbesetzte Lederjacke anzubehalten, und schließlich betreten wir, geleitet von dem x-ten alten Herrn, das Restaurant. Der Raum wirkt würdevoll, aber nicht überladen, die Wände sind mit Holz verkleidet, die Einrichtung *edwardian style*. Sogleich umfangen uns gewinnende Geräusche von Korken, die aus Flaschen gezogen werden, und Düfte von geheimnisvollen Soßen, die in Pfannen köcheln. Der Maître begleitet uns zum Tisch und erkundigt sich, ob er genehm sei, und während ich bejahe, antwortet Pinguino mit »nein«: Er möchte einen in der Mitte des Saals, denn mit dem Rücken zur Wand könne er nicht essen. Ich hatte, wenn überhaupt, einige Spinner aus meinem Bekanntenkreis schon das Gegenteil verkünden hören, doch offensichtlich bildet Pinguino einen eigenen Menschenschlag, indem er bekannte Neurosen einfach umkehrt. Auf alle Fälle wird seinem Wunsch augenblicklich entsprochen. »Deswegen fühle ich mich bei Ed's so wohl«, erklärt er mir, »da sitzt man einfach an der Theke.« Der Maître erkundigt sich nach unseren Wünschen für den Aperitif, Gin und Tonic für mich, Cocktail Martini für Pinguino, dann reicht er uns die Speisekarte, und wir machen uns daran, sie zu studieren. Sie sieht aus wie eine offizielle Verordnung, mit schwarzen Lettern auf Pergamentpapier. Unter dem Wappen mit dem Motto »Placere Placet« liest man den Namen des Chefkochs: Michel Bourdin, *Maître Cuisinier de France*, und ganz unten auf Französisch das Datum von heute, was darauf schließen lässt, dass hier jeden Tag ein solches Pergament neu erstellt wird. »Schau dir mal die Preise an«, ist Pinguinos erster Kommentar, »allein die Hauptgerichte kosten 80 000 Lire. Und für die Vorspeisen und Beilagen schreiben diese ausgekochten Halunken erst gar keine Preise hin.« Ich versuche ihm zu erklären, dass der Preis hinter den Hauptgerichten alle anderen Begleitgänge bereits enthält, wie es darüber hinaus auch auf der Speisekarte erklärt wird, aber Pinguino schüttelt den Kopf und bleibt misstrauisch: »Nein, glaub mir, das sind ganz ausgefuchste Kerle hier.« Ich erwidere, so oder so, wegen der Preise solle er sich keine Gedanken machen, denn er müsse ja nicht bezahlen. »Das hätte mir auch gerade noch gefehlt«, kichert er, »ich wollt's dir nur noch mal sagen, solange noch Zeit ist, das Lokal zu wechseln.«

Ich empfehle ihm zum Beginn eine Zwiebelsuppe, denn ich erinnere mich an Nero Wolfes Worte, dass eine Zwiebelsuppe, neben pochierten Eiern, der beste Test für die Kochkünste eines Küchenchefs ist. Pinguino ist einverstanden, er liebt Zwiebeln: Bei Ed's lässt er sich immer eine doppelte Portion auf den Hamburger packen.

Dann übersetze ich ihm die Hauptgerichte, weil er kein Französisch kann. Er schaut mich eher verwirrt an, und das bin ich übrigens auch, denn bei einer solchen Liste weiß man nur eines sicher: Man wird das Falsche auswählen. Pinguino wartet, bis ich mich entschieden habe, und so bestelle ich als Hauptgericht Wildente aus Norfolk an Pfirsichen, mit Spinat und Kartoffeln als Beilage. Pinguino zögert, schaut abwechselnd auf mich, die Speisekarte und den Maître, der mit einem Lächeln im Gesicht geduldig wartet. Endlich entfährt ihm das Wort »Pheasant«, also Fasan. Und nun sind die Weine an der Reihe.

Ich glaube, die Karte, die mir gereicht wird, ist eine Art Wörterbuch der Weinkultur: Da gibt es einen 53er Chateau Mouton Rothschild zu 495 Pfund, einen 70er Chateau Petrus zu 500 Pfund und sogar einen Chateau Margaux aus dem Jahr 1945 zu 575 Pfund, also 1300000 Lire. Die besten italienischen Weine sind hier alle zu finden, bis auf den Sassicaia, aber ich stoße auch auf einen 85er Frascati Superiore Villa Catone zu 12 Pfund 50, der mir so viel Anerkennung gar nicht verdient zu haben scheint. Dazu fallen mir Pasolinis Worte ein. »Ein grausamer Frascati hat meinen Vater auf dem Gewissen.« Schließlich wähle ich einen Wein aus dem Burgund, einen La Tour Nuits S. Georges von 1983, zum stattlichen Preis von 36 Pfund. Pinguino grinst: »Hier machen sie sich mit den Preisen nicht viel Arbeit. Kostet alles 80000 Lire.« Das Brot mit Butter wird gebracht, worauf sich Pinguino stürzt, dann der Burgunder in einem Körbchen, und der Sommelier lässt mich kosten: Er ist wirklich exzellent, solch einen fantastischen Wein habe ich noch nie getrunken. Dann wird auch die Zwiebelsuppe gereicht, die heiß und köstlich ist, mit der genau richtigen Portion Gruyèrekäse zur genau richtigen Konsistenz geschmolzen. Pinguino isst und schweigt, ein Zeichen, dass es ihm schmeckt. Dann nimmt er einen ordentlichen Schluck Wein, konzentriert sich einen Moment und erklärt: »Klar, der ist schon gut: Hier drin steckt der Wald, Brot, Kräuter…« Ich kann nicht sagen, ob das wirklich die technisch exakte Beschreibung eines Burgunders ist, aber ich finde, dass er alle Geschmacksrichtungen erfasst hat, die diesen Wein unvergesslich machen. Er scheint seine Fähigkeiten zu haben, dieser Junge.

Man stellt einen Rechaud vor uns auf den Tisch, und gleichzeitig erscheint ein Portier, der nach Mister Luconi, also Pinguino, fragt. Zu meiner großen Überraschung wird er am Telefon verlangt. Allein am Tisch sitzend, auf dem der Rechaud unbewacht brennt und von bevorstehenden Köstlichkeiten kündet, schaue ich mich ein wenig um. Am Nebentisch unterhält sich ein junger

Kerl mit rabenschwarzem Haar mit einer älteren Dame und einem farbigen Hünen, der, so respektvoll wie er die beiden behandelt, eine Art persönlicher Bodyguard für sie sein könnte. Etwas weiter entfernt sitzen zwei noch junge Paare. Die Männer, einer mit einem abnorm großen Kopf, der andere von angenehmerem Äußeren, scheinen die klassischen jungen Papa-Söhnchen-Broker der Thatcher-Ära zu sein, von der Art wie jene, die vor einigen Monaten zu Dutzenden bei jenem Schiffsunglück auf der Themse während eines Festes ertranken. Die Mädchen sind zwei richtige Gänse, sie tun nichts anderes, als spitze Schreie auszustoßen, und sind von jener typisch britischen blassen Schönheit, wie man sie von den Prinzessinnen Diana und Sarah kennt. Noch etwas dahinter sehe ich graumelierte Herren, wahrscheinlich College-Kameraden aus den fünfziger Jahren, mit ihren recht unansehnlichen Damen, die sich hier aber ganz wie zu Hause zu fühlen scheinen, nicht übertrieben herausgeputzt, denn wenn man sein ganzes Leben schon in den Millionen geschwommen ist, gibt es keinerlei Grund mehr, sie ständig zur Schau zu stellen. Jetzt kommt auch Pinguino zurück. Am Telefon war Bruno, der Freund, mit dem er sich die Wohnung in West Brompton teilt: Er hat ihm seine Nummer dagelassen (also deshalb hatte er sie von mir wissen wollen) und sich nun gegen Mitternacht im Spielsalon neben Ed's mit ihm verabredet. Dieses Ed's, das er ständig erwähnt, ist, wie er mir erklärt, der Schnellimbiss, wo er und Bruno jeden Tag essen: »Ganz genau wie der in *Zurück in die Zukunft.*«

Inzwischen hat einer der Kellner seine Show mit meiner Ente begonnen, eine ganze Ente, nur so zum Auftakt, die er mit anmutigen Bewegungen, so als würde er auf einer Geige spielen, tranchiert und auf dem Rechaud in einer dunklen Soße flambiert. Dann ist der Fasan an der Reihe, auch hier der ganze Vogel, den der Kellner bewundernswert präzise zerlegt und auf einem Teller anrichtet, wobei er noch Platz für die Soßen lässt. Pinguino wählt die Brotsoße. Und nachdem er uns so vorbildlich bedient hat, bedankt sich der Kellner auch noch, er bei uns.

Jetzt zu beschreiben, wie gut meine Ente ist, würde mir schwer fallen, im Ernst, mir fehlen die Worte, und so esse ich und schweige. Ich mache lediglich Pinguino darauf aufmerksam, dass der Pfirsich frisch, nicht eingelegt ist, und dass es nicht einfach sein muss, so was jetzt, Ende November, in London aufzutreiben. Pinguino hingegen möchte reden, kommentieren, bei ihm hat sich die Zunge gelöst, und er besteht darauf, dass ich von seinem Fasan koste. Dabei achtet er darauf, dass ich bei meinem Bissen auch den Speck nicht vergesse, mit dem er garniert ist, und dass ich ihn kräftig in die Brotsoße tauche. Ich sehe, er ist im siebten Himmel. »Dieser Fasan mag 80 000 Lire kosten«, meint er, »aber er ist wirklich das Beste, was ich in meinem ganzen Leben gegessen habe.« Das wäre jetzt eigentlich, überlege ich, der beste Augenblick, ihm ins Gewissen zu reden, er solle wieder nach Hause zurückkehren, seine Eltern seien sehr in Sorge und so weiter, wie seine Schwester mich gebeten hat. Aber irgendwie habe ich das Gefühl, dass Pinguino Recht hat, auf Kosten anderer in London bleiben zu wollen. Ich kenne seine Familie – ihn in einen Geschäftsmann zu verwandeln, der in zehn Jahren *darauf besteht*, in Restaurants wie diesem hier zu essen, wäre eine größere Angelegenheit. Also sage ich gar nichts und höre ihm lieber zu, während er mir von Gesangsstunden erzählt, die er bei einem Jamaikaner aus Hammersmith erhält, von gewissen Rock-Projekten, die er im Kopf hat, und von einem Demoband, das er immer bei sich trägt, mit allen fünf Stücken, die er bis jetzt komponiert hat und die vollkommen professionell in einem Studio mit sechzehn Spuren aufgenommen wurden. Inzwischen tauschen zwei Kellner das Tischtuch unter unserer Nase aus, verblüffend schnell und ohne uns im Mindesten zu stören. Es ist Zeit fürs Dessert. Pinguino weiß nicht genau, was Crème brûlée ist, ich erklär's ihm, sage, wie köstlich sie ist, und er nimmt sie. Mittlerweile vertraut er mir, auch wenn ich selbst einen Obstsalat mit Schlagsahne bestellt habe. Auch die Desserts stellen sich natürlich als die besten heraus, die wir je im Leben gegessen haben. Die letzten Schlucke Wein, Espresso, Brandy, und dann kommt der Augenblick, in dem wir um die Rechnung bitten.

Pinguino wird wieder misstrauisch: »Du wirst sehen, das wird ein Hammer«, sagt er, »auch vom Dessert kennen wir keine Preise, und dann erst die Schnäpse... Das werden bestimmt 250000 Lire pro Nase, du wirst sehen, dass ich Recht habe. Also wenn du mich fragst, du hast sie nicht mehr alle.« Er treibt es so weit, dass er sogar seinen Grundsatz von vorhin wieder umstößt, so dass nun »dieser Fasan das Beste gewesen sein mag, was ich im ganzen Leben gegessen habe, aber allein der hat schon 80000 gekostet.« Der schwarzhaarige Millionär und seine Begleiterin neben uns erheben sich, mit ihnen der Farbige, der hinter ihnen die Stühle zurechtrückt. Der mit dem Riesenkopf am anderen Tisch hantiert mit einem stattlichen Geldscheinbündel herum, während die beiden Gänse immer noch unablässig kichern, und dabei glaube ich sogar, dass sie sich, wenn's soweit ist, nach Hause fahren lassen und die Herren vor der Tür verabschieden. Und da kommt unsere Rechnung. Pinguino schnappt sie sich, bevor ich sie in die Hand bekomme, starrt sie an, hebt dann erstaunt den Blick und meint: »Sandro, das ist ja gar nicht teuer!« 148 Pfund und 70 Pence, 300000 Lire zu zweit. Mit den Schecks der Sozialhilfe kommt er einen Monat aus, aber im Grund hat er Recht, die Rechnung ist nicht übertrieben hoch, was auch, wie ich Pinguino erkläre, damit zu tun haben mag, dass die Preise eines Restaurants, das unter die besten der Welt aufgenommen werden will, in einem, gemessen an der Qualität, vernünftigen Rahmen bleiben müssen.

Das Bild, das sich mir hinter der großen Drehtür vor dem Connaught bietet, wäre zwei Stunden vorher noch undenkbar gewesen: Pinguino, beschwipst, schwankend, zufrieden, gibt dem

Hausdiener mit dem Zylinder, der uns das Taxi gerufen hat, fünf Pfund Trinkgeld. »Ich weiß gar nicht, wie ich dir danken soll, Sandro. Das war das beste Abendessen meines Lebens.« Ja, für mich auch, und das wird es auch für eine ganze Weile bleiben, auch wenn sich Pinguino das vielleicht nicht vorstellen kann. Aber wer weiß, ob ich nicht tatsächlich wie jemand wirke, der regelmäßig solche Restaurants besucht. Es würde mich freuen, wenn es so wäre, ausnahmsweise mal.

Pinguino schlägt mir vor, mit ihm in den Spielsalon zu gehen, wo dieser Bruno mittlerweile schon eine halbe Stunde auf ihn wartet. Er will uns miteinander bekannt machen. Mit etwas Glück gewönnen wir vielleicht ein paar Pfund an der Slotmaschine, und morgen könnten wir vielleicht alle drei zusammen bei Ed's essen – zwar nicht mit dem Connaught vergleichbar, aber immerhin ein nettes kleines Lokal. Und er bedankt sich noch mal, bittet mich, seine Schwester zu grüßen und ihr auszurichten, dass er Weihnachten leider nicht kommen könne. Dann fragt er mich noch, ob ich das in Ordnung finde, dass er so lange wie möglich in London bleiben will. Und ich sage, ja, das machst du genau richtig, Pinguino.

Giro d'Italia

Vor einigen Monaten fuhr mich ein Taxifahrer aus Barga zu den Klängen von Videomusic zum Ciocco hinauf. »Wie finden Sie Pantani?«, fragte er mich wie aus heiterem Himmel. »Gut, sehr gut«, antwortete ich, und das war ehrlich, denn Pantani ist tatsächlich mein Lieblingsradrennfahrer. »Gut, dann zeige ich Ihnen mal genau die Stelle, wo er beim Giro alle stehen lassen wird, um die Etappe hinauf zum Ciocco zu gewinnen.« Er bog scharf ein und verließ die breite ansteigende Straße, die wir hinaufgefahren waren, und stürzte sich mit dem Wagen ein irre steiles, enges und kurvenreiches Sträßchen hinunter. Wir folgten ihm ein paar Kilometer, bis wir an ein Stück gelangten, das wie die Rampe eines Parkhauses aussah. Hier wendete er und hielt an. »So, da wären wir«, sagte er, »genau hier tritt Pantani an.« Wir stiegen aus. Der Abschnitt war wirklich unglaublich steil, es wäre schon mühsam gewesen, zu Fuß hinaufzugehen. »Von hier an wird ihm niemand mehr folgen können. Hier hängt er alle ab und verpasst ihnen mindestens zwei Minuten, wie am Montirolo.« Er starrte auf das Steilstück, das sich inmitten der Bäume verlor, und man hatte den Eindruck, als sähe er das alles schon genau vor sich. »Und Sie können sicher sein, an dem Tag bin ich hier und sehe mir an, wie er alle stehen lässt. Am 24. Mai. Egal, ob es regnet, stürmt oder schneit, ich stehe hier, genau an dieser Stelle.« – »Sie Glücklicher«, antwortete ich, »ich kann es mir leider nur im Fernsehen anschauen.«

Nun geht, wie man weiß, das Leben oft seltsame Wege: Es ist der 24. Mai, der Giro d'Italia schickt sich an, den Ciocco zu erreichen, und an jener heiklen Stelle, wo die Straße sich streckt und zum letzten Mal aufbäumt, befinde zwar ich mich, die anderen aber nicht: Was Pantani betrifft, so ist allgemein bekannt, dass ihn ein Auto vom Rad geholt hat und er seine Giro-Teilnahme absagen musste, aber von dem Taxifahrer ist auch nichts zu sehen – ich schaue mich aufmerksam um, an sein Gesicht kann ich mich gut erinnern, aber er ist nicht da. Und plötzlich stelle ich fest, dass ich ohne Pantani und den Taxifahrer gar keine Lust habe, mich, wie Paolo Conte singt, »auf die Spitze eines Prellsteins zu setzen« und auf die Fahrer zu warten. Stattdessen bringt mich die Menge, welche die Straße fest umschlossen hält, auf eine andere, glorreiche Idee: Die Fahrer sind noch ungefähr zwanzig Kilometer entfernt, ich höre es aus tausend krächzenden Transistorradios, und wenn ich alles gebe, kann ich es vielleicht schaffen, den Gipfel vor ihnen zu erreichen. Zu Fuß, klar, mit vollem Rucksack und dieser Drillichjacke, die ich mir heute früh übergezogen habe, weil ich dachte, es wäre hier oben viel kälter, und stattdessen sehe ich Leute mit freiem Oberkörper. Ich kann es schaffen. Und ich mache mich auf den Weg, raschen Schritts, indem ich meinen Atem auf den Takt von Gianni Morandis Lied *Occhi di ragazza* einstelle (meine Zen-Methode, die ich immer anwende, wenn es größere Anstrengungen durchzustehen gilt). Ich erreiche den im Schatten liegenden Straßenrand und beginne aufzusteigen. Es ist wirklich furchtbar steil, aber ich kann es schaffen, sage ich mir immer wieder, wenn ich alles gebe, wenn ich nicht den Mut verliere, denn der Giro ohne Pantani ist ohnehin sinnlos, und weiter und weiter und weiter …

Heute Morgen, beim Start in Pietrasanta auf der Piazza del Duomo unter dem Basrelief von Cesare Battisti, das das Menschengewühl im Sponsorenlager überragte, habe ich Gianni Motta die Hand geschüttelt. Viele frühere Champions von Bartali bis Moser und andere Prominente waren zugegen, aber die Begegnung mit diesem gut aussehenden, lächelnden Fünfzigjährigen, der den Giro – man weiß nicht wie – einmal gewonnen hat, war für mich mehr als alles andere bewegend. »Als kleiner Junge hatte ich Ihr Sammelbild«, erzählte ich ihm. Bald setzte ich mich zu dem aufeinander eingespielten Journalisten-Terzett Ceccarelli-Pagani-Gatti in den Wagen, um dem Feld vorauszufahren. Das Blau der Apuanischen Alpen, das Weiß des Marmors, das Grün der Garfagnana – es ist wohl die Landschaft, die mir besser gefällt als irgendeine andere auf der Welt. Es ging durch dichte Zerreichen-, Erlen-, Kastanienwälder, und inzwischen berichtete das Giro-Radio von der unglaublichen Durchschnittsgeschwindigkeit, mit der das Feld unterwegs war. So mussten wir uns sputen und hatten keine Zeit, die Landschaft wirklich zu genießen. Wir fuhren den San Pellegrino hinauf, wo die Menge an den Straßenrändern schon überquoll. Wir bahnten uns hupend einen Weg und erreichten den Gipfel in einem Meer von auf die Straße geschriebenen Anfeuerungen für Secchiari, einen Sohn der Gegend und Fünfundachtzigster in der Gesamtwertung, neunundvierzig Minuten und vierundvierzig Sekunden hinter dem Rosa Trikot. Ein Spruch hat mich berührt, denn es war eine pure Hymne an die Jugend: SECCHIARI, 22 JAHRE, stand da, sonst nichts. Daneben ein weiterer Schriftzug von, wie mir schien, gleicher Hand geschrieben: MARTA, ICH LIEBE DICH. Auch das hat mich berührt ...

Occhi di ragazza, quanto male, vi farete perdonare ..., gibt Morandi mir den Takt vor. Ich habe gerade mal anderthalb Kilometer hinter mir, und schon schleppe ich mich mehr als ich gehe. Aber ich halte durch und mache weiter. Die Menge feuert mich an, einige machen sich lustig, und ich weiß, dass ich in meinem ganzen Leben nie wieder solch ein Publikum haben werde. Zwei Kilometer vor dem Ziel liegt das Hotel mit dem Presseraum, wo ich mit meiner hübschen Akkreditierung einkehren und mir den Rest der Etappe im Fernsehen anschauen könnte. Doch stattdessen erwarten mich auf dem letzten mühseligen Abschnitt noch unendlich viele Spitzkehren. Meine Rippen schmerzen. Ich gehe weiter. Die Rennfahrer sind jetzt am Fuß des Bergs, höre ich aus den Transistorradios, aber ich kann es immer noch schaffen. Man frage mich nicht, wozu, aber ich gehe weiter.

Im Auto ging's dann hinter dem San Pellegrino die nicht enden wollende Abfahrt bis nach Castelnuovo Garfagnana hinunter. Sie ist zu lang, haben wir alle vier festgestellt, dieser Bergpreis ist verschenkt, hier kann sogar Cipollini wieder Anschluss finden. Dann erreichten wir die smaragdgrünen Hügel des Umlands von Barga, die Rennfahrer immer noch dicht hinter uns, sodass wir keine Minute anhalten und die Landschaft genießen konnten. Wir kamen am Haus von Pascoli an den äußersten Hängen des Ciocco vorbei, genau dort, wo die Straße dann zum letzten Mal ansteigt; nichts zu machen, keine Zeit, es sich anzuschauen. Und nach einigen Kurven erkannte ich die Stelle wieder, wo Pantani angegriffen hätte und wo der Taxifahrer den ganzen Nachmittag hätte verbringen müssen, bei Regen, Sturm oder Schnee, um ihm die Daumen zu drücken. »Lasst mich hier raus«, habe ich gesagt und bin ausgestiegen.

Occhi di ragazza, quanto male, vi farete perdonare… Mittlerweile kämpfe ich mich nur noch mit der Kraft der Verzweiflung hinauf. Mir geht's richtig dreckig und dabei eigentlich schon wieder ein klein wenig besser, seitdem ich das Band, das den letzten Kilometer anzeigt, passiert habe. Die Rennfahrer müssen jeden Moment da sein, die Menge gibt nur noch eine enge Gasse frei, und ich wundere mich, dass mich noch niemand am Weitergehen gehindert hat. Wie furchtbar. Wie wunderbar. Ich bin kurz davor, den Gipfel des Ciocco als Erster zu erreichen, nun ist es wirklich nicht mehr weit, höchstens noch zweihundert Meter gerade bergauf, und dann kommt schon der Zielbereich. Ich erkenne ihn am Fesselballon. Doch mit einem Mal, gleich nach einem Aufschrei aus der Menge, sind Zaina und Cacaito bei mir, zwei wahre Furien, die in beeindruckendem Tempo an mir vorbeiziehen, ich kann den Luftzug spüren, dann sehe ich, wie sie zum Zielbereich einbiegen, wo sie nach hundertfünfzig Kilometern Alleinfahrt um den Sieg sprinten werden. Halb so wild, denke ich, werde ich eben Dritter, und gehe weiter. Ich habe den Gedanken noch nicht zu Ende gedacht, als mich eine weitere Furie überholt, die Nummer dreizehn, die ich gar nicht kenne. Wenn es doch wenigstens Secchiari gewesen wäre …

Es war nicht Secchiari, es war Gilberto Simoni. Erschöpft stehe ich im Presseraum und sehe mir die Ergebnisliste an: Ohne Pantani und mich sieht sie etwas enttäuschend aus, aber wir kommen wieder; eines Tages werde ich einen großen Roman schreiben und er die Tour gewinnen. Gatti, einer der Journalisten, die mich im Wagen mitgenommen haben, reicht mir ein aus seinem Notizbuch herausgerissenes Blatt mit einem Autogramm von Tony Rominger darauf: ein Andenken an diesen Tag. Als ich abends wie erschlagen zu Hause eintreffe, schenke ich es meinem Sohn, der großen Spaß daran hat, es oben von der Treppe zu werfen und ihm nachzusehen, wie es herunterflattert.

Mit Moravia telefonieren

Lieber Moravia,

als ich gestern nach Hause kam, war schon alles geschehen, schon alles getan und gesagt. Gewiss, auch dort drüben waren, mit zwei, drei Tagen Verspätung, italienische Zeitungen zu bekommen, und auch die amerikanischen Zeitungen haben Ihnen lange, gewichtige Artikel gewidmet, vor allem die *New York Times*. Doch meine Abwesenheit hat in mir das Bedürfnis geweckt, mich jetzt ganz direkt und persönlich mit Ihrem so plötzlichen Tod auseinander zu setzen. Denn es gibt Dinge, lieber Moravia, die ich Ihnen noch sagen will, die ich Ihnen nie gesagt habe, und das war ein Fehler; es ist immer ein Fehler, Dinge nicht auszusprechen.

Und so habe ich mich heute also unter diesem klaren Oktoberhimmel, in diesem typisch römischen Licht, zum Verano-Friedhof aufgemacht, um ein wenig vor Ihrem Grab zu verweilen und wenigstens dort über die Dinge nachzudenken, die ich Ihnen nie gesagt habe und die wie ein schlechtes Gewissen auf mir lasten. Ich statte Ihnen also in gewisser Weise einen Besuch ab, wie ich ihn gerne schon zu Ihren Lebzeiten unternommen hätte, nachmittags bei Ihnen zu Hause, zu einer Tageszeit, in der Sie sich bekanntermaßen immer langweilten. Aber ich habe es nie getan. Ich merke jetzt, dass es nicht dasselbe ist, aber ich wollte wenigstens in Ihrer Nähe sein, um mit Ihnen zu reden. Doch nun ist leider etwas Sonderbares geschehen, und so stehe ich hier mit meinen Blumen vor einem Grab, das vielleicht nicht wirklich das Ihre ist, und ich weiß nicht, wie ich mich verhalten soll.

Es ist Mittagszeit, wissen Sie, ich habe sogar einen Parkplatz gefunden. Kaum war ich aus dem Wagen gestiegen, kam eine Frau auf mich zu und wollte mir Blumen verkaufen. O ja, dachte ich, eine gute Idee, es gehört sich doch, Blumen mitzubringen, doch ich weiß gar nicht mehr richtig, was dann weiter geschah, denn sie nahm die Sache in die Hand, und ich blieb danach mit einem Strauß Nelken zurück. Seltsamerweise gelang es mir nicht, etwas zu ihr zu sagen – eine echt moravianische Frauengestalt übrigens, wenn ich jetzt so darüber nachdenke, mit breiten Hüften, feurigem Blick und sicherlich einer erzählenswerten Vergangenheit. Doch da ich schon mal hier bin, möchte ich auch ihr etwas sagen: Signora, ich mag keine Nelken, geben Sie mir doch bitte andere Blumen. Ich weiß, es ist zu spät, und die Blumen, die ich Ihnen, lieber Moravia, mitgebracht habe, sind nun leider Nelken. Aber angesichts der Tatsache, dass ich gekommen bin, um Dinge mit Verspätung zu sagen, sage ich auch das. Das Problem ist aber ein anderes. Das Problem ist, dass ich direkt hinter dem Haupteingang auf zwei Wärter stieß, die vor ihrer Kabine standen und sich unterhielten. Und zwar über die Dopingfälle der Fußballer Peruzzi und Carnevale. Ich will das jetzt nicht genauer ausführen, es hätte Sie auch zu Ihren Lebzeiten nicht interessiert, doch für diese beiden war es Anlass zu einer sehr angeregten Diskussion. Ich wartete darauf, dass sie auf mich aufmerksam würden, und als einem der beiden endlich das »Ja, bitte« über die Lippen kam, fragte ich, wo ich Ihr Grab finden könne. Es folgte dieser kurze Wortwechsel.

»Moravia? Abschnitt zweiunddreißig.«

»Ach was. Dreiundzwanzig ist das«

»Zweiunddreißig.«

»Wenn ich's dir doch sage, dreiundzwanzig. Abschnitt dreiundzwanzig.«

»Ich glaub aber zweiunddreißig.«

»Und ich bin fast sicher, dreiundzwanzig.«

Schließlich konnte sich Abschnitt dreiundzwanzig durchsetzen. Sein Fürsprecher zeigte ihn mir auf einem Lageplan, und ich sah, dass er ein gutes Stück vom Haupteingang entfernt war. Das heißt, ich musste den Friedhof verlassen und durch ein anderes Tor erneut betreten, an einem Bauzaun entlanggehen (auch hier am Friedhof wird umgebaut), dann in eine lange, breite Allee einbiegen und sie »bis zum Tank« durchschreiten, wie der Mann sagte, indem er mir den Plan eines Rundbaus zeigte, der tatsächlich wie ein großer Tank aussah, auch wenn mich die Vorstellung eines Tanks mitten auf einem Friedhof befremdete. Doch andererseits gibt es auf dem Friedhof Prima Porta sogar Bushaltestellen, und mir war auch nicht danach, mich genauer zu erkundigen. Beim Tank angekommen, sollte ich mich nach links wenden, gleich darauf würde ich auf den Abschnitt vierundzwanzig stoßen, folglich dann auch dreiundzwanzig. Das hört sich nicht so kompliziert an, dachte ich, bedankte mich und machte mich auf den Weg zum richtigen Tor.

»He! Es ist das Grab von Pinchèrle«, rief mir der Mann hinterher und betonte den Namen dabei falsch. »Moravia war nur sein Künstlername!«

Ich tat, wie mir geheißen, nahm die richtigen Wege, streifte an Bauzäunen entlang, bog in die lange Allee ein und gelangte nach ein paar Kilometern schließlich zu dem erwähnten Tank. Und hier entdeckte ich, lieber Moravia, dass es sich um ein Denkmal für die Gefallenen der Resistenza handelt, ein zylindrisches Bauwerk voller Tafeln und Grabnischen, ein Gemeinschaftsgrab für viele jener Märtyrer, die Ihre Stadt Rom der Freiheit geopfert hat. Kurzum, ich gelangte also zum Abschnitt dreiundzwanzig. Ich machte mich daran, alles abzusuchen, die Kapellen in den verschiedensten Stilrichtungen, Gotik, Renaissance, 19. Jahrhundert, und die breiten Familiengräber, mit den Namen und den Daten – darunter einige aus wirklich ferner Vergangenheit. Ich erinnerte mich, in dem Artikel der *New York Times* anlässlich Ihrer Beerdigung von einer einfachen Tafel mit Ihrem Namen und Ihrem Geburts- und Todesdatum oben in einer Ecke gelesen zu haben. Aber ich konnte nichts dergleichen finden. Alles, was ich fand, ist das Grab, vor dem ich jetzt stehe, lieber Moravia, auf dem nichts weiter als »Pincherle-Cimino« steht. Ich habe mich genau umgesehen, in der Annahme, es handle sich vielleicht um einen weiteren Zweig Ihrer Familie oder eine andere Tafel befinde sich noch irgendwo angelehnt, aber es war nichts zu entdecken. Zwar liegen hier frische Blumen, das schon, aber es sind nicht sehr viele, und mir fällt wieder der Abschnitt zweiunddreißig ein – wo sich der wohl befinden mag –, und ich muss gestehen, ich fühle mich ein wenig gehemmt bei dem Gedanken, Ihnen das zu sagen, was ich auf dem Herzen habe, ohne genau zu wissen, ob dies nun Ihr Grab ist oder nicht. Niemand weit und breit, den man fragen könnte. Stille. Es wäre ein schöner Platz, um dort als Toter zu ruhen, aber auch, um dort als Lebender jene Gewissenserleichterung vorzunehmen, die ich im Sinn habe. Aber ist das Ihr Grab? Warum steht hier nirgendwo, nicht einmal ganz klein, nicht einmal in einem Eckchen Ihr Name?

Zurückzugehen und erneut zu fragen erscheint mir undenkbar. Die Nelken stelle ich in eine der Vasen zwischen sehr viel schönere hohe gelbe Gladiolen – das wäre es, Signora, beim nächsten Mal möchte ich gelbe Gladiolen. Aber ich schaffe es einfach nicht, mich zu konzentrieren. Ich möchte Ihnen sagen, dass mir Ihre Bücher sehr gut gefallen, denn das habe ich Ihnen noch nie gesagt; ich möchte Sie um Verzeihung bitten für die Sache damals, als ich Sie, auf dem Höhepunkt der Rushdie-Affäre, nicht vor der Absperrung vor dem Mondadori-Verlag warnte, so dass Sie diese mit Ihrem Lancia einfach durchbrachen und fast auf Sie geschossen worden wäre; ich möchte Ihnen danken für damals, als ich bei der Einladung zu einer Versammlung der Zeitschrift *Nuovi Argomenti* ganz vergaß, auch Sie, den Herausgeber, einzuladen, Sie aber, als ich Sie im letzten Moment doch noch anrief, trotzdem kamen und niemandem gegenüber meine Nachlässigkeit erwähnten, sondern mich im Gegenteil sogar noch *deckten*; so viel möchte ich Ihnen sagen, aber nicht so überhastet; ganz in Ruhe, gesammelt, möchte ich meinem aufrichtigen Schmerz Ausdruck geben, den mir Ihr Tod verursacht – und ebenso den Gewissensbissen, weil ich zu jenem Zeitpunkt so fern von Ihnen war. Doch vor diesem nicht eindeutig zuzuordnenden Grab will mir das nicht gelingen, und ich mache mich schon wieder auf den Weg. Sehen Sie?, da ist auch schon wieder »der Tank«, die lange menschenleere Allee, der Bauzaun, beschämt gehe ich von dannen.

Beim zweiten Tor, durch das ich den Friedhof verlasse, steht jetzt jedoch plötzlich ein Pförtner in tadelloser Uniform. Und so wende ich mich an ihn, erzähle ihm von den unsicheren Auskünften seiner Kollegen, vom Abschnitt dreiundzwanzig, von dem Grab mit der Aufschrift »Pincherle-Cimino« und sogar von der kleinen Tafel, die in der *New York Times* erwähnt ist.

»Das ist doch gar nicht hier«, erklärt mir der Pförtner im römischen Dialekt, »ich hab auch schon viele falsch geschickt, aber das ist es nicht, das Grab von Moravia ist bei dem kleinen Hügel Pincetto, zwar auch Abschnitt dreiundzwanzig, aber beim Pincetto.«

»Seltsam, gibt es denn hier mehr als einen Abschnitt dreiundzwanzig?«, frage ich.

»Mehr als einen? Viel mehr, sehr viel mehr.«

Auch er zeigt mir nun einen Friedhofsplan, und in der Tat, wenn man genauer hinsieht, entdeckt man vier, fünf, vielleicht sogar sechs Abschnitte dreiundzwanzig, wie übrigens auch die Abschnitte eins, elf oder zweiundzwanzig. In jedem neuen Teil beginnt die Nummerierung wieder von vorn, so als habe jedes Stadtviertel Roms eine eigene Via Condotti, eine eigene Spanische Treppe und einen eigenen Trevi-Brunnen. So bitte ich also den Pförtner, mir den Abschnitt dreiundzwanzig beim Pincetto zu zeigen – mir gefällt dieser Name, Pincetto, auch der ist irgendwie moravianisch. Denn ich bin bereit, weitere Kilometer zu wandern, den Friedhof erneut zu verlassen, noch einmal Blumen zu kaufen, diesmal gelbe Gladiolen, ihn wieder zu betreten und bis zum Pincetto zu laufen, wenn sich Ihr Grab nun eben dort befindet. Ja, mich verlangt es sogar danach. Doch mit einem Mal kommen auch diesem Pförtner Zweifel, er legt die Stirn in Falten und meint, er sei sich nicht mehr so ganz sicher mit dem Pincetto.

»Warten Sie, ich ruf lieber mal an.«

Wen, frage ich mich, wen könnte er jetzt anrufen? Es ist Mittagszeit, und zu dieser Stunde ist es in Rom sinnlos, zum Hörer zu greifen. Welches Büro mit lebenden Menschen sollte ihm jetzt antworten?

Der Pförtner telefoniert, wechselt ein paar Worte, legt wieder auf.

»Mit wem haben Sie gesprochen?«

»Sie haben Recht«, antwortet er nur, »das ist das Grab.«

»Welches jetzt?«

»Das, wo Sie schon waren.«

»Und das beim Pincetto?«

»Nein, nein, der Pincetto hat damit nichts zu tun. Ich hab mich geirrt.«

»Mit wem haben Sie denn telefoniert?«

Doch der Mann antwortet nicht. Ein Polizist ist aufgetaucht, und er hat schon begonnen, sich mit ihm zu unterhalten, über den neuen Namen, den die kommunistische Partei annehmen soll. Ich aber frage mich immer noch, auch jetzt, wo ich schon im Wagen sitze und davonfahre: Mit wem hat er telefoniert? Hat er zufällig mit Ihnen telefoniert, lieber Moravia? In Rom kann man nie wissen, das habe ich hier gelernt, hier ist alles möglich, hier kann alles geschehen. Hat er mit Ihnen gesprochen? Denn wenn es so sein sollte – und ich möchte gar nicht so genau wissen, wie das möglich ist –, falls es also möglich sein sollte, so möchte ich das auch. Ich habe sogar eine Notiz auf meinem Schreibtisch, die ich dort, bevor ich losfuhr, hinterlassen habe: »Mit Moravia telefonieren.« Ich muss ernsthaft mit Ihnen reden, ich muss Ihnen einige Dinge sagen. Wie ist das, lieber Moravia, kann man Sie noch telefonisch erreichen? Sagen Sie es mir, ich will es gerne glauben. Lassen Sie mir Ihre Nummer zukommen – im Traum, im Kaffeesatz, keine Ahnung, wie diese Dinge funktionieren. Aber sagen Sie es mir, lieber Moravia, ob sterben nichts anderes ist, als die Telefonnummer zu ändern.

Der Großvater

Als ich letztes Jahr die Insel Pianosa besuchte, bekam ich die Gelegenheit, das letzte Mosaiksteinchen einem Bild hinzuzufügen, das wie kein anderes meine Fantasie als kleiner Junge beschäftigt hatte: Mein Großvater, der mit seinem Fiat Seicento Multipla voller Kleider (die berüchtigte *Musterkollektion*) dort an Land geht und einen ganzen Tag lang den Gefangenen die liegen gebliebenen Kleidungsstücke der letzten Saison verkauft. Das war in den frühen Sechzigern, Stylisten gab es noch nicht, und Models nannte man Modevorführerinnen (bei meinem Großvater hießen sie, schon eleganter, Mannequins), und er vertrat in Mittelitalien die wenigen Firmen mit soliden sicheren Konfektionen, deren Namen mittlerweile Geschichte sind: Marzotto, Cori, Tescosa. Die Geschäfte liefen nicht schlecht, und doch unternahm er einmal im Jahr jene Überfahrt, um die Sträflinge neu einzukleiden, so als wolle er unbedingt jeder Lira nachjagen, um schwarze Zahlen zu schreiben. Schon allein die Vorstellung, dass er das tat, war anfangs buchstäblich umwerfend, und ich fragte nicht nach dem Warum: Er tat es und fertig. Als ich begann, mir Gedanken darüber zu machen, war er bereits gestorben, und heute kann ich nur noch Vermutungen anstellen. Vielleicht erfreute er sich an dem wer weiß wie erworbenen Privileg, einen Ort betreten zu dürfen, der sonst so *off limits* war: »Pianosa«, sagte er manchmal zu mir, »ist die schönste Insel des ganzen toskanischen Archipels. Duftend und grün und flach wie ein Pfannkuchen.« Nun, da ich die Insel gesehen habe, kann ich das nur bestätigen, und der kleine Hafen, dessen Loblied er sang und wo er mit seinem

Fiat Seicento Multipla anlegte, ist wirklich eine Perle des Mittelmeers. Aber es mochte auch noch andere Gründe dafür geben, dass Großvater sich jedes Jahr wieder auf dieses Unternehmen einließ. Möglicherweise war er mit einem der Gefängniswärter befreundet oder sogar mit einem Häftling – er hatte wirklich überall Freunde, und in diesem Fall wäre auch klar, warum er es eines Tages aufgab, nach Pianosa zu fahren. Denn irgendwann begann er mit allen Freunden unausweichlich zu streiten. Oder er machte es als Training, um Jahr für Jahr seine besondere Begabung als Verkäufer unter Beweis zu stellen, denn einen Lebenslänglichen zu animieren, seine Garderobe zu erneuern, ist gewiss eine Fähigkeit, die nur wenigen gegeben ist. Und schließlich mochte diese »Marotte« auch ein Aspekt seiner »Philosophie der Vornehmheit« sein (»vornehm« war ein Schlüsseladjektiv für ihn), denn damals konnten sich die Häftlinge von Pianosa frei auf der Insel bewegen, arbeiten, fast ein normales Leben führen, und so empfand es mein Großvater wohl als selbstverständlich, dass ihnen für ihre verschiedenen Aktivitäten auch eine jeweils angemessene Garderobe zur Verfügung stehen musste. Doch egal, wie, er tat es eben, er fuhr nach Pianosa, um Häftlingen Kleidung zu verkaufen, und ich habe nie von einem anderen Großvater gehört, der Ähnliches tat: Er war einzigartig.

Wie bei jedem anständigen Mythos umrankt auch seine Jugend ein Geheimnis. Unter merkwürdigen Umständen 1904 in Genua geboren und in Rom in einem für das neunzehnte Jahrhundert typischen, dann auf mysteriöse Weise verschwundenen Reichtum aufgewachsen: große Häuser, Kindermädchen, Sommerfrischen, ein Reichtum, dem er aber schon im Alter von einundzwanzig Jahren selbst entsagte, als er allem entfloh, um in San Marino meine Großmutter zu heiraten; sie zogen nach Mailand, wo er eine Stelle als Schreibkraft annahm, und lebten von Luft und Liebe. Dann seine Geschäfte, ebenfalls geheimnisvoll und niemals mit glücklichem Ausgang, der Umzug nach Bologna, die Geburt der Kinder, der Umzug nach Florenz und die definitive Niederlassung im Textilhandel, wo er es zu einer angesehenen Stellung bringt. Dem Zweiten Weltkrieg entgeht er aus dem entgegengesetzten Grund, der ihn vor dem Ersten verschonte – damals zu jung, nun zu alt. Und aus den großen Geschichten der Zeit der Evakuierungen, als er seine Familie in die Berge brachte, um sie vor den Bombardierungen in der Stadt zu schützen, ragte für mich immer die Erzählung von der Zeit in Montepiano, im Apennin, heraus, als er, um zu Hause schlafen zu können, nach seinem Arbeitstag im Consorzio Manufatti in Florenz jeden Tag hundertdreißig Kilometer mit dem Fahrrad bewältigte – die Hälfte davon am Abend, ständig höllisch steil bergauf. (Ich bin in Montepiano gewesen, mit dem Auto, und kann mir absolut nicht vorstellen, wie er das geschafft haben soll.)

Aber das ist Vorgeschichte, sein langer Lauf durchs zwanzigste Jahrhundert, um irgendwann mein Großvater zu werden, auch wenn ich weiß, dass dies der bewegteste Teil seines Lebens war. Für mich jedoch ist es irgendwie nur ein Vorgeplänkel, es zählt viel weniger, zumal große Teile im Dunkeln liegen, weil es niemanden mehr gibt, der sich daran erinnern kann. Sein Mythos aber, den ich hier verkünden will, setzt ein mit der Zeit, als er ungefähr sechzig war, und ich begann damals, seine unerschütterliche gute Laune kennen zu lernen, mit der er auf Kunden, Bräute und Kinder Eindruck machte. Plötzlich und allzu früh verwitwet, verbrachte er kürzere Zeiträume in unserer Familie – aus Gründen, die ich nicht kenne, von denen ich mir aber immer vorstellte, dass sie irgendwie mit Frauenbekanntschaften zu tun hatten – und schlief mit meinem Bruder und mir in einem Zimmer. Seine Anwesenheit war unaufdringlich, aber doch augenfällig, ich erinnere mich an rauschende Seidenmorgenmäntel, wie Nylonstrümpfe gespannte Haarnetze, einen Bart, der mit Pinsel und Rasierseife rasiert wurde – mein Vater benutzte immer einen Elektrorasierer –, an fröhlich gepfiffene Melodien, an Witze und den Duft von Lotionen. Wo er auch hinkam, begleitete ihn stets eine ganze Abteilung vom Aussterben bedrohter oder längst vergessener Worte, eine eigene, lebendig gehaltene Sprache, an die ich mich leider nur in Bruchstücken erinnere: *frigidèr* statt *frigorifero* für Kühlschrank, *restoràn* statt *ristorante*, *parabrìs* statt *parabrezzo* für Windschutzscheibe, oder *trinchesvaine Margherìt* von »Trink den Wein« abgeleitet, *tognino* für Deutsch und dann *sbafare* für Sich-vollfressen, *fifa* für Angst, *tafanario* für Misthaufen … Und auch unsere Geographie- und Ortskenntnisse erweiterten sich, wenn er bei uns war, ganz zu schweigen von dem Erlernen zunächst völlig unbekannter Eigennamen, die uns durch die ständige Erwähnung jedoch schon bald vertraut wurden: der Schneider Attanasio – an einer Penicillinspritze gestorben –, der Freund Luconi, die Signora Tesi. Dann eines Tages sah ich im Fernsehen *Liebe, Brot und 1000 Küsse* und entdeckte, dass Großvater auf verblüffende Weise Vittorio De Sica glich (nicht zufällig gehören noch heute dessen Filme zu meinen liebsten), so dass ich plötzlich begann, ihn mit dem Schauspieler zu verwechseln. Die Anmut, die offensichtliche Distanz zu allem Tragischen, die Eitelkeit De Sicas waren auch ihm eigen – es war beeindruckend. Die Geste De Sicas in jenem Film mit Abbe Lane – ich hab den Titel vergessen –, als sie eine unglaubwürdige Ärztin spielt und er ihr während der Untersuchung eine Essenseinladung ins Stethoskop flüstert: Genau das ist es, so stelle ich mir meinen Großvater vor, wenn er Damen den Hof machte – also häufig, allem Anschein nach sehr häufig.

Es war wohl Anfang der siebziger Jahre, als er die Beziehung mit einer gewissen Iris, mit der er zusammengelebt hatte (eine vornehme Frau, wie er sie mochte), beendete und sich fest bei uns in Prato einrichtete. Es mag das Zusammentreffen verschiedener Faktoren gewesen sein, das Ende meiner Kindheit, seine Ähnlichkeit mit De Sica, das Zusammenleben mit ihm, aber nun änderten sich die Dinge ein wenig. Mein Blick auf ihn war nun nicht mehr so rein und ergeben, sondern wurde kritischer. Ich begann, auch schwierige Seiten seines Charakters wahrzunehmen, gewisse Macken beim Essen, ein wenig Unduldsamkeit. Nun, da er bei uns lebte, sah ich auch einen alten Mann mit seinen Ticks, und zunächst war es hart, sich das einzugestehen. Aber er blieb auch weiter gut aussehend und eitel wie in alten Zeiten (wollte man ihn für sich einnehmen, musste man ihm nur ein Kompliment machen), und verglichen mit anderen Großvätern, die ich sonst so kannte, war er sehr viel amüsanter. Wenn es um Musik ging, war er ganz offen. Er pfiff zwar weiterhin *Tornare a Surriento* oder *Abat-jour*, protestierte aber auch nicht gegen das Bombardement mit Liedern meiner damaligen Lieblingsbands Genesis und Pink Floyd, mit denen ich ihn aus dem Nebenzimmer malträtierte. Im Gegenteil, ähnlich wie bei Mäusen, die sich an ein Gift nicht nur gewöhnen, sondern sich irgendwann sogar davon ernähren, gelang es mir, sein Repertoire kleiner Arien auch mit Psychedelic-Rock-Stücken zu erweitern, und mehr als einmal erlebte ich, wie er beim Rasieren seine Version von *Selling England by the pound* oder *Money* vor sich hin pfiff, was ich, wenn ich es mir heute überlege, unbedingt hätte aufnehmen sollen.

Und dennoch litt er in jenen Jahren. An die großen Städte Rom, Bologna und Florenz gewöhnt, wollte es ihm einfach nicht gelingen, sich in einem Provinzort wie Prato einzuleben. Gelegenheiten, sich die Zeit zu vertreiben, waren ihm nicht mehr allzu viele geblieben. Es gab nur noch einen einzigen Freund, mit dem er noch nicht zerstritten war, den Inhaber des Herrenbekleidungsgeschäfts Tris im Stadtzentrum neben dem Metastasio-Theater; und dort verbrachte er alle seine nicht enden wollenden, abwechslungslosen Rentnernachmittage und schuf so die Voraussetzungen für den letzten fatalen Krach, der sich um das Jahr 1975 herum ereignete. Wir kannten nie die Gründe für Großvaters Streitigkeiten, die legendären Brüche, die seine Aktivitäten immer weiter einschränkten, doch besonders jener muss dramatisch gewesen sein, epochal, denn in wenigen Tagen machte er sich aus dem Staub (eine weitere Redewendung, die er liebte) und zog nach Florenz, ins Haus der Witwe seines alten Freundes Luconi, einer gewissen Vivetta, mit der er das Leben bis ans Ende seiner Tage zu teilen gedachte. Ich war es, der besser als alle anderen Familienmitglieder wusste, wie es um den Zustand der Beziehung zu dieser neuen Lebensgefährtin bestellt war, denn ich studierte mittlerweile in Florenz und hatte häufig Gelegenheit, sie zu besuchen. Besonders donnerstags war ich regelmäßig bei ihnen zum Mittagessen eingeladen und konnte das fabelhafte Manöver der Enteignung beobachten, mit dem Großvater sich nicht nur zum unumschränkten Hausherrn aufgeschwungen hatte, sondern auch Vivetta selbst immer mehr einem Regime unterwarf, in dem sie die Rolle seiner ergebenen Verehrerin spielte. In der Tat war es so, dass mit den Jahren seine Widerstandsfähigkeit gegenüber den normalen Alterungsprozessen übernatürliche Formen annahm, und so wird verständlich, warum sich eine Frau wie Vivetta, die in seinem Alter war und unter hohem Blutdruck und zahlreichen Wehwehchen litt, vom Einkauf über die Hausarbeit bis zum Kochen alles aus der Hand nehmen ließ und dazu nur mit sanfter Stimme bemerkte: »Er traut es mir eben nicht mehr zu. Du weißt ja, ich bin schon ein wenig verkalkt.«

Für ihn müssen das schöne Jahre gewesen sein, Jahre, in denen er überall faltenlos und gertenschlank wie ein Windhund auftrat und alle Welt aufforderte, sein Alter zu erraten. Obwohl er nichts zur Seite gelegt hatte, gelang es ihm immer wieder, an ausgedehnte Sommerfrischen von Juni bis September zu kommen, Sommerfrischen, die noch ganz ähnlich wie in den prunkvollen Zeiten Anfang des Jahrhunderts mit seiner Familie organisiert waren, also, mit Aufenthalten an beiden Küsten, unterbrochen von Erfrischungen in mittleren Gebirgslagen, wo er unter neidischen alten Männlein seine gepflegte Bräune zur Schau stellte und deren Frauen beeindruckte. Sein damaliges Wohlergehen, unter dem Stern einer eisernen Gesundheit, basierte auf seiner fabelhaften Kunst, sich wie kein anderer mit den Verhältnissen einzurichten: Er konnte einen richtig anstecken mit seiner Begeisterung für die kleine Pension in Viserba, wo er den August verbrachte (»Bequeme Betten! Blick auf die Strandpromenade! Und erst das Bad! Kaltes und warmes Wasser den ganzen Tag!«), oder einem das Wasser im Munde zusammenlaufen lassen, wenn er vom Frühstück berichtete: »Milch! Kaffee! Brot, Butter, Marmelade, so viel man will!!!« Einmal brachte mein Bruder sie im Wagen nach Viserba und stellte fest, dass es sich in Wirklichkeit um eine Art Heim handelte, wo mit einer Glocke zu den Mahlzeiten gerufen wurde und dergleichen mehr. Aber er sah auch, dass Großvater hier ohne Rivalen herrschte und von allen verehrt wurde.

Dann, während eines Sommeraufenthalts im Gebirge, setzte plötzlich sein Herz aus, das zuvor immer wie ein Schweizer Uhrwerk funktioniert hatte. Er starb nicht, lernte jedoch mit einem Mal alle Sorgen und Mühen des Alters kennen, Diäten, Ampullen, Herztabletten; aus war es mit den Tortellini, seiner großen Leidenschaft (in einem Jahr hatte er an Weihnachten einmal dreitausend Stück mit eigenen Händen für alle Verwandten geformt), und ebenso mit den Maritozzi, dem süßen Hefegebäck mit Anis. Vivetta, deren Gebrechen konstant blieben, erwachte aus ihrer Lethargie und überholte ihn: Großvater war ein Infarktpatient. Und dennoch, auch unter den für ihn so besonders schmerzvollen Bedingungen, gelang es ihm, zu alter Seelenkraft zurückzufinden, indem er sich in einen erbitterten Kampf stürzte, um für sich nach seinem Tod die Schrecken der Erde zu verhindern und ins Nirwana der Kremation einzugehen. Ich erinnere mich noch ganz genau an den Tag, als er mir erzählte, mit seinen zahlreichen Eingaben sei es ihm gelungen, den bornierten Widerstand der katholischen Kirche gegen diese höchst zivilisierte Bestattungspraxis zu brechen, und er freute sich wie jemand, der gerade einen Urlaub gebucht hat. Ich brachte ihn im Wagen nach Hause, und als wir an der Fortezza Dabbasso vorbeifuhren, sah ich, wie er zum Zeichen der Verachtung die flache Hand in die Beuge des erhobenen anderen Arms schlug und frohlockend rief: »Ihr kriegt mich nicht! Ihr kriegt mich nicht!« Es war sein Triumph über die Würmer.

Ich war gerade endgültig von zu Hause ausgezogen, zu Beginn des Dezembers 1985, als mich meine Mutter anrief und mir mitteilte, dass sich sein Zustand erheblich verschlechtert habe. Unverzüglich fuhr ich mit dem Auto los und schaffte es gerade noch rechtzeitig, um ihn ein letztes Mal zu sehen. Da nun nichts mehr zu machen war, hatte er vom Arzt freie Bahn für Tortellini und Maritozzi erhalten, doch nun stand der Tod zwischen seinen Augen und dem Teller und verdarb ihm den Appetit. Als er mich sah, kamen ihm die Tränen, aber dann fasste er sich und übergab mir meinen Anteil an seinem Nachlass, eine Flasche Antinori-Sekt, Méthode Champagnoise, die er, wie er mir erzählte, zurückgestellt hatte für den Tag, wenn mein erstes Buch herauskäme. Und er nahm mir das Versprechen ab, sie zu diesem Anlass zu öffnen und dabei an ihn zu denken. Doch als es zwei Jahre später so weit war, brachte ich es nicht übers Herz, und so steht der Sekt immer noch im Schrank, eingewickelt in Frischhaltefolie, die für mich so aussieht, als würde sie die Flasche beschützen. Wie könnte ich sie jemals öffnen?

Zwei Tage später hielt in der Kapelle des Trespiano-Friedhofs ein unbekannter Priester die Trauerandacht, so als habe er es mit einem x-beliebigen Verstorbenen zu tun. Vielleicht hatte man ihn nicht unterrichtet, oder vielleicht glaubte er auch, es ihm in der Situation ein wenig heimzahlen zu können – jedenfalls sprach er wie selbstverständlich den Satz von der Rückkehr zum Staub der Erde, gegen die Großvater mit seinen letzten Kräften zu Felde gezogen war. Mein Bruder und ich blickten uns an und mussten beide lachen, mitten in der Trauerfeier, und auch wenn wir versuchten, uns nichts anmerken zu lassen, lachten wir trotzdem, denn alle beide hörten wir ganz deutlich aus dem Innern des Sargs, wie Großvater ganze Salven seiner beliebten »Ihr könnt mich mal«-Geste abfeuerte und so die Worte des Priesters kommentierte. Wenige Stunden später war er Feuer, Rauch und Asche, doch ich hatte den Eindruck, dass von den lachenden florentinischen Hügeln noch lange das eine oder andere »Schüsschen« widerhallte, zumindest bis zu dem Zeitpunkt, da seine sterblichen Reste in der Grabnische untergebracht waren, die er sich bereits Monate zuvor gesichert hatte. Es war die höchste, die zu haben war, so weit wie möglich von der Erde entfernt, neben einer brasilianischen Tänzerin, die jung und schön gestorben war.

Bingo

Mag sein, dass das Bingospiel in der Krise steckt, wie man es in den Zeitungen liest. Doch heute Abend gießt es in Strömen, im Fernsehen wird das Spiel AS Rom gegen AEK Athen gezeigt, und der Saal ist trotzdem voll. Es ist das erste Mal, dass ich einen Bingosaal betrete. Doch den Saal hier kenne ich bereits, denn in einem früheren, noch nicht einmal allzu weit zurückliegenden Leben war er ein traditionsreiches römisches Kino, das »Rouge et Noir«, wo ich – ich erinnere mich ganz genau – *Barton Fink* gesehen habe. Da ich allein dadurch und wegen der Meldungen über den Niedergang von Bingo eine furchtbar triste Szenerie erwartete, war mir nicht danach, allein hinzugehen, und so habe ich Luca mitgenommen. Doch wie gesagt, der Saal ist voll, als wir eintreten, ist nur noch ein Tisch frei, den wir uns sofort schnappen, ohne darauf zu achten, dass er sich im Nichtraucherbereich befindet, eine Tatsache, die an diesem Glücksspielabend noch eine Rolle spielen wird.

Die Gesellschaft, die uns umgibt, hätte nicht bunter sein können. Vor der mit Bildschirmen und Displays gestalteten Bühne, neben den Kellnern und Kellnerinnen, die mit gelangweilten Mienen zwischen den Tischen unterwegs sind, kann man wirklich alle erdenklichen Typen antreffen: schnauzbärtige, in Rauchwolken gehüllte Männer, peruanische Haushaltshilfen (dem Anschein nach jedenfalls), obwohl heute nicht ihr freier Donnerstag ist, greise Signoras mit dunkel geröstetem Teint, Familien von Fettwänsten mit Säckchen voller Münzen in den Händen, Mädchengruppen ohne männliche Begleitung, Jünglinge, blasierte Snobs, angepasste Leisetreter, ein jamaikanischer Rasta, ein Filipino, ein Transsexueller, ein Inder, zwei, drei Afrikaner, ein Pirat und ein paar Typen mit Visagen wie Serienkiller. Aber es bleibt keine Zeit, sie länger zu beobachten, jetzt gilt es, ein Bingo-Los zu kaufen und zu spielen. Außerdem verbietet es das Reglement, sich während des Spiels zwischen den Tischen zu bewegen.

Luca und ich einigen uns zunächst auf eine eher vorsichtige Defensivstrategie und kaufen für jedes Spiel ein Los zusammen. Es kostet normalerweise einen Euro fünfzig, es sei denn, die pfiffigen Kerle, die den Salon betreiben, lassen eine ihrer Spezialpartien spielen, für die sich der Lospreis gleich verdoppelt. Normalerweise liegt der Gewinn um die 25 Euro für den Fünfer, also denjenigen, der zuerst fünf Zahlen in einer Reihe hat, und um die 150 Euro für Bingo. Unser erstes Spiel beginnt, und wir schaffen es noch nicht mal, zwei Punkte zu ergattern, da hat so ein Schnauzbärtiger, der allein am Tisch sitzt, schon einen Fünfer angemeldet. Die Zahlen werden sehr rasch hintereinander ausgerufen, durch eine teilnahmslose, leiernde Frauenstimme, wie man sie von Ansagerinnen im Zirkus kennt. Bingo macht diesmal eine peruanische Haushaltshilfe, und auf ihrem Tisch wird zum Neid der Verlierer eine Art langes und glitzerndes Zepter aufgestellt. Uns fehlten noch sechs Zahlen.

So geht es eine Zeit lang weiter, ohne dass wir richtig ins Spiel finden. Inzwischen scheint dagegen das Spiel vom AS Rom beendet zu sein, denn es treffen immer mehr neue Gäste ein, und der Saal ist mittlerweile gerammelt voll. Luca fällt auf, wie viele Leute zwischen den Spielen die Tische wechseln, und meint, es sei ja kein Wunder, dass wir verlören, wenn wir an diesem verhexten Tisch sitzen blieben. Wir verlieren weiter, ohne uns zu wehren, abgesehen von einer magischen Folge von sechs Zahlen, die uns bis auf eine Zahl heranbringt (es fehlt die vierzehn), und so fließt auch bei uns wenigstens für ein paar Minuten das Adrenalin. Bingo macht dann jedoch der Filipino am Nebentisch, und da man dort außerdem rauchen darf, dränge ich darauf, an diesen Tisch umzuziehen. Gesagt, getan, aber nun geschieht etwas Entsetzliches. Kaum haben wir bei dem Filipino Platz genommen, betritt ein blasiertes junges Pärchen den Saal, sie nicht hässlich, aber farblos mit großen Brüsten, er ein Schnösel mit einem Gesicht zum Ohrfeigen; sie setzen sich auf unsere alten Plätze und machen beim nächsten Spiel, einem mit doppelter Gewinnprämie, gleich einen Bingo zu 372 Euro. Für uns ein fürchterlicher Schlag, und die Allianz zwischen Luca und mir beginnt zu bröckeln. Er wirft mir vor, 700 Flocken für eine Marlboro in den Wind geschossen zu haben, und ich erwidere, *er* sei es doch gewesen, der eine Stunde lang genörgelt habe, um endlich den Tisch zu wechseln. Auf alle Fälle beschließt er, die Lose nicht mehr mit mir zu teilen, und holt sich eigene. Und ich, trotzig wie ein kleiner Junge, spiele jetzt gar nicht mehr weiter – da hast du's! Stattdessen beginne ich, den Filipino genauer zu beobachten, der eben Bingo gemacht hat, und auch wenn er nicht gewinnt, ist er stets im Spiel, macht wie ein Besessener Kreuze auf seinen zwei Losen und ist immer eine, höchstens zwei Zahlen vom Ziel entfernt. Mir fällt auf, dass er immer zwei Namen auf seine Lose schreibt, Mylen und Honelyn: Das müssen seine Töchter sein, und sie scheinen ihm Glück zu bringen. Es beginnt eine besonders harte Phase, in der Luca weiterhin leer ausgeht (geschieht ihm recht), während um uns herum alle gewinnen: der Rasta und die Jünglinge sogar zweimal hintereinander, mehr als eine Million, und so lassen sie Sekt kommen und die Korken fliegen. Es ist wie verhext mit diesem Spiel, wie ein höhnischer Kobold hüpft das Zepter um uns herum und verkündet unentwegt, dass wir heute Abend die Aschenbrödel sind. Mittlerweile bin ich in einem Zustand, in dem ich alle beneide. Ich merke, dass auch Luca frustriert ist, unkonzentriert und es versäumt, die Nummer 30 anzustreichen, durch die sein Los etwas weniger leer ausgesehen hätte. Ich lasse meinen Stolz fahren, weil mir klar wird, dass wir ähnlich wie das Bündnis des Ulivo in der Politik nur dann eine Chance haben, wenn wir zusammenhalten; und so versöhne ich mich mit ihm und verrate ihm den Trick des Filipino, der die Namen der Menschen, die ihm am nächsten stehen, auf seine Lose schreibt, um das Glück anzulocken. Luca beginnt mit dem Namen seiner Verlobten Sara, doch wir werden niedergemacht. Dann versucht er es mit Iggy Pop, und ich werde schon wieder sauer: Was fällt dir denn ein? Die anderen vertrauen den Namen ihrer Töchter, ihrer Ehefrauen, des Bluts ihres Blutes, und du setzt auf einen Rockstar? Doch Luca meint, ich solle ihm nicht auf die Nerven gehen, Iggy Popp stehe ihm wirklich sehr nahe.

Aber das Desaster will nicht enden und wird sogar noch schlimmer, als der Filipino uns verlässt und zu dem Tisch geht, an dem wir zuerst saßen und das blasierte Pärchen inzwischen noch einen Fünfer geschafft hat. Wir probieren alle Namen durch, die uns so einfallen, die meiner Kinder, seiner Katze, Kubrick, doch nichts zu machen. Es kommt sogar so weit, dass ich mich zu etwas Schändlichem hinreißen lasse und »Mylen« auf mein Los schreibe, um dem Filipino ein wenig von seinem Glück abzuzwacken, ähnlich wie der Radrennfahrer Saronni, wenn er sich Mosers Ausreißergruppe anschloss, um ihm dann beim Sprint eine lange Nase zu machen. Aber es ist sinnlos: Wir verlieren weiter, ein entsetzliches Gefühl. Mittlerweile sitzen wir schon seit drei Stunden in diesem Saal und schenken dem Fiskus Geld, und als ich unsere Finanzen mal kurz überschlage, stelle ich fest, dass wir mit rund 40 Euro in den Miesen sind. 45, wenn man die Biere mit dazuzählt. Ich frage eine der Angestellten, wann hier geschlossen wird, und ihre Antwort ist absurd: »Um vier, vielleicht auch später.« Es ist Viertel vor eins, und so beschließe ich, die letzten drei Euro in einer Sonderrunde zu setzen und dazu auf den Namen einer Verflossenen zurückzugreifen, an die ich besser gar nicht denken sollte. Eine Verzweiflungstat. Und wie nicht anders zu erwarten war – trotz der anfänglichen Illusion, wenigstens um den Fünfer mitkämpfen zu können (wir waren bis auf eine Zahl dran) –, senkt sich der mächtige Daumen, der es heute Abend auf uns abgesehen hat, unausweichlich nach unten; er zwingt uns, einen der beiden Typen mit den Serienmördervisagen zu beneiden, der sein Bingo ausruft, und zwar mit der gelassenen Miene eines Menschen, der nicht im Geringsten daran zweifelt, früher oder später zu gewinnen. Auch gut, vielleicht bleibt dadurch heute Nacht ein Leben verschont. Luca und ich verlieren kein Wort mehr darüber, wechseln nur einen Blick und schleichen uns davon.

Draußen hat es aufgehört zu regnen, AS Rom hat null zu null gespielt, und während wir zum Wagen gehen, rechnen wir uns aus, dass wir für die 50 Euro, die wir verspielt haben, auch zwei Mädchen ins Kino einladen und ihnen sogar Süßigkeiten und eine Cola hätten spendieren können. Damit hätten wir zwar nichts gewonnen, aber beim Bingo sind wir ja auch leer ausgegangen, und eins habe ich heute Abend gelernt: Bingo zu spielen, ohne zumindest einmal einen Fünfer zu machen, ist das Schlimmste, was es gibt. Das Allerschlimmste sogar.

Dialog im Dunkeln

Manche Ideen sind einfach genial, da gibt es nichts zu machen. Normalerweise sind es auch die einfachsten, und ihr Geheimnis liegt in der vollkommenen Umkehrung von bisher als gegeben hingenommenen Rollen, was dann sofort eine gewaltige mentale Revolution in Gang setzt. Viele Meisterwerke der Kunst und viele der bedeutendsten naturwissenschaftlichen Entdeckungen sind letztendlich auf diese Weise entstanden. Sehen wir einen solchen einfachen Genius am Werk, entsteht immer ein Moment der Überraschung, weniger wegen des erzielten Resultats als vielmehr aufgrund der Tatsache, dass noch niemand vorher auf diese Idee gekommen ist, wir selbst eingeschlossen. Genau das empfindet man, wenn man den Palazzo della Civiltà e del Lavoro im römischen Stadtteil EUR betritt, um eine Erfahrung zu machen, die man durchaus radikal nennen könnte. Ich spreche vom Besuch der Ausstellung »Dialog im Dunkeln: In der Welt der Blinden«. Die absolut einfache Idee besteht darin, einige für unseren Alltag ganz normale Situationen zu rekonstruieren und sie dann in absoluter Dunkelheit unter der Führung eines Blinden erleben zu lassen. Eine Idee, der in den sieben Jahren, in denen die Ausstellung um die Welt geschickt wurde, ein überwältigender Erfolg beschieden war. Millionen von Besuchern lockte sie an, bis sie schließlich auf Initiative des italienischen Blindenverbands unter der Schirmherrschaft vieler angesehener Institutionen auch nach Italien kam.

Und so erlebe ich, aus einem klaren Märzmorgen kommend, geblendet von jenem funkelnden Licht, das eigens dazu gemacht zu sein scheint, um vom Marmor der Architektur Piacentinis reflektiert zu werden, wie man mir einen echten Blindenstock aushändigt (leicht, biegsam, und schon der Gegenstand an sich hat für mich etwas Mythisches) und einen persönlichen Führer, Guglielmo, zuweist, der mich hineingeleiten wird. Kaum sind wir durch den schwarzen Vorhang geschlüpft, spüre ich in dieser urweltlichen Dunkelheit ganz deutlich, wie sich Guglielmos Gestalt mächtig vergrößert. Wo ich ängstlich herumtappe, bewegt er sich, so stelle ich mir vor, sicher und flink und gibt mir dabei noch Hinweise, wie zum Beispiel, die Stockspitze parallel zum Boden zu bewegen, mit der freien Hand der Wand zu folgen und vor allem die anderen vier Sinne voll und ganz auszuschöpfen. So klar und deutlich erreicht mich seine Stimme, dass ich sogar den Eindruck habe, er gehe rückwärts, so wie man es manchmal bei Skilehrern in Kinderskikursen beobachten kann. Ich höre den Kies unter den Füßen knirschen, während wenige Meter entfernt eine Art Bächlein gluckert. »Strecken Sie die rechte Hand aus«, sagt Guglielmo. Ich gehorche, und nachdem ich ein wenig herumgetastet habe, finde ich einen Baumstamm. »Atmen Sie tief durch, wir sind hier auf dem Land«, fordert mich Guglielmo auf, »und gleich überqueren wir eine kleine Brücke.« Ich atme tief ein, und tatsächlich steigt mir, ich weiß auch nicht wie, der intensive Duft von Gras in die Nase, und die Luft ist wirklich so frisch und klar, als befänden wir uns an einem Flussufer. Das Gluckern wird stärker, und die Spitze meines Stocks sagt mir irgendwann, dass wir bei der Brücke sind, denn sie erzeugt das dumpfe Geräusch von Klopfen auf Holz.

Wir gelangen zur anderen Seite, und gerade als ich mich an dieses Schwarz etwas gewöhne und mich allmählich etwas weniger tapsig bewege, widerfährt mir etwas Seltsames. Ich sehe. Im Halbdunkel vor mir sehe ich Formen, Umrisse, vertraute Linien, was irgendwie vollkommen unpassend ist, denn eigentlich *sehe ich absolut nichts.* Objektiv betrachtet ist die Finsternis vollkommen, und tatsächlich ist das, was ich zu sehen meine, überhaupt nicht da. Ich bin beeindruckt – mit Halluzinationen habe ich bislang nämlich keine großen Erfahrungen gemacht – und erzähle Guglielmo davon, der mir versichert, das sei ganz normal, schuld sei das Gehirn, das sich weigere, den Verlust eines Sinnesorgans hinzunehmen und nach zehn Minuten Finsternis aus sich heraus jene Bilder erschaffe, die die Augen ihm nicht mehr lieferten. Aber das halte nicht lange an, fügt er noch hinzu. Bevor wir zum nächsten Bereich gelangen, fragt mich Guglielmo, wie ich mich fühle, und zum ersten Mal, seit ich hier bin, frage ich mich das auch. Gut, ich fühle mich gut – vollkommen verblüfft, aber gut. Der Stock gibt mir Sicherheit, und ich bin ganz Herr meiner Sinne, meines Tastsinns, meines Geruchssinns und meines Gehörs. Wie angekündigt, sind die Bilder verschwunden, und mir geht es wirklich gut. »Wunderbar«, sagt Guglielmo, »denn jetzt durchqueren wir einen Stadtteil mit viel Lärm, und Lärm ist der Nebel der Blinden.« Und tatsächlich ändert sich plötzlich hinter einer Schiebetür ganz dramatisch die Umgebung: Stahl, Zement, Stufen, Hupen, Motoren, Gestank, ich habe keine Ahnung, wo wir sind, aber mir ist klar, dass es sich um eine sehr vertraute Szene handelt, und sollte ich morgen, wenn ich aus dem Haus gehe, die Augen schließen, bin ich mit einem Schlag wieder dort. Guglielmo geht nun neben mir und berührt mich dabei. In diesem Wald voller Fallen ist die physische Wahrnehmung eines menschlichen Körpers sehr hilfreich. Ununterbrochen taste und berühre ich und kann dabei die Dinge wiedererkennen – Ketten, Pfosten, Kanten, Bürgersteige –, aber ich überlege, wie gefährlich es doch sein muss, sich jeden Tag so zurechtfinden zu müssen, dort draußen in der Stadt, wo keine auf Kinder zugeschnittenen Sicherheitsvorschriften existieren. Ich frage Guglielmo, wie sie es bloß schaffen, sich nicht dauernd die Hände zu verletzen, und seine Antwort ist wunderbar: »Wir berühren die Dinge nicht«, sagt er, »wir streifen sie ganz sanft.«

Wir gelangen zu einer Bar, ja, einer richtigen Bar mit Tischchen, Stühlen und einer Theke, und hinter der Theke zwei Mädchen, die ebenfalls blind sind und mich willkommen heißen und fragen, ob ich einen Orangensaft möchte. Unsere Hände suchen sich, und ich stelle mir die Anmut ihrer schwebenden Bewegungen im Dunkeln vor, bevor sie sich finden und herzlich drücken. Sie sind beide Anhänger des Kommunisten Fausto Bertinotti und bitten mich, ihm zu sagen, er solle auch mal vorbeikommen, und das will ich hiermit tun: Signor Bertinotti, besuchen Sie doch bitte mal den »Dialog im Dunkeln«. Man erwartet Sie und wird Sie zu einem Orangensaft einladen. Aber nicht nur Sie, Signor Bertinotti: Wenn ich's mir recht überlege, sollten alle kommen, alle Politiker, Kardinäle, Journalisten und Richter, alle Kritiker, alle jungen Autoren, der junge italienische Film, die kleineren und mittleren Unternehmer, die Rentner und Hausfrauen, die Kinder, alle Römer und alle Touristen. Hier gibt's Dunkelheit für jeden, hier gibt's Gerüche, Temperaturen, Geräusche und Geschmäcker für alle, und hier gibt's ein Gefühl, das man – mag man im Leben noch so schuften, beharrlich sein Ziel verfolgen, große Dinge leisten – nirgendwo sonst erleben kann. Leute, es ist phantastisch. Es wäre Wahnsinn, nicht zu kommen, so als würde man bei der Geburt seines eigenen Kindes nicht dabei sein. Das wollte ich nur gesagt haben, ich kann euch nicht zwingen, aber beschwert euch hinterher nicht, dass das Leben langweilig sei.

Als Guglielmo mich hinausführt, ist das Sehen mit seiner einordnenden Gewalt (das Schöne, das Hässliche, die so klar voneinander geschiedenen Farben) fast eine Enttäuschung für mich. Die drei Stunden, die ich dort drinnen war, kommen mir wie eine Minute vor. Und während ich mich auf der Fahrt über die sonnendurchflutete Via Cristoforo Colombo an mein Glück, sehen zu können, wieder gewöhne, lässt mir mein sensibilisierter Geruchssinn eine peinliche Information zukommen, die ich zwar schon kannte, mir die Diktatur des Sehsinns aber jeden Tag zu vergessen ermöglichte: Ich stinke. Ich stinke nach Nikotin wie eine schlecht ausgedrückte Kippe, und es ist dieser Gestank, an dem mich Guglielmo und die beiden Mädchen hinter der Bar erkennen werden, wenn wir uns einmal wiederbegegnen. Und was noch schlimmer ist, dieser Gestank ist das Erste, was meine Söhne von mir kennen gelernt haben, als sie noch blind waren: Sie haben ihn kennen gelernt noch vor meiner Liebe und meinen Bemühungen, von ihnen geliebt zu werden. Sie werden sich auf ewig daran erinnern, und sollten sie einmal einen Roman schreiben, werden sie diese Erfahrung sicher darin verarbeiten. Sie werden ihm den Titel »Der große Stinker« geben, um dann in Interviews zu beteuern, dass es sich um eine Fiktion handle, dass das Werk nicht autobiographisch und die Vater-Sohn-Beziehung eben ein literarischer Topos sei und so weiter und so weiter. Verdammt noch mal.

Hundert kleine Tottis

Angesteckt von einem Freund, hat mein Sohn Umberto den Wunsch geäußert, an der Fußballschule des AS Rom angemeldet zu werden, und ich habe ihm diesen Gefallen getan. Soll mir später keiner nachsagen, mein Sohn habe Sport machen wollen und ich hätte ihn daran gehindert. Und so haben wir mit den Eltern seines Freundes abgesprochen, die Kinder abwechselnd zweimal die Woche zum Trainingsgelände im Stadtteil Testaccio zu fahren – zum ruhmreichen Platz in Testaccio. Wir haben den Beitritt bezahlt, Fußballschuhe gekauft und dafür gesorgt, dass sie auf der undurchschaubaren Warteliste für die Ausrüstung, die ihnen eigentlich nach Bezahlung der Anmeldegebühr zustehen soll (dicke Winterjacke vom AS Rom, Trainingsanzug vom AS Rom, Trikots, Stutzen, Sweatshirts vom AS Rom), nicht vergessen werden; denn es sind immer nur die Riesengrößen erhältlich, während die für Kinder »bald kommen müssen«. In der Zwischenzeit haben jedoch weder wir noch die Eltern von Umbertos Freund die offiziellen AS-Rom-Trikots mit dem Namen eines Spielers und dem Logo des Sponsors auf der Brust gekauft. Nein, das haben wir nicht gemacht, und die Kinder, das muss ich betonen, haben auch nicht darum gebettelt. Und so sind mein Sohn und sein Freund nun die einzigen beiden Kinder, die zur Fußballschule vom AS Rom in Testaccio ohne eine Ausstattung vom AS Rom erscheinen – weder mit der, die ihnen zusteht und die immer noch auf sich warten lässt, noch mit der zusätzlichen, den Werbeprodukten, mit denen der Name AS Rom vermarktet wird, denn die heutigen Vereine sind Wirtschaftsunternehmen, die Gewinn bringen müssen und so weiter und so fort. Die beiden sind die einzigen Kinder in der großen Menge die überhaupt nichts Gelb-Rotes tragen.

Sie sind noch klein, sie spielen im ersten Jahr, folglich werden sie zusammen mit den anderen Kleinen in eine hintere Ecke des Platzes gebracht und sogleich einem Ball hinterhergehetzt. Warum auch nicht? Bevor man ihnen die Grundtechniken beibringt, sollen sie ruhig, so wie wir damals irgendwo auf der Straße, einfach drauflos spielen und die altbewährte natürliche Auslese durchlaufen. Nur muss man sie dazu heute, da es keine Bolzplätze mehr gibt, bei einer Fußballschule anmelden. Und die Kinder legen sofort los, kämpfen, schwitzen, rennen, kullern über den Rasen, unter den zerstreuten Blicken eines Trainers, der noch nichts sagen und noch nichts beibringen soll und die Kinder ganz sich selbst überlässt. Und so gibt es, wie ich feststelle, auch für mich nicht viel zu sehen: Die Jungen sind bloß eine Staubwolke dort hinten, eine Hand voll wild gewordener Fliegen, die sich alle gleichzeitig auf den Ball stürzen. Kurz, sie sind noch in der Steinzeit des Fußballs.

Da ist es schon interessanter, die Kinder der älteren Jahrgänge zu beobachten, jene schon ausgewählten, ausgestatteten, trainierten, die eine halbe Stunde lang Übungen machen müssen – mit dem Ball, mit Hütchen, Slalomläufe, Sprints, Schüsse, hin und her – bevor man ihnen erlaubt, ein Spiel zu machen. Und so geschieht es, dass ich den anarchischen Haufen mit meinem Sohn dort hinten aus den Augen verliere und meinen Blick stattdessen auf die Kinder anderer Väter richte, die zudem viel näher an der Elterntribüne trainieren. Eine Gruppe spielt gleich da vorn und lässt sich sehr gut beobachten.

Eine Sache fällt sofort ins Auge: Alle tragen die Nummer 10 mit dem Namen Totti auf dem Rücken. Alle, so stelle ich fest, bis auf zwei: ein kleiner Blonder mit einem hübschen Gesicht, der beim Lossprinten einen Buckel macht und dem die Eltern, auf die Artikel im *Corriere dello Sport* vor der Saison vertrauend, unglücklicherweise das Trikot mit der Nummer 7 von Bartelt gekauft haben; und dann ein kräftiger Junge, grobschlächtig und ungelenk wie ein Feuermelder, der von hier aus schon halb kahl aussieht und für den die Nummer 4 von Di Biaggio sehr passend erscheint. Und so habe ich nun auf dem ruhmreichen Platz von Testaccio im hellen Nachmittagslicht eines herrlichen römischen Oktobertags folgende Szene vor Augen: hundert kleine Tottis, ein kleiner Di Biaggio und ein kleiner Bartelt, dazu mein Sohn und sein Freund – zwei weithin erkennbare Eindringlinge, die ganz da hinten in ihren nichts sagenden Trikots herumspringen.

Dann hätten wir noch die Eltern oder Begleitpersonen, die auch ein interessantes Bild abgeben: Kindermädchen – allem Anschein nach –, die am Handy hängen und sich sonst um nichts scheren; Grüppchen plaudernder Mütter, die ebenfalls wenig Interesse am Spiel zeigen, denen es aber immerhin irgendwie gelungen ist, die unauffindbaren Ausstattungen vom AS Rom zu ergattern, die sie einander jetzt vorführen; Väter ohne Begleitung, so wie ich, die schweigend in ihren dicken Winterjacken rauchen; aber auch ganze Familien, pasolinische Gestalten, könnte man sagen, mit Sweatshirts, MS-Zigaretten, Sträflingsvisagen, rohem Lächeln und rauchigen Stimmen, die sich buchstäblich an das Talent ihres Jungen klammern, in der altbekannten Hoffnung, dass sich durch ihn ihr Schicksal wende.

Direkt vor mir lässt man vier Jungen gegeneinander spielen: vier völlig ungleiche Tottis, zwei gegen zwei, auf zwei mit Hütchen markierte Tore. Alle vier sind eigentlich recht talentiert, das Problem ist nur, dass einer von ihnen, ein Dickwanst, praktisch alleine spielt. Er gibt einfach nicht ab, spielt Angreifer, Verteidiger und Torwart zugleich, und die anderen kommen fast nicht an den Ball. Es ist zum Verzweifeln. Hier seine beiden typischen Aktionen, die sich unzählige Male vor meinen Augen wiederholen: Typische Aktion Nummer eins (Angriff): Der fette Totti holt sich den Ball, rückt vor, indem er die anderen Tottis umspielt, erst den einen, dann den anderen, dann beide zusammen, und gleichzeitig seinem vollkommen frei stehenden Mitspieler-Totti, der auf den Ball wartet, befiehlt, für ihn ins Tor zu gehen – danach kann er dann, aber das ist ganz egal, das Tor schießen oder den Ball verlieren, indem er sich in einem letzten verwirrenden und sinnlosen Dribbling verrennt, aber das ist jetzt, wie gesagt, völlig egal. Typische Aktion Nummer zwei (Verteidigung): Der dicke Totti befiehlt seinem Mitspieler, den Totti-Gegenspieler ohne Ball zu decken, und versucht selbst, den anderen Totti mit dem Ball zu stoppen. Spielt dieser dann völlig korrekt zu seinem Mannschaftskameraden ab, um einen Doppelpass einzuleiten, lässt er ihn stehen und rennt ins Tor, um sich, wenn einer der beiden allein vor ihm auftaucht, mit einer Glanzparade in Szene zu setzen oder, wenn sie ausnahmsweise mal ein Tor kassieren, seinen Mitspieler zu beschuldigen, zu lasch gedeckt zu haben. Nur nach diesem Schema spielen die vier, und der Übungsleiter lächelt und lässt sie machen. Die drei anderen Tottis sind frustriert und wissen nicht, wie sie mit der Situation umgehen sollen.

Und doch ist dieser fette Totti irgendwie auch zu verstehen. Bei diesen Oberschenkeln, die aneinander reiben, dem Speck, der unter seinem Trikot hervorquillt, seinen Lenden, steht schon jetzt fest, dass er im Fußball keine Zukunft hat, trotz seiner technischen Fähigkeiten, die er hier unermüdlich vorführt. In der Tat zählt er zu jenen Dicken wie John Candy, die über eine gute Körperbeherrschung verfügen, die als Erwachsene gut tanzen und mit dem Ball, ganz wie Gascoigne, unentwegt dribbeln und mit den Hüften täuschen. Aber er ist einfach fett, athletisch uneinholbar im Hintertreffen, und die tiefe Verärgerung, die seine Spielweise auslöst, wird nur abgemildert durch das Mitleid beim Gedanken an das Abstellgleis, zu dem ihn sein von den Hormonen vorgezeichneter Weg unausweichlich führen wird. Daher glaube ich den Trainer zu verstehen, der ihn trotz des Murrens der anderen drei Tottis kein einziges Mal zu einem weniger autistischen Verhalten ermahnt. Lass ihn, wird er sich denken, der Junge wird nicht mehr oft Gelegenheit haben, sein Können zu zeigen und Spaß am Fußball zu haben. Diesen Spaß will er ihm nicht verderben durch Appelle zu mannschaftsdienlichem Spiel, Uneigennützigkeit und anderen Fähigkeiten jener Art, die eine Fußballschule ihren Schülern eigentlich vermitteln müsste. Auch bei einem Mannschaftssport wie Fußball kommt zuerst der Sport, dann die Mannschaft, und ein Tönnchen wie er wird niemals eine Chance haben, ihn ernsthaft betreiben zu können. Sobald es mit Spielen über das ganze Feld losgeht, wird sein Aktionsradius auf fünf Quadratmeter beschränkt sein, während die anderen Spieler mit dreifacher Geschwindigkeit um ihn herumflitzen. Und wenn dann der Tag da ist, wird man seinem Vater noch nicht mal groß erklären müssen, warum sein Sohn in der Wettkampfrunde der Schüler nicht dabei sein kann. Ja, er selbst, dieser dicke Totti, wird früher oder später einsehen, dass es keinen Sinn hat, und sein Talent beim Tischfußball oder bei der Play Station ausleben – und seine Leidenschaft direkt in der Südkurve. Aber trotz allem ist es kaum auszuhalten, wie er spielt, und ich merke, wie ich zu den beiden Gegenspieler-Tottis halte, damit es seinem Mitspieler wenigstens einmal gelingt, ihm den Ball vom Fuß zu holen und selbst ein Tor zu schießen oder der Trainer sogar mal sein altes römisches Mitleid vergisst und ihn anbrüllt, er soll endlich mal den Scheißball abspielen, verdammt noch mal!

Dann plötzlich fällt mir etwas auf. Während der Mitspieler des fetten Totti sich allein gegen die beiden Totti-Gegenspieler abmüht, die ihn wie einen jungen Stier in der Arena immer wieder ins Leere laufen lassen, verkleinert er selbst das Tor, indem er mit Tritten die Hütchen versetzt. Je länger die anderen von seiner Abwesenheit profitieren, um auch mal was mit dem Ball anzufangen, desto mehr Zeit hat er, gegen die Hütchen zu treten, bis das Tor nicht mehr viel breiter ist als er. Aha, das ist also der Grund, warum er auch als Torwart glänzen und fast jeden Schuss der Gegenspieler-Tottis abwehren kann. Bevor er dann den Ball wieder ins Spiel bringt (was für ihn bedeutet, ihn sich selbst zuzuspielen, wie sonst der Torwart seinem Verteidiger) vergrößert er rasch wieder das Tor, und es kann weitergehen.

Ich stehe auf und schlendere zum Zaun hinüber und beobachte aufmerksam den Trainer, ein großer Junge mit krummen Verteidigerbeinen und kurz geschorenem Haar, zweifellos mit Leib und Seele ein Fan des AS Rom – und daher traditionell dazu neigend, andere der Unfairness zu beschuldigen, auch wenn dies gar nicht der Fall ist. Wenn der nun, so denke ich, mitbekommt, dass der Dicke schummelt, wird er nicht nur seinen Unmut über dieses unsportliche Verhalten an ihm auslassen, sondern auch die ganze Frustration, die sich über Jahre in seinem gelb-roten Herzen angestaut hat (das Abseits von Turone, der verunglückte Seiteneinwurf von Aldair, seine ganze psychische Abhängigkeit von diesem Verein), und ihn zum Sündenbock für zwanzig Jahre Enttäuschungen machen. Dieser Junge *stiehlt*, denke ich, und wenn der Trainer dahinter kommt, wird er ihm vorwerfen, ein Juve-Fan zu sein, und ihn vom Feld jagen.

Doch zu meiner riesengroßen Überraschung weiß der Trainer schon, was da gespielt wird, und lässt ihn machen. Nur wenn der Dicke übertreibt und die Hütchen so zusammenrückt, dass kaum noch ein Zentimeter Tor übrig bleibt, gibt er ihm mit dem Kinn ein Zeichen, die Hütchen wieder zurückzustellen. Aber er macht es lächelnd, mit einer befremdenden Langmut und, könnte man meinen, sogar einer Spur Bewunderung für dieses kleine Schlitzohr, das gleich drei Jungs auf einmal aufs Kreuz legt (in der Tat merken es die anderen kein einziges Mal). Der Dicke gehorcht, um sofort danach aber, verflixt noch mal, *sofort danach*, ohne den Anstand, wenigstens zehn Sekunden zu warten, mit dem Fuß wieder gegen die Hütchen zu treten und den Durchmesser des Tors erneut zu halbieren. Und der Trainer sagt nichts mehr, er tut so, als hätte er es nicht gesehen.

»He«, rufe ich, »mach das Tor wieder breiter!«

Ich weiß, es geht mich nichts an, ich sollte mich da raushalten, aber dieses Spiel ist wirklich unerträglich. Und was unerträglich ist, lässt sich eben nicht ertragen.

»Was ist denn?«, wendet sich der Trainer mir zu.

»Der Junge da«, und ich zeige auf den dicken Totti, »macht das Tor kleiner.« Die anderen drei Tottis bleiben stehen, und der Dicke nutzt die Gelegenheit, ins Tor zu schießen und dann schamlos zu jubeln. Soll er doch, denke ich, jetzt passiert was: Die beiden Gegenspieler-Tottis werden sich beschweren, es wird Stöße und Knüffe geben, ein richtiges Gerangel, und der Trainer muss nun endlich einschreiten.

Doch nichts dergleichen geschieht. Ich werde mit meiner Anschuldigung völlig ignoriert, das Tor wird gegeben, und das Spiel geht weiter. Empört drehe ich mich um, um Verbündete unter den Zuschauern zu suchen, wenigstens einen der Väter der beiden Totti-Gegenspieler oder meinetwegen auch die Mutter, das Kindermädchen; aber nichts, kein Mensch beachtet mich. Die Aktion Nummer zwei entwickelt sich nach dem bekannten Schema, der dicke Totti läuft ins Tor, verwandelt es mit zwei Tritten in ein Mauseloch, der Totti-Gegenspieler schießt, das Tönnchen wehrt mit dem Fuß ab und geht mit der typischen Aktion Nummer eins in den Angriff über, sogar ohne das Tor wieder zu verbreitern.

»Na bitte!«, rufe ich, »er hat es wieder getan! Er hat das Tor verkleinert!«

Diesmal kommt der Trainer zu mir an den Zaun und gibt den Jungs ein Zeichen, das Spiel anzuhalten. Der Dicke bleibt erst stehen, nachdem er ein Tor geschossen hat, jubelt diesmal aber nicht.

»Sehen Sie, wie schmal das Tor ist?«, sage ich zu ihm. »Der da drüben macht es ständig kleiner, wenn die andern am Ball sind.«

Der Trainer blickt zu dem schmalen Tor – aber er hat es ja schon gesehen, er weiß Bescheid – und schaut dann wieder mich an.

»Wer bist du überhaupt«, fragt er mich. Ich sieze ihn, und er duzt mich.

»Was soll die Frage?«, antworte ich. »Das ist doch egal. Ich bin jemand, der beobachtet hat, wie ein Junge die anderen systematisch beschummelt und ein Trainer das systematisch zulässt, ein Trainer, der den Kindern doch wenigstens ein Minimum an sportlicher Fairness beibringen sollte. Jetzt wissen Sie, wer ich bin.«

Der Trainer schaut mich mit pathetischer Gleichgültigkeit an und sagt nichts. Die vier Tottis haben sich um ihn geschart, genervt, ungeduldig, und blicken mich ebenfalls skeptisch an, alle vier, ohne auch nur einen Augenblick über meine Worte nachzudenken.

»Lass uns in Ruhe arbeiten«, sagt der Trainer, seine grenzenlose Geduld demonstrierend. In seinen Augen steht geschrieben, dass er mich nur allzu gut kennt, denn solche Väter wie mich hat er schon zuhauf gesehen; Väter, die ihre Finger im Zaun verkrallt haben und gegen die Maßnahmen des Trainers protestieren, parteiisch, lächerlich, unfähig, sich in der Übertragung der eigenen Wünsche auf den Sohn zurückzuhalten. Er weiß, wie er mit ihnen umgehen muss und sich ihren Provokationen entziehen kann. Nach einem letzten mitleidigen Blick wendet er sich ab und kehrt ohne ein weiteres Wort mit seinen vier Tottis im Schlepptau zum Spielfeld zurück. Bevor er sich wieder auf den Ball stürzt, findet das Tönnchen aber noch die Zeit, mir ein schulmeisterliches »Kümmer dich um deinen eigenen Scheiß« zuzuzischen. Er ist zehn, vielleicht elf.

Was ist da los?, frage ich mich. Wie ist so etwas nur möglich? Hier werden doch Kinder in eiskalte Sportmaschinen verwandelt, die sich nicht mehr im Geringsten um die Spielregeln scheren. Und mich hält man für einen Klugscheißer, einen Vater, der ein Trainingsspiel unterbricht, weil er – so werden alle fünf gedacht haben – glaubt, dass sein Sohn benachteiligt wird. Wie kann es sein, dass ich hier ins Unrecht gesetzt werde?

Ich werfe einen Blick auf die andere Seite des großen Feldes, wo mein Sohn, weithin gut erkennbar in seinem gelb-blauen Trikot, bereits die ersten Konsequenzen der natürlichen Auslese zu spüren bekommt und im Tor gelandet ist; im anderen Tor, mit dem blau-weißen Trikot, kann ich seinen Freund ausmachen. Und zwischen ihnen, auf einem teppichgroßen Spielfeld, ein Haufen wild gewordener Tottis, die sich gegenseitig treten und stoßen. Um sie herum aber erkenne ich, als wäre sie durch ein chemisches Mittel plötzlich sichtbar geworden, die alte, staubige, sprichwörtliche, hartnäckige, unbewusste und vielleicht sogar unschuldige (verglichen mit anderen Übeln der Welt), aber trotzdem vulgäre und inakzeptable römische Unehrlichkeit, die auf diesem traditionsreichen Spielfeld lastet. Jene vollkommene Verneinung moralischer Werte, die Giacomo Casanova dazu veranlasste, die Römer mit Arbeitern in einer Tabakmanufaktur zu vergleichen, die sich umsonst so viel Tabak nehmen können, wie sie wollen; jene stumpfsinnige Verschlagenheit, die dazu führt, dass der Wirt den Wein pantscht und die Gäste sich darüber freuen, weil sie ihn deswegen nicht bezahlen; jenes Klischee, ja, von der typisch römischen Mentalität, gegen die ich sogar schon hin und wieder zu Felde gezogen bin, die aber doch immer wieder aufscheint, objektiv, selbst in den Institutionen der Stadt (der Feuerwehr, dem AS Rom, Alberto Sordi), und uns daran erinnert, dass in manchen Klischees, auch den abstoßendsten, eine tiefere Wahrheit steckt. Und es ist, als würden diese hundert Tottis, hier auf dem ruhmreichen Platz, auf dem Fulvio Bernadini sein berühmtes »System« entwickelte, die Worte, die mir ihr dicker Spielkamerad zuraunzte, zu einem kleinen Vortrag im römischen Dialekt ausweiten: *He Lockenkopf, sei nicht gleich eingeschnappt*, sagen sie, *ja, kümmer dich um deinen eigenen Scheiß, aber es ist nicht bös gemeint, wir sind eben Römer, und du weißt doch, wie die Römer sind, seit hier der Papst regierte und die Leute zu kuschen hatten und Rom nur ein Nest mit weniger*

Häusern als Gemüse- und Weingärten war, und Italien gab's da noch gar nicht. Wollte man über die Runden kommen, musste man da etwa nicht schlau sein und beide Augen zudrücken und klauen und in der Kirche beichten und die Hostie empfangen, während die Mächtigen, die Fürsten und Geistlichen ihre Lammkeule mit Goldbesteck aßen? So genannte rechtschaffene Leute, die uns was von Gesetzen und Geboten und Moral und Ehrlichkeit predigten, haben wir hier genug erlebt, und jeden Tag haben wir gesehen, wie sie es miteinander trieben, wie zum Beispiel der feine Herr, der die junge Dame mit nach Hause nimmt, weil seine Gattin auf Kur ist und eine Woche wegbleiben wird. Verstehst du, das ist diese prickelnde Luft, die Reflexe dieser großen Kuppel, wenn die Sonne ganz langsam untergeht und die sieben verschlafenen Hügel vergoldet…

Seit jenem Nachmittag war es mir plötzlich unmöglich, meiner Verpflichtung nachzukommen und die Kinder, wenn ich an der Reihe war, zum Fußball zu bringen. Die Absprache mit den anderen Eltern löste sich auf. Nachdem mein Sohn zwei, drei Wochen hintereinander das Training versäumt hatte, stellte er fest, dass ihm zwei freie Nachmittage in der Woche, an denen er mit Lego und Micro Machines spielen konnte, sogar lieber waren. Und was den Sport betrifft, so ging er ja schon mit seinem jüngeren Bruder zum Schwimmen, und jetzt bringe ich die beiden sehr viel häufiger als früher hin, um ihnen von der Tribüne aus zuzusehen, wie sie dort unten im Wasser in der Schar von gut hundert anderen gleichaltrigen Fischlein schwimmen, manche groß, andere klein, die einen dick, die anderen dünn, einige unbegabt, andere sehr talentiert, aber alle wunderbar unfähig, irgendeine Betrügerei auszuhecken.

Dean Benedetti

Los Angeles, 1948: Ich versuche, mir die Szene vorzustellen. In einem verrauchten Nachtclub voller Schwarzer bahnt sich ein Weißer durchs Gedränge. Jung, groß, athletisch, ein Schnurrbärtchen à la Clark Gable über den Lippen, schleppt er ein sperriges Tonbandgerät zum Orchesterpodium. »Kann ich mal vorbei, Entschuldigung, kann ich mal …« Er tritt auf Füße, verteilt Knüffe, hält Ausschau nach einer Steckdose, findet eine, aber die ist zu weit weg, bittet um ein Verlängerungskabel, stresst den Inhaber und die Gäste, bis er endlich so weit ist. Die Musiker, alle schwarz und kaum älter als zwanzig, steigen aufs Podium. Sie heißen Charlie Parker, Tommy Potter, Miles Davis, Duke Jordan und Max Roach. Sie legen los mit *52nd Street Theme*, und unser Mann lauscht, in der ersten Reihe, das Mikrophon in der Hand, den Finger bereit, eine Taste seines primitiven, noch auf Pause stehenden Tonbandgeräts zu drücken. Nach dem Thema geht's mit den ersten Soli weiter, und Charlie Parker am Altsaxophon ist an der Reihe. Der junge Mann mit dem Schnauzer lässt die Taste los und beginnt aufzunehmen. Parker spielt siebzig Sekunden allein, tritt dann einen Schritt zurück und macht Miles Davis Platz. Augenblicklich hält unser Mann die Aufnahme an.

Der Friedhof von Torre di Lago, 1992: Diese Szene habe ich nun selbst vor Augen. Eine schöne, vielleicht sechzigjährige Dame, energisch, unbefangen, mit einem ausladenden Hut auf dem Kopf, bringt die Blumen vor einem eigenartigen weißen, einem Flügel nachgeformten Grabstein in Ordnung, dessen schmales Ende sich zu einer herausgemeißelten Zweiunddreißigstelnote kräuselt. Auf der Vorderseite des Grabsteins sieht man, ebenfalls hervorgehoben, das Porträt eines jungen Mannes mit Schnurrbart und daneben den Schriftzug DEAN BENEDETTI 1922–1957. »Die müssen von Giannerini sein«, sagt die Dame. »Der kommt ihn immer noch häufig besuchen und vergisst nie, frische Blumen mitzubringen.« Ihre Sprache klingt seltsam, es ist ein etwas komisches und mittlerweile unverbesserliches Gemisch aus amerikanischem und Livorneser Akzent. Sie runzelt die Stirn und schüttelt den Kopf. »Jetzt erinnere ich mich doch nicht mal mehr an den Spitznamen, den sie ihm gegeben hatten. Verflixt. Warten Sie ...« Sie bewegt sich ein paar Schritte von mir fort und macht den Wärter auf sich aufmerksam, einen Mann ungefähr ihres Alters. »Wie haben die Freunde aus der Bar noch mal meinen Bruder genannt?«, fragt sie. »Bandolero«, antwortet der Mann, ohne nachzudenken. »Genau!« Die Frau lächelt. »Bandolero hieß er bei ihnen, der müde Bandolero.«

Diese beiden Szenen bilden den Rahmen für eine Legende, die von Dino »Dean« Benedetti und seiner Sammlung von Charlie-Parker-Soli handelt. Alle manuell aufgenommen, Abend für Abend, monatelang, haben sie sich mit der Zeit in einen echten Mythos verwandelt, der mit dem frühen Tod ihres Besitzers zunächst verschwand und erst drei Jahrzehnte später wieder auftauchte, als die Mosaic Records aus Stamford in Connecticut die nahezu kompletten, unter abenteuerlichen Umständen gefundenen Aufnahmen digital bearbeitet herausbrachte. Sieben CDs ausschließlich mit Soli von Yardbird, stoisch aneinander gereiht und brutal abgeschnitten, sobald das Instrument eines anderen Musikers der Session hinzukam, auch wenn es sich um solche Größen wie Miles Davis, Dizzy Gillespie oder Charlie Mingus handelte. Dem Erscheinen dieser CDs von Mosaic Records ist es zu verdanken, dass auch der Name Dean Benedetti, der in der kurzen amerikanischen Nachkriegszeit in der Szene zu einem Begriff geworden war, wieder auftauchte und jetzt auch die italienischen Wurzeln dieses Mannes, seine verwickelte, einem John-Fante-Roman würdige Biographie sowie sein allzu früher Tod bekannt wurden. Er starb im Jahr 1957 – zwei Jahre nach Charlie Parker und im gleichen Alter wie jener –, und zwar in Italien in der Stadt Puccinis, von der aus seine Eltern zu Beginn des Jahrhunderts nach Amerika ausgewandert waren, um schließlich im Alter wieder dorthin zurückzukehren. Von dieser ganzen Familie ist heute nur noch Rina, Deans jüngere Schwester übrig geblieben, die in Tirrenia in einem Haus lebt, das sich der Produzent Andrea Forzano zu einer Zeit errichten ließ, als die Filmstudios in Tirrenia noch erfolgreich italienische Kolossalfilme drehten, und später dann verkaufte, als sich der ganze Laden auf Nimmerwiedersehen verabschiedete. Es ist ein sehr amerikanisches Haus, niedrig und breit, inmitten eines gepflegten Gartens, wo Rina Bendetti als Witwe und Mutter von drei mittlerweile erwachsenen Kindern lebt. Und es ist dieses Haus, in dem sie die Zimelien und ihre liebsten Erinnerungen an das unglückliche Leben ihres Bruders aufbewahrt: die Bücher und Platten, die Partituren und Fotos, die weiteren Tonbandaufnahmen, die Mosaic Records nicht für die CD-Sammlung berücksichtigte.

»Sein Schicksal entschied sich ganz plötzlich«, erzählt sie mir, »in zwei Tagen und zwei Nächten, von denen nie mehr jemand etwas erfahren wird. Auf der Highschool hatte Dean ja sein besonderes Talent sowohl für Basketball als auch für Musik gezeigt. Er hatte Trompete, Klarinette und Saxophon gelernt und Unterricht genommen, vier Zugstunden von zu Hause entfernt, da wir in einem Dorf irgendwo im weiten Nevada wohnten. Und weil er als Erster der Familie auf die Universität durfte, stand er vor der Wahl: entweder auf ein College in Kalifornien mit einem exzellenten Sportprogramm gehen, um sich weiter im Basketball zu perfektionieren, oder nach Reno ziehen und auf der dortigen Universität von Nevada sein musikalisches Talent fördern. Und Dino entschied sich für Basketball. Wir begleiteten ihn alle nach

San Francisco, und nachdem wir uns von ihm verabschiedet hatten, hörten wir tagelang überhaupt nichts mehr von ihm. Dann erhielten wir ein Telegramm der Universität, in dem man uns sinngemäß fragte, ob wir eine Ahnung hätten, wo er bloß stecken könnte, er sei nämlich schon am Tag nach der Ankunft verschwunden. Schließlich erfuhren wir, dass er nach Reno abgehauen war, wo sein Bruder Rick und dessen Frau lebten, und sich an der anderen Uni eingeschrieben hatte. Es war diese Entscheidung, die sein Schicksal besiegelte.«

Und so war es. Reno ist die Stadt der Ehescheidungen, und nach zweieinhalb Jahren lernte Dino dort die faszinierende, lebenslustige Beverly Knox kennen, die eben aus diesem Grund in die Stadt gekommen war, um sich von ihrem ersten Mann scheiden zu lassen: Er verliebt sich in sie, heiratet sie und zieht mit ihr nach Los Angeles und gibt damit das Studium auf, das ihm seine Familie so mühselig ermöglicht hatte. In Los Angeles geht die Ehe nach kurzer Zeit in die Brüche, doch Dino, mittlerweile einundzwanzig, kehrt nicht mehr auf seinen früheren Weg zurück. Wegen einer Hernie vom Wehrdienst freigestellt, beginnt er, in verschiedenen Lokalen zu spielen und schart bald ein Grüppchen blutjunger Musiker um sich, die gerade mal dem Teenageralter entwachsen sind und mit denen er eine Band gründet, *The Barons of Rhythms*. Zu seinen Mitstreitern zählen Jimmy Knepper, Joe Albany und Russ Freeman, die später einmal eine gewisse Bekanntheit als erstklassige *session men* erhalten sollten, während der Talentierteste von ihnen, Dale Snow, bald schon seine Ambitionen im Heroin begräbt. Sie spielen traditionelle Swing- und Dixielandstücke, und Dean ist der Bandleader: Damals ist Lester Young sein Vorbild am Saxophon, und seine Lieblingsstücke, in denen er sich, nach seinen eigenen Worten, »wie zu Hause« fühlt, sind *Stardust* und *Body and Soul*. Doch 1945, mit dem Erscheinen der 78'er der Dizzy Gillespie Guild, schlägt Charlie Parker wie eine Bombe ein, und Dino ist ganz elektrisiert davon. Es ist nicht zu gewagt, wenn man behauptet, dass Dean Benedetti, abgesehen von Gillespie und Yardbird, als Erstem klar war, dass die Erfindung des Bebob eine neue Epoche in der Musikgeschichte einleitete. Unverzüglich macht er sich daran, jene unglaubliche Technik (abwechselnd einen halben Ton drunter, einen halben drüber) zu erlernen, mit der Parker die melodische Linienführung der Stücke ihres Repertoires durcheinander wirbelt. Dean ist so geschickt darin, dass es ihm eines Morgens bei einer Probe der *Barons of Rhythms* gelingt, seine Gefährten, die noch nicht auf die gerade erschienene 78'er gestoßen sind, an der Nase herumzuführen. Völlig perfekt kopiert er in einem Solo Yardbirds Geheimnis und lässt sie ein halbes Stündchen lang in dem Glauben, diese kleine Revolution selbst erfunden zu haben. Dann gesteht er, dass es eine Erfindung Charlie Parkers sei, und zieht sie mit hinein in den Kult um diesen fünfundzwanzigjährigen Schwarzen, der steter »Gast« in Gefängnissen und Entgiftungskliniken ist. Doch bei Dean hat die Entdeckung des Genies Charlie Parker drastischere Folgen als bei seinen Musikerkollegen und führt zu einer weit reichenden Entscheidung: Angesichts einer solchen Größe kann er nicht anders, als Parker definitiv sein Leben und seine Zeit zu widmen und sich selbst ganz zurückzunehmen.

»Das stimmt«, bestätigt mir Rina, »die Entdeckung Charlie Parkers wirkte lähmend auf ihn, und er hörte praktisch auf, selbst Musik zu machen. Aber nicht vergessen darf man hier seinen Gesundheitszustand, der sich bereits verschlechtert hatte und ihm das Spielen zunehmend erschwerte. Über dieses Thema ist ja von den Jazzhistorikern genug geschrieben worden, doch vieles davon sind reine Fantasiegebilde. Ross Russell behauptet in seiner Charlie-Parker-Biographie *Bird Lives* Dino habe sein Saxophon ins Meer geworfen, als ihm klar wurde, dass kein Mensch dieses Instrument jemals so wie Yardbird spielen kann. Aber das stimmt nicht, das Saxophon ist hier, wollen Sie es sehen?« Und sie zeigt es mir: Es ist ein Altsaxophon des traditionsreichen Hauses C.G. Conn, schwarz lackiert und mit einem winzigen Zeitungsbildchen von Max Roach beklebt. »Hier, schauen Sie sich das mal an. Das habe ich Russel geschickt, damit er aufhört, Unsinn über Dino zu verbreiten.« Und sie zeigt mir ein Foto von diesem schwarzen Saxophon, auf einem Tisch liegend mit einer Ausgabe der toskanischen Tageszeitung *Nazione* im Hintergrund, auf der das Datum »8. Juni 1990« zu lesen ist. »Aber warum ist das Saxophon schwarz lackiert?«, will ich wissen. »Nun, ich glaube, Dino hatte Komplexe, weil er nicht schwarz war. Verständlich, in diesem Kreis ausschließlich schwarzer Jazzgrößen.« Denn damals, 1947, als es sein Idol nach Kalifornien zog und Dino seine manische Aufzeichnungsarbeit in Angriff nahm, Abend für Abend, Solo für Solo, begann für ihn auch eine Zeit der Freundschaft und Gemeinschaft mit allen jungen Genies des amerikanischen Jazz. Und damit auch die schwere Zeit des Heroinkonsums und des körperlichen Niedergangs, die er mit Parker selbst teilte, mit Chet Baker, Jerry Mulligan, Dale Snow; eine Zeit des Herumvagabundierens durch Amerika, ein Leben in tristen Motels, immer den Verträgen hinterher, die man seinem Idol anbot. Und dann, als sich die einzelnen Schicksale erfüllt hatten – für die einen im Ruhm, für die anderen in der Gosse –, begann die Zeit der Einsamkeit. Als Dinos Eltern 1953 beschlossen, nach Italien zurückzukehren, war seine Krankheit bereits weit fortgeschritten. Es handelte sich um Myasthenia gravis, ein damals noch weitgehend unbekanntes Leiden, das die Muskeln befällt und sie unfähig macht, noch irgendeine Anstrengung durchzustehen. Krank, süchtig, einsam und ohne finanzielle Mittel blieb Dino keine andere Wahl, als wenige Monate später seiner Familie nach Torre del Lago nachzureisen.

»In dem winzigen Ort hier und durch den großen Abstand zu dem Leben, das er in Amerika geführt hatte, schien sich Dino zu erholen«, erzählt seine Schwester. Sie hat soeben mit Nello Bartalini, einem Freund Dinos, telefoniert, damit er mir von dessen letzten Jahren in Torre del Lago erzählt. Kurz darauf trifft Bartalini ein, denn er ist immer sofort zur Stelle, wenn er, was selten vorkommt, von seinem Freund berichten kann. »Wir waren damals ganz jung, so achtzehn, neunzehn, und unsere Leidenschaft war Jazz. Und plötzlich erfuhren wir, dass ein Amerikaner, der mit allen großen Stars befreundet ist, zu uns in die Stadt gezogen war. Klar, dass wir ihn kennen lernen wollten, und so wurden wir Freunde. Einige nahmen Stunden bei ihm, Trompete, Klarinette, und auch wenn er nicht mehr spielen konnte, Noten schreiben konnte er noch, und sein Gehör funktionierte immer noch fantastisch. Schließlich war er erst dreißig Jahre alt.« In Torre del Lago sah man ihn jeden Tag, wie er sich mit schlurfenden Schritten, zu denen ihn seine Krankheit zwang, zur Gran Bar bewegte, und deswegen gab man ihm dort den Spitznamen »der müde Bandolero«. In der Bar machte er das Damespiel bekannt, in dem er ein Meister war. Drogen aber gab's in diesem Umfeld ganz sicher nicht. Dann, 1955, starb Charlie Parker, und Rina war es, die ihm die traurige Nachricht überbringen musste. »Ich arbeitete damals in der amerikanischen Militärbasis Camp Darby, wo es auch amerikanische Zeitungen gab, und brachte ihm den Artikel, in dem über die mysteriösen Umstände von Parkers Tod berichtet wurde (die Legende besagte, er sei von einem Blitz erschlagen worden). Für Dino war es furchtbar, als wäre ein Bruder gestorben.« Mit den letzten Kräften, die ihm die Krankheit ließ, klammerte er sich immer verzweifelter an die Musik. Neben Parker und Jazz interessierte er sich nun auch für klassische Musik, und hier war es Strawinsky, der ihn vollkommen in seinen Bann zog: Er schnitt Fotos von ihm aus, hängte sie auf und machte sich daran, eine Neuorchestrierung seines *Gesangs der Nachtigall* zu schreiben. Inzwischen sprach sich seine Anwesenheit in der Versilia auch außerhalb des engen Umkreises seiner Schüler herum: In Begleitung von Nello Bartalini kam ihn 1956 Riccardo Ronchi besuchen, der damals Altsaxophon in Renato

Carosones Orchester spielte, und Dino schrieb viele Arrangements für ihn, die dann während der Saison in Bernadinis Bussola für Furore sorgten. Da es ihm mittlerweile unmöglich geworden war, selbst ein Instrument zu spielen und die Freude der Musik im Moment ihrer explosiven Entladung im Publikum zu erleben – jener Zauber, den er in Amerika so intensiv wie nur irgend möglich genossen hatte –, da er sich also nur noch am Rand der Musikszene wiederfand, die früher einmal sein Leben ausgemacht hatte, tauchte der müde Bandolero nun definitiv in eine stille Beziehung zu den Noten ein, ausschließlich mental, sogar noch intimer als damals bei der Anbetung des jungen Genies Charlie Parker: Er hört Schallplatten sowie Jazzsendungen im Radio über *Voice of America*, er unterrichtet, beschäftigt sich mit seiner Strawinsky-Bearbeitung, die er noch abschließen kann. In dieser tiefen Beziehung zur Musik stirbt er in der Nacht des 20. Januar 1957 im Alter von vierunddreißigeinhalb Jahren; offiziell an Lungenversagen, doch seine Schwester hat da Zweifel. »Ich kann es nicht genau sagen, aber in der letzten Zeit kamen ihn viele Leute besuchen, die durch die Musik zu ihm geführt wurden. Doch dort, wo sie herkamen, wäre es auch nicht schwer gewesen, sich Drogen zu verschaffen.« Es sind Zweifel, die sie aber nicht quälen. Sie sind einfach nur da, mehr nicht, so wie der Flügel-Grabstein Dean Benedettis auf dem Friedhof der Gemeinde. So wie auch seine Aufnahmen von Charlie Parker einfach nur da waren, in einer Garage in Reno, Nevada, dreißig Jahre lang, bevor Mosaic Records darauf aufmerksam wurde und sie veröffentlichte; so wie seine Partitur von Strawinskys *Gesang der Nachtigall* da ist, ignoriert und unveröffentlicht, während in Torre del Lago die Erinnerung an ihn schon verloren ist, weil man sich hier ausschließlich dem Andenken Puccinis widmet. Noch nicht einmal eine Gasse hat man nach ihm benannt. So wie unter den von seiner Schwester gehüteten Dingen die alte, bei Clef Records erschienene Schallplatte *The Magnificent Charlie*

Parker einfach da ist, die Rina jetzt aus einer Tasche nimmt und auf den Tisch legt. Sie fordert mich auf, das Album aufzuklappen, und zeigt mir eine Innenseite aus grobem Karton, die gewöhnlich niemandem auffällt. »Ich weiß auch nicht, wie ich darauf gekommen bin, dort drinnen nachzusehen«, erzählt sie mir, indem sie die Öffnung umbiegt, damit ich es besser erkennen kann. Und ich sehe einen kurzen Satz, mit Mühe in jenem Versteck untergebracht und mit rotem Stift und ein wenig kindlich wirkender Handschrift geschrieben: »Auch du, armer C.P. Wo werden wir uns wiedersehen?«

Kunst-Biennale

Manchmal sind Worte von einem besonderen Geist durchdrungen und sollten ernst genommen werden. Der Kurator Harald Szeemann schreibt anlässlich der 48. Biennale: »Ein großer Raum, wo man sieht und gesehen wird, Subjekt und Objekt in einem, ein Ort passiver Aktion und aktiver Leidenschaft.« Tja, da ist was dran. Schon wie ich hier stehe, in der Schlange vor der Kasse, an einem Sonntagmorgen, eine Viertelstunde vor der Öffnung fürs Publikum (in den Vortagen war die Biennale dem oft zitierten Fachpublikum vorbehalten), spüre ich, dass der Titel »Tribüne der Menschheit« oder, noch besser, »Plattform der Menschheit« – hochtrabend und gleichzeitig wunderbar einfach – sehr viel gelungener ist als die verkrampften Wortschöpfungen vieler früherer Jahre. Ohne auch nur ein Kunstwerk gesehen zu haben, fühle ich mich schon wohl, denn für den Besucher ist es doch ein ganz schön großer Unterschied, ob er sich als Teil eines »Plattform der Menschheit« getauften Ereignisses fühlen darf oder eines, das wie vor zwei Jahren »dAPERTutto«, also »überall« heißt. Für mich kommt noch hinzu, dass irgendwo, nicht hier bei den Giardini, sondern weiter entfernt, beim Arsenal, der Geniestreich eines Künstlers in meinem Alter zu sehen ist, ein von einem Meteoriten zu Boden gestreckter Papst – und dieses Werk ist der eigentliche Grund, warum ich hier bin. Bald werde ich es sehen. Das Leben ist schön.

Auch die zeitgenössische Kunst sollte ernst genommen werden. Es ist sogar vorteilhaft, dies zu tun, denn wenn man sie wirklich ernst nimmt, wird alles zur Kunst. Und in der Tat, kaum eingetreten, erlebe ich ein schönes Beispiel dafür, als ich zum deutschen Pavillon komme, der am Vortag mit dem Goldenen Löwen ausgezeichnet wurde. Vor dem Eingang ist ein rot-weiß-gestreiftes Absperrband, wie es bei Unfällen benutzt wird, angebracht, und über den Pfeilern des klassizistischen Gebäudes teilt uns ein Schild mit: »Wir bedauern sehr, aber infolge sinnloser Gewaltakte muss der Pavillon vorerst geschlossen bleiben. Wir werden uns bemühen, ihn so bald wie möglich wieder zu öffnen. »Welch großartiger Einfall«, denke ich, »und welch subversiven Mut hat da die Jury bewiesen, gerade dieses Kunstwerk auszuzeichnen!« Erst dann wird mir klar, dass nicht das Schild das Kunstwerk ist, dass es wirklich sinnlose Zerstörung gegeben hat und dass der deutsche Pavillon tatsächlich so bald wie möglich wieder geöffnet werden soll, mit einem Kunstwerk darin, das mich nun aber nicht mehr interessiert. Aber es ist wirklich ein gutes Beispiel für das, was ich meinte: Wo die zeitgenössische Kunst mit ihrem Reichtum an genialen Einfällen und pompösen Torheiten zu Hause ist, wird alles zu zeitgenössischer Kunst.

Ein zweites Beispiel sind die beiden jungen Leute, die umarmt genau in der Mitte des australischen Pavillons stehen: Schön (sie vor allem) und ergreifend, küssen sie sich lange und leidenschaftlich, so als kosteten sie ein Gefühl aus, auf das sie, sagen wir, sechzehn oder siebzehn Jahre lang gewartet haben. Und ich frage mich: Gehören auch sie zu dem Kunstwerk »Tiefes Wasser«? Ist dies die »aktive Leidenschaft«, die Szeemann ansprach?

Nein, sie gehören nicht zu dem australischen Ausstellungsbeitrag. Nach einer Weile lösen sich ihre Lippen voneinander, und sie schlendern hinaus. Ich aber folge ihnen, denn mittlerweile bin ich zeitgenössischer als die zeitgenössische Kunst, und diese beiden sind ein eigenes Kunstwerk, das nur ich erkannt habe, ein wandelndes Kunstwerk, das sich küsst. Ich folge ihnen und mache sie zu meinen persönlichen Führern in dieser Ausstellung. Ein gelungener Einfall: In manchen besonders abgeschmackten Pavillons berühren sie sich noch nicht einmal. Doch dort, wo auch nur ein wenig Genie oder Kraft oder ein echter Gedanke oder Adrenalin am Werk war, signalisieren sie es unverzüglich, indem sich ihre Münder suchen und sie minutenlang küssend verharren. So geschieht es im österreichischen Pavillon, auch im englischen und im amerikanischen mit dem Werk von Robert Gober, ebenso im italienischen Delphinarium vor dem rosafarbenen Köpfchen der Marisa Merz, vor dem großen Acrylgemälde von Helmut Federle und den zwölf Gemälden von Cy Twombly. Natürlich sind das die Werke, die mich am stärksten beeindrucken. Und als die beiden ganz erfüllt die Giardini verlassen, gehe auch ich, ohne eigentlich alles gesehen zu haben, aber genauso erfüllt wie sie. Leider führt sie ihr Weg aber nicht zum Arsenal – sie spazieren geradewegs zur Piazza San Marco, so dass ich mit dem Werk Maurizio Cattelans, dem vom Meteoriten getroffenen Papst, allein zurechtkommen muss. Aber hier hätte ich ihre Küsse auch nicht gebraucht, die Großartigkeit dieses Monstrums aus Vulkangestein, das nach seiner langen Reise durchs All Papst Wojtyla genau in die Beine trifft und ihn zu Fall bringt, springt sofort ins Auge. Der Papst kämpft, leidet und verdient sich mit seinem Martyrium unbestritten seine künftige Heiligkeit. Aber es hilft alles nichts, er liegt besiegt am Boden und wird bald sterben. Um ihn herum die Scherben der zersplitterten Deckenlampen, die das Geschoss aus dem Weltall durchschlagen hat, und direkt dahinter ich. Kunst ist sinnlich, ich möchte jetzt auch jemanden zum Küssen haben.

Bomben*

Simona, ti raccomando i gelati (»Simona, ich empfehl dir das Eis«), steht mit Filzschrift unter der Statue Michelangelo Buonarrotis links vor der Fassade der Uffizien in Florenz: ein Ratschlag-Vandalismus, soft, biologisch abbaubar, der nun selbst wie ein Opfer wirkt, ein Opfer der Gewalttat, die hier an Menschen und Dingen verübt wurde. »Nicht mal die Deutschen«, hört man die Leute sagen, »nicht mal die Nazis sind so weit gegangen.« Und das stimmt sogar, wenn auch aus purem Zufall, sagen wir ruhig, aus Ignoranz. Tatsache ist, dass sie zwar alle Brücken von Florenz vermint hatten, dann aber, als sie in die Luft gejagt wurden, die Ponte Vecchio aus »kunsthistorischen« Gründen verschonten. Doch erstens wussten sie nicht, dass diese Brücke keineswegs die älteste der Stadt ist und auch nicht die kostbarste – eine Auszeichnung, die, wenn überhaupt, laut der übereinstimmenden Meinung aller Historiker, der Ponte Santa Trinità gebührt, so wie sie Bartolomeo Ammannati im Jahr 1566 neu entwarf, und die ohne zu zögern in die Luft gejagt wurde. Und zweitens hatten sie wohl noch nie vom Corridore Reale del Vasari gehört, der über die Ponte Vecchio läuft und den Palazzo Pitti mit dem Palazzo

* Im Sommer 1993 gab es in Italien mehrere Sprengstoffattentate auf italienische Kulturdenkmäler. Die Anschläge wurden im Zusammenhang mit der Ermordung der Mafiajäger Falcone und Borsellino im Sommer 1992 gesehen und als Teil einer neuen Strategie aufgefasst, mit der die Mafia eine allgemeine Destabilisierung des Landes in einer politisch unsicheren Situation erreichen wollte. (Anm. d. Übers.)

Vecchio verbindet – das heißt, um es militärstrategisch auszudrücken, das jenseitige Arno-Ufer mit dem Zentrum –, und tatsächlich war es eben dieser »königliche Korridor«, durch den die Partisanen in die Stadt eindringen konnten. Dennoch ist etwas Wahres dran, dass sogar die Nazis, auf ihre Art, ein Minimum an Respekt gegenüber der Geschichte zeigten, während im Gegensatz dazu die Bombe gestern von Leuten gelegt wurde, die nur Zerstören und Töten im Sinn haben und denen der Corridore Reale del Vasari, der Krieg und die Befreiung absolut gleichgültig sind. Die Bombe explodierte inmitten der Denkmäler im Herzen der Stadt, sie hat zerstört, sie hat getötet, und das war's.

Über die Piazzale degli Uffizi bin ich in meiner Jugend schon viele, viele Male spaziert, aber heute habe ich den Eindruck, zum ersten Mal hier zu sein, vor allem wegen der überall herumliegenden Glasscherben, die unter den Schuhsohlen knirschen. Dann ist da das ungewohnte Bild der mobilen Fernsehteams, der Parabol-Antennen, der in einer langen Kette abgestellten Fahrzeuge der Hilfskräfte, die den Weg versperren, und da sind die Absperrgitter an der Einmündung der Via Lambertesca, die eine automatische Feuerwehrleiter abschirmen, an deren oberem Ende die Männer einander behutsam die Handschriften reichen, die andere Kollegen gerade aus dem Schutthaufen, zu dem die Accademia dei Georgofili zerfallen ist, gezogen haben. Um diesen verwüsteten Bereich herum spürt man die Anteilnahme der ganzen Stadt, die Fassungslosigkeit, den Schmerz, die Wut, und man hört das Echo der Parolen aus den Demonstrationszügen, die seit dem frühen Morgen unterwegs sind. Man hat tatsächlich das Gefühl, als wäre man noch nie in diesem Florenz gewesen, nicht hier zur Welt gekommen und hätte nicht viele Jahre hier gelebt. Uns allen kommt es so vor, denn im Grund ist es tatsächlich so: Das ist nicht mehr Florenz.

Die Leute, die sich am Tatort aufhalten dürfen, stehen in engen Grüppchen zusammen, und man braucht nur von einem zum anderen zu gehen, um zu dem alles beherrschenden Thema sehr unterschiedliche Meinungen und Haltungen zu finden: Da sind die Journalisten, die Spezialkräfte der Stadtverwaltung, die Experten vom Denkmalschutz, die Feuerwehrleute, die Sicherheitskräfte, doch vor allem die Bewohner dieses Viertels, die in ihre Wohnungen möchten, um ein paar Anziehsachen, die wichtigsten Wertgegenstände zu holen. Aber sie dürfen nicht. Die Einsturzgefahr ist noch zu groß, und außerdem sind da die Beamten der Spurensicherung, die überall in den Trümmern nach Indizien suchen. »Ach, wenn wir doch wenigstens hoffen könnten, dass diese Polizisten von der Spurensicherung gute Arbeit leisten«, seufzt ein Herr, der glaubt – glaubt, denn sicher wissen kann er es nicht, und nachsehen kann er auch nicht –, seine ganze Wohnung verloren zu haben. Und seine Zweifel sind berechtigt: Für die Ergebnisse, die die Untersuchung des Blutbads in Palermo im letzten Jahr erbrachte, wäre es sicher nicht nötig gewesen, die Spurensicherung zu bemühen. Es bringt doch nichts, bis zum Erbrechen die »fantastische Zusammenarbeit mit der Polizei in anderen Ländern« zu betonen, wenn dann die Urheber solcher Bluttaten schließlich doch nicht gefasst werden. Ich will damit sagen, dass wir nicht blöd sind – nicht mehr. Unter den Fernsehleuten wird ein Phantombild herumgereicht. Es ist das allseits bekannte Gesicht, verkniffen, düster, das wie üblich schlecht gezeichnete Allerweltsgesicht, so wie in den Jahren des Terrorismus das Phantombild aller Attentäter immer die übliche Skizze eines Porträts von Lucio Dalla war. Warum, so fragt man sich, lassen sie das nicht Leute machen, die etwas besser zeichnen können.

Ganz in Zivil, denn er hat eigentlich schon Feierabend, steht plötzlich mein alter Einsatzleiter aus meiner schon zehn Jahre zurückliegenden Zeit des Militärdienstes bei der Feuerwehr vor mir. Barcelli heißt er. Er erkennt mich und umarmt mich fest. Er ist tief erschüttert. Wie er erzählt, war er am Abend, als es passierte, der diensthabende Einsatzleiter bei der Feuerwehr Florenz. Bis zur Einsatzzentrale in der Via La Farina konnte man die Explosion hören und dann die rote Rauchwolke sehen. Er hat sofort die Mannschaften rausgeschickt, obwohl er in den ersten Minuten noch gar nicht wusste, wohin eigentlich; die Leute blockierten die Telefonleitungen, doch nicht, um Informationen weiterzugeben, sondern um zu hören, was passiert war. »Es war der härteste Einsatz meiner ganzen Laufbahn«, gesteht er, und ich weiß, dass zur Laufbahn eines Feuerwehrmanns viele harte und entsetzliche Einsätze gehören. Er war dabei, als man die Leiche des neun Monate alten Mädchens aus den Trümmern barg und damit gleichzeitig auch sicher wusste, dass sich die ganze Familie in der zerstörten Wohnung aufgehalten hatte. Er war dort, als man einen Teil vom Motor eines Fiat im ersten Stock eines Mietshauses fand und damit klar war, dass nicht entweichendes Gas, sondern eine Bombe die Explosion verursacht hatte. Barcelli schüttelt den Kopf, während jetzt auch Passerini, ein weiterer Freund aus meiner Wehrdienstzeit bei der Feuerwehr, zu uns tritt, ganz verdreckt von Arbeit und Anstrengung, und ich umarme auch ihn. »In dieser Tragödie«, sagt er leise, »gibt es nur einen einzigen Trost: den Applaus der Menschen, wie heute Morgen bei der Piazza del Duomo, als wir mit unseren Löschfahrzeugen vorbeifuhren. Da kamen sogar mir die Tränen, und das ist mir noch nie passiert.« Aber ich will es trotzdem noch mal wiederholen: Wir sind nicht blöd – nicht mehr. Wir beginnen zu lernen, wer unseren Applaus verdient hat und wer nicht. Immerhin.

Wir unterhielten uns in entspannter Atmosphäre in der Abendkühle auf der Terrasse. Irgendwann kam das Gespräch auf die aufwühlenden Worte, die der japanische Kaiser zu Beginn des Russisch-Japanischen Krieges im Jahr 1905 an seine Untertanen richtete: »Ein jeder tue das, was er für richtig hält. Ein jeder tue das, was er tun muss. Damit das Leben wie gewohnt weitergeht.« Wir witzelten auch darüber, versuchten uns vorzustellen, zu was dieser Appell, wäre er statt ans japanische ans italienische Volk gerichtet worden, geführt hätte. Da zog plötzlich ein heller Lichtschein unsere Aufmerksamkeit auf sich, und wenige Sekunden später ertönte die Detonation. Eine weiße Rauchwolke blieb über einem bestimmten Punkt Roms stehen, den wir leicht näher bestimmen konnten, denn er war ganz in der Nähe – San Giovanni. Nicht klar war jedoch, was passiert war. Einige Augenblicke hofften wir – ja tatsächlich –, es handle sich wieder um ein Feuerwerk, so wie gerade mal zwei Tage zuvor zur gleichen Zeit, als das traditionsreiche römische *Festa de'noantri* im Stadtteil Trastevere unter Böllerschüssen zu Ende ging. Aber wir kletterten auch ein Stück an der Brüstung hinauf und auf den kleinen Tisch davor, um herauszufinden, ob unter der Wolke, die sehr kompakt am Himmel stand, Flammen oder anderer Lichtschein zu erkennen waren, die unsere heimlichen Befürchtungen bestätigen würden. Und so standen wir da und suchten den nächtlichen Himmel ab, als der zweite Blitz uns zusammenzucken ließ, etwas weiter links als der erste, also weiter im Norden, gefolgt vom zweiten Knall und einer Rauchwolke, die nun direkt vor uns hoch in den Himmel stieg und sich zu einem absonderlichen Pilz verformte. Genau in diesem Moment flog ein Flugzeug mit seinen bunten Lichtern darüber, und es sah so aus, als fliege es zurück, nachdem es gerade eine Atombombe über dem Stadtzentrum Roms abgeworfen hatte. Diesmal konnte man mehr erkennen, man sah Feuerzungen, die das Meer der Dächer und Antennen in ein rötliches Licht tauchten, ein Anblick, der mich bis dahin immer an Mary Poppins erinnert hatte und nun plötzlich Bagdad war. Der weiße Pilz stand himmelhoch, reglos und kompakt in der windstillen Luft, ein Rauchsignal, das einen zweiten Punkt X in der Stadt anzeigte, den wir gleich dem Bereich um das alte Ghetto, Largo Argentina, Kapitol, zuordneten. Reflexartig, ein Verhalten, über das man zu einer anderen Zeit lange diskutieren könnte, gingen wir hinein und stellten Radio und Fernseher an (Thema der Diskussion: Warum geht man, nachdem man mit eigenen Augen die Explosion zweier Bomben gesehen hat, ins Haus und schaut fern, um zu erfahren, was passiert ist?). Und im Videotext fanden wir die ersten Agenturmeldungen zu der eine Stunde zuvor in Mailand detonierten Bombe mit ihrer tragischen Bilanz an Toten und Verletzten. Es war gerade Mitternacht vorbei, und in diesem Moment begann die seltsamste, düsterste, apokalyptischste Stunde meines ganzen Lebens: »Jetzt ist es so weit«, sagte ich mir immer wieder, während draußen ein Sirenenkonzert ertönte, »wir sind erledigt.«

Deshalb bin ich immer noch erleichtert, als ich mich nach einer langen Nacht des Wachens und Dösens vor laufenden Geräten am Morgen zum Ort des Geschehens aufmache und persönlich davon überzeugen kann, was man mittlerweile bereits mit Sicherheit weiß: Die Bomben von Rom haben Menschen verschont und nur Dinge zerstört. Kunstwerke, Denkmäler, Kirchen, die auf der Liste dieser Bombenleger anscheinend gleich hinter dem Punkt »Menschenleben« kommen. Denn es ist ja klar, die ganze Welt wird darüber reden. Doch so sehr es mich auch empört, wieder zersplitterte Scheiben, herausgerissene Gitter, ausgeschlachtete Autos und Löcher im Asphalt sehen zu müssen, empfinde ich bei dem Bild, das die Basilika San Giovanni bietet, dennoch Erleichterung, weil ich immer noch die Folgen des Attentats von Florenz vor Augen habe. Gewiss, sie haben Schaden angerichtet, doch wenn es diese Bombenleger tatsächlich im Sinn haben, sich an den Symbolen unseres Schatzes an Baudenkmälern zu vergreifen, werden sie auf Widerstand stoßen. Auf den Widerstand, den nur die Steine und der Marmor jener Bauwerke leisten können, die für die Ewigkeit errichtet wurden, so wie die Basilika und das Vikariatsgebäude, die dem Anschlag getrotzt haben. Eine große Menge schart sich jetzt um sie, und in Kürze werden sich vor ihren Mauern die weißen Gewänder des Papstes abzeichnen, der den Segen spendet. Ich mag mich irren, doch neben der Empörung spüre ich auch so etwas wie Stolz in der Luft liegen, einen Stolz, den ich auch selbst empfinde, Stolz darauf, wie diese Dinge widerstanden, wie sie den Schlag verdaut haben, verwundet, aber sehr viel stärker und beständiger als die Faust von im Todeskampf liegenden Mafiosi.

Auch am zweiten Tatort, in einer ganz anderen Ecke der Stadt und mit einer diesmal tatsächlich unheilbaren Verwundung an der Fassade der mittelalterlichen Kirche San Giorgio al Velabro – der leichte, elegante Portikus wurde weggefegt –, scheint sich die Stimmung nach dem Schock der letzten Nacht schon wieder aufgehellt zu haben. Ein Beispiel gibt der Janusbogen, der sich hier seit sechzehn Jahrhunderten erhebt, zwanzig Meter von der Explosionsstelle entfernt, und man sieht, er hat die Bombe keines Risses gewürdigt, keiner noch so kleinen Absplitterung in seinem massiven Marmor. Ein Mädchen führt mich durch eines der am schwersten getroffenen Mietshäuser die Treppe hinauf bis zum obersten Stock, wo ihre Wohnung liegt. Letzte Nacht, gesteht sie, war sie in Panik, zitterte und konnte gar nicht mehr aufhören zu weinen, doch jetzt hat sie sich beruhigt, lächelt sogar und ist dankbar, dass der Schaden nicht über einen Berg zerbrochener Scheiben hinausgeht. Sie hatte geschlafen, berichtet sie und erinnert sich nicht an den Lärm der Explosion, sondern nur daran, schlagartig aufgewacht zu sein, während das ganze Haus bebte und ihre Mutter schrie, in der Überzeugung, es handle sich um ein Erdbeben. Sie bittet mich hinein und zeigt mir den leeren Käfig ihres Wellensittichs, den sie heute Morgen tot dort fand. Das einzige Opfer, das dieses Attentat gefordert hat. Weiter oberhalb, auf der Gemeinschaftsterrasse des Hauses, stehen einige Bewohner dieses kleinen, sauberen Viertels zusammen. Es ist halb zehn, aber sie sind gerade erst aufgewacht, denn bis zum Morgengrauen haben sie kein Auge zugetan, und erst jetzt werden sie sich der Schäden bewusst. »Sieh mal, der Wagen von Roberto …« – »Sieh mal, meiner erst, diese Hunde!«

Auch ich kann mich geschädigt fühlen, denn im ersten Stock dieses Hauses liegt der Raum der anonymen Alkoholiker, wo ich dieses Frühjahr einen Kurs besucht habe, um mit dem Rauchen aufzuhören. Es hat funktioniert, und deshalb liegt mir etwas an dem Ort. Ihm habe ich es zu verdanken, dass ich kein Raucher mehr bin. Nun geht hier alles drunter und drüber, die Scheiben sind zersplittert, die Stühle liegen zerstreut am Boden, von den Wänden ist der Putz heruntergekommen, der Ofen, um den wir uns während der Stunden scharten, wurde gegen die Wand geschleudert, und die kleinen Plakate mit den Nichtraucher-Slogans sind mit Kalkstaub überzogen. Es ist ein trauriger Anblick, aber es ist nichts passiert, was nicht in einem halben Tag Arbeit wieder in Ordnung zu bringen wäre. Und in diesem Haus erlebe ich, quasi als Beweis, dass sich die Menschen im Klaren darüber sind, von der Tragödie nur gestreift worden zu sein, und dass die Tränen für die Toten von Mailand aufzusparen sind, ein weiteres Zeichen intakter römischer Vitalität, wie sie, ich wiederhole es, auch die Baudenkmäler zur Schau tragen: »Betta! Bettaaa! Bettaaaa!!!«, ruft eine kleine ältere Frau und läuft die Treppe hinunter. Niemand antwortet ihr, und so schaut sie mich an und sagt: »Ach herrje, mit dem Knall ist sie auch noch taub geworden.«

Genau das finde ich vernünftig: Nach dem Schrecken der letzten Nacht und der Furcht, dass nun alles zu Ende sei – die auch mich einige Stunden erfasst hatte –, ist es richtig, dem Leben zuzulächeln und gleich wieder die Werkzeuge hervorzuholen, mit denen es zu bewältigen ist; Geduld, gesunder Menschenverstand und, wer ihn besitzt, Humor. Es stimmt, in Mailand fand wirklich eine Tragödie statt, das Land befindet sich in einem der prekärsten Momente seiner Geschichte als Republik, und von den miesen Hunden, die Italien immer noch als zu verminendes Gelände betrachten, hat jedermann die Nase gestrichen voll. Aber es ist beruhigend zu entdecken, dass es da etwas gibt, was die Menschen mit den Steinen gemein haben, diese unaufgeregte, natürliche Widerstandsfähigkeit, der jedes Gejammer fremd ist. Und hier ist es passend, wieder an den Gedanken anzuknüpfen, der gestern Abend, als die Bomben hochgingen, unterbrochen wurde – jene Worte, die der japanische Kaiser vor dem Abgrund stehend zu seinem Volk sprach: »Ein jeder tue das, was er für richtig hält.« Wie es aussieht, können wir das auch.

Der Golem von Verona

Als ich den Vertrag über das Erscheinen meines ersten Buches unterschrieb, war ich glücklich. Nur selten in meinem Leben, vielleicht zwei- oder dreimal, bin ich so glücklich gewesen. Ich war so glücklich, dass ich den Vertrag gleich unterschrieb und dann erst zu Hause las, womit ich die Bedingungen der Veröffentlichung nicht als etwas nahm, das sich vor der Unterzeichnung aushandeln lässt, sondern einfach als Preis, den ich für das Glück, das ich empfand, zu bezahlen hatte. Über Vertragsklauseln wusste ich wenig, und so hätte dort auch stehen können, der Verleger dürfe die Mutter des Autors zum Zwecke sexueller Handlungen für die Dauer von fünf Jahren missbrauchen. Ich hatte unterschrieben. Na wenn schon, dachte ich, notfalls würde ich ein ärztliches Attest vorlegen, das meine Mutter mit ihrer angegriffenen Lunge von den etwaigen Verpflichtungen einer solchen Klausel entbände.

Als ich den Vertrag dann endlich las, stellte ich erleichtert fest, dass die Ehre meiner Mutter, meines Vater und der gesamten Familie, ich selbst eingeschlossen, nicht gefährdet war. Trotzdem war das Glücksgefühl nach Beendigung der Lektüre ganz verschwunden: Eine andere Klausel, gewiss weniger erniedrigend, aber in meinen Augen ebenso brutal, hatte es für immer vertrieben. Sie lautete: »Bei Unverkäuflichkeit des Werkes oder nach einer entsprechenden Entscheidung des Verlages kann die gesamte Auflage als Makulatur betrachtet und eingestampft werden, jedoch nur nach vorherigem Angebot an den Autor, sie für den Preis der Einstampfung käuflich zu erwerben.« Die Erwähnung des Scheiterns war für mich in diesem Zusammenhang ein Eindringen in eine Angelegenheit, die ich wie selbstverständlich als erfolgversprechend gewertet hatte, noch bevor das Buch überhaupt gedruckt war. Eine Ohrfeige genau wie jene, die ich viele Jahre zuvor vom Zeichentrickhelden Gustavo erhielt, als ich, gerade aus der Schule heimgekehrt und noch vor dem Mittagessen beim Anschauen der neuesten Folge zur Kenntnis nehmen musste, dass das Leben auch aus Neurosen und Depressionen besteht.

Eine Zeit lang dachte ich, jene Klausel über eine mögliche Einstampfung stehe nur deshalb in meinem Vertrag, weil ich völlig unbekannt war und mein Roman in der Tat Gefahr lief, keine Käufer zu finden. Und ich nahm sie hin, wie ich auch die Klausel über den sexuellen Missbrauch meiner Mutter hingenommen hätte, als einen Preis, der nun mal zu entrichten war. Als ich schließlich dahinter kam, dass sie in jedem Vertrag jedes Schriftstellers mit jedem Verlag auftauchte, fühlte ich mich fast mehr beschämt als erleichtert.

Dennoch spürte ich, obwohl ich mittlerweile wusste, dass es eine ganz normale Sache war, auch beim zweiten Vertrag, den zu unterzeichnen ich Gelegenheit bekam, beim Blick auf die Einstampfungs-Klausel einen Stich im Herzen, und düstere Gedanken bezüglich des Schicksals meines Buches, dann auch aller Bücher der Welt und schließlich der gesamten Menschheit überkamen mich. Dabei war ich dieses Mal auch vorher schon nicht mehr so glücklich gewesen wie beim ersten Mal, das heißt, die Klausel hatte jetzt keinen raren Glücksmoment zerstört. Dennoch tat sie mir weiter weh. »Was soll aus einer Gesellschaft werden, der nichts Besseres einfällt, als Bücher, ihren geistigen Reichtum, einzustampfen?«, fragte ich mich weiterhin. »Und was bedeutet eigentlich genau einstampfen?« Und so kommt es, dass ich heute vor der Schwelle des Zentrallagers von Mondadori in Verona stehe. Es ist der Ort, wo sich das Schicksal der Bücher dieses großen Verlages (der übrigens auch meine Bücher veröffentlicht) entscheidet: entweder Vertrieb oder Einstampfung. Ich bin mit dem Direktor Adelino Bonizzato verabredet, der mir versprochen hat, mich an diesem Morgen einem furchtbar traurigen Schauspiel beiwohnen zu lassen.

Bonizzato ist ein sympathisch wirkender Mann, ein waschechter Transpadaner mit zahlreichen in Caporetto verstorbenen Onkeln und Tanten, einem runden, silbernen Bart und der munteren Miene eines Menschen, der dem beruflichen Alltag im Lärm der Rotationsmaschinen entkommen ist. Ein Foto in seinem Büro, aus einer Zeit, als sein Bart noch dunkel war, zeigt ihn neben zwei sehr hübschen Kindern, ein Junge und ein Mädchen, die sich jetzt, da ich das Foto betrachte, schon mit Liebesgeschichten und der schweren Wahl von Studienfächern herumschlagen werden. Als wir das Büro betraten, habe ich auf dem Sessel hinter dem Schreibtisch Platz genommen. Er setzt sich seelenruhig auf die andere Seite. Wir kommen ins Gespräch, und erst als das Telefon klingelt, merke ich, dass ich auf dem Chefsessel sitze. Während wir die Plätze tauschen, bin ich es, der sich am liebsten einstampfen lassen möchte.

Ich stelle mich naiv: Warum, so frage ich, werden die Bücher überhaupt eingestampft, anstatt, sagen wir, an ärmere Leute verschenkt oder zum halben Preis verkauft (auch darüber findet sich eine Klausel in den Verträgen)? Wozu sie vernichten? Bonizzato lächelt und beginnt mir die ganze Sache zu erklären. Was er sagt, klingt ziemlich überzeugend: Ein Verschenken der Bücher, das liege doch auf der Hand, käme einer Missachtung der ganzen verlegerischen Arbeit gleich. Hinzu komme, dass dies, mit Lagerung, Verpackung, Versand, fast ebenso teuer wäre wie ein regulärer Verkauf. Und es sei doch klar, dass ein Buch (vielleicht auch noch illustriert), das auf dem Ramschtisch zum halben Preis zu haben sei, den Verkauf eines ähnlichen, druckfrischen Werkes behindere. Doch mehr noch als diese Erklärungen erleichtern mich seine Worte zum Einstampfen selbst: Hier handle es sich nicht, wie ich angenommen hatte, um eine Bestrafung von Büchern, sondern um einen normalen Vorgang im verlegerischen Kreislauf. Bei einem Teil der unverkauften Ware, die beim Einstampfen lande, handle es sich im Übrigen um Mängelexemplare oder um solche, die in den Regalen der Buchhändler alt und unansehnlich geworden seien, obwohl der entsprechende Titel weiter hoch im Kurs stehe; zudem sei Unverkäuflichkeit nicht unbedingt die Folge des Scheiterns eines Buches, sondern liege möglicherweise auch an einer überhöhten ersten Auflage zum Erscheinungsdatum, zu der sich der Verlag zu Werbezwecken entschlossen habe. Und wenn das Einstampfen tatsächlich einmal ein Werk betreffe, das sich als »Irrtum« erwiesen habe, könne man sich ja immer noch mit dem Gedanken des Recycling trösten. Als ich neben Bonizzato in den Wagen steige, hat er mich fast schon überzeugt, dass das, was wir uns nun ansehen werden, gar nicht so schaurig ist, wie ich es mir immer ausgemalt habe.

Die Lagerhallen, zu denen wir gelangen, vielleicht fünfzehn Kilometer außerhalb Veronas, gehören einer Firma mit dem traditionsreichen Namen Boninsegna. Eine gleichnamige Dame, lächelnd und zuvorkommend, führt uns sogleich ins Labyrinth ihres immensen Schafotts für gedrucktes Papier. Sie ist es, die die Bücher vernichtet, um Papierrohmasse daraus zu machen, die dann an Papierfabriken verkauft wird, wo man neues Papier daraus herstellen wird. Nach wenigen Worten der Dame wird mir klar, dass wir uns in einer Welt befinden, die mit der meinen wenig und stattdessen viel mehr mit der von Naturwissenschaft, Technik und Rohstoffvorkommen der Erde zu tun hat. Das mickrige Problem eines Buches, dessen Leben zu Ende geht, existiert hier drinnen nicht mehr. Es geht unter in ökonomischen Fakten, die unermesslich viel größer sind. So als wolle man aus einem Flugzeug am Himmel die Beulen im Kotflügel eines Autos betrachten. Hier drin wird, nach den Worten der Dame, nicht zerstört, sondern *produziert*, und wie zum Beweis kommen ihr die Bezeichnungen für die hohen Bücherstapel längs der Wände (»Buchmaterial«, »Zeitungsmaterial«, »Papiermasse«) ganz unschuldig über die Lippen. Ich nähere mich den Paletten voller zum Tode verurteilter Bücher und stöbere ein wenig darin herum (Bonizzato habe ich versprechen müssen, keine Titel oder Autorennamen zu nennen, aber so viel kann ich verraten: Bei einigen Autoren, die ich hier fand, kam mir spontan der Gedanke, dass diese Praxis auch ihr Gutes haben könnte.) Ich stecke meine Hand in ein Loch in der Plastikfolie, bekomme einen Band aus der Reihe Oscar Mondadori zu fassen und ziehe ihn mühevoll aus dem Haufen. Francis Scott Fitzgerald, *Geschichten aus dem Jazz-Zeitalter*. Ich bitte Signora Boninsegna, diesen edlen, unsterblichen Schriftsteller zu begnadigen, und meine Bitte wird erhört. Das Buch ist in Sicherheit, geht in meinen Besitz über. Fehlte mir übrigens auch noch.

Man erklärt mir, wie das Recycling funktioniert: Auch hier, in der glasklaren Ausführung von Signora Boninsegna, fallen Worte, die wehtun, wie etwa »Enttintung«, aber es ist klar, dass der ganze Vorgang ein wahrer Segen für die Wälder der Erde ist. Zu dem grauen Schlamm, zu dem all diese Bücher vermanscht werden, müssen lediglich zwanzig Prozent Zellulose hinzugefügt werden, um neues Papier zu erhalten, Papier von vielleicht geringfügig schlechterer Qualität (und das auch nur unter ästhetischen Gesichtspunkten – etwas weniger weiß, das ist alles), aber hervorragend geeignet, um daraus Toilettenpapier herzustellen, Hefte, Schreibmaschinenpapier, neue Bücher in preiswerten Ausgaben, die selbst wiederum zu achtzig Prozent wiederverwertbar sind. Jetzt verstehe ich, das Papierrecycling ist wie der Buddhismus, einem Buch ist eine unendliche Anzahl von Reinkarnationen vorherbestimmt, bis es schließlich in einem dieser Leben das Nirwana eines Käufers erreicht, der ihm einen Platz in seiner Bibliothek zugesteht. Als man dann zu den technischen

Details übergeht, kommt sogar das Evangelium ins Spiel: Je besser die Papierqualität eines Buches – durch die Behandlung mit Kunststoffen und die Beimengung schwer abzubauender Zusätze –, desto niederer die Lebensform, zu der es nach dem Recycling absinkt, und umgekehrt, je bescheidener, einfacher und reiner das Papier ist, desto besser bleibt es in dieser Form erhalten. »So werden die Letzten die Ersten und die Ersten die Letzten sein« (Matthäus, 20,16). Ich teile diesen tröstenden Gedanken Bonizzato und Signora Boninsegna mit, und während der eine gerne darauf eingeht (und um den Gedanken auch wissenschaftlich zu untermauern, den zweiten Hauptsatz der Thermodynamik, die Entropie usw. zur Sprache bringt), wirkt die andere ein wenig verloren, so als wisse sie nicht, dass die verdammten Bücherseelen, mit denen sie die Wälder rettet, als Geschöpfe des Geistes entstanden sind, dass sie die Peitsche der Rezensenten kennen gelernt und anschließend monatelang vergeblich in den Regalen der Buchhandlungen oder in den Zentrallagern darum gewinselt haben, gehört zu werden. Aber so ist es eben: Vergil wusste von den Qualen im Dichterherzen, Charon nicht. Dennoch scheint es mir mit der einfühlsamen Solidarität Bonizzatos zu gelingen, mich von dem düsteren Gedanken der literarischen Vergeblichkeit zu distanzieren.

Als ich dann aber dem grausamen Ritual der Zerstörung und Zermalmung Tausender von Büchern beiwohne, werden die Gedanken wieder schwer, untröstlich: Die apokalyptischen Szenen der eifrigen Feuerwehrleute aus Truffauts *Fahrenheit 451* kommen mir in den Sinn oder das »unerhörte Verbrechen« der Menge, die Feuer legt an jenes »kollektive Glaubensbekenntnis«, wie Victor Hugo die Bibliothek in seinem *L'année terrible* nennt. In umfangreichen, detaillierten Listen (Titel, Autor, Auflage) hat der Verleger alle zum Einstampfen verurteilten Werke aufgeführt; ein Notar sieht die Listen durch, macht Stichproben und gibt das Startsignal zur Tat; die Paletten werden von den Plastikplanen befreit und die Bücher achtlos auf ein Laufband gekippt. Und dann sieht man sie schon, in einem wirklich höllischen Lärm, aufsteigen, immer höher, immer höher, bis zum Rachen eines Monstrums, das sie hinunterschlingt in seinen Bauch, wo eine mit Reißzähnen versehene Rolle sie erfasst und zerschreddert. Beim Ausgang auf der gegenüberliegenden Seite sind aus den Büchern Konfetti und Luftschlangen geworden, die eine Presse zu großen Würfeln vereint, mit Drähten verschnürt und für die Papierfabrik fertig macht. Aha, denke ich, es ist also doch ein Tod. All die segensreichen Auswirkungen des Vorgangs zum Wohle der Welt können doch niemals den Schmerz dieser zerstückelten Buchseiten lindern. Fast kommt es mir so vor, als könne ich ihren Schmerz hören. Ich reiße eine Hand voll Konfetti aus einem Ballen, und da ist es tatsächlich, ein Wehgeschrei in verstümmelten Sätzen: »... oh, mein Gott. – Er erinnerte sich ...«; »hell erleuchtet und elektrifiziert, die s ...«; »in weißen *Lap-Lap* servierten sie ...«; »Es tut mir Leid – murmelte sie«; »Adriana Asti ist eine Schauspielerin, die zu un ...«; »O Kuz'ma Prutkov, nimm diesen ...«; »– Liebe Mama, sorg dich nicht – die nachsichtige Sti ...«; »det gjelder omkostninger vedrorende ...«; »für John, von ganzem Herzen, mit all meiner Liebe.«

Plötzlich kommt mir ein Gedanke. Ich laufe zu Bonizzato und bitte ihn, die Liste der verurteilten Bücher, die unterdessen weiter mit Getöse von dem Ungeheuer verschlungen werden, durchschauen zu dürfen. Eine nach der anderen gehe ich die Seiten durch, es sind viele, von der ersten Liste komme ich zur zweiten, dann zur dritten, bis ich das gefunden habe, was ich mittlerweile sicher zu finden weiß, und ich komme mir so dumm vor, weil ich nicht schon früher daran gedacht habe, als vielleicht noch Zeit war. Da steht es, ich wusste es doch: VERONESI-6. Unter den in diesem Monat zum Tode verurteilten Büchern sind also sechs Exemplare meines Romans.

Ich drücke den geretteten Fitzgerald fest an mich – ich werde ihn immer in Ehren halten – und gebe mich gleichzeitig zwei Gedanken hin, einem schönen und einem unschönen, hier in der Welt des Papiers beide betrüblich irrelevant. Der schöne: Aus den sechs Exemplaren meines Romans wird ein Packen Schreibmaschinenpapier entstehen, das ich kaufen und dazu nutzen werde, um einen weiteren Roman zu schreiben. Der unschöne: Aus jenen sechs Exemplaren könnten auch die Seiten werden, die die Zeitschrift *Espresso* mit dem Mist meines Kollegen Roberto Cotroneo füllt.

Und ich bitte den Buddha der Bücher, dass er mir das nicht antut. Dann soll er mir doch lieber die Gnade eines gesunden, weichen, angenehmen Toilettenpapiers gewähren.

Die Maus

Mondello. An diesem glamourösen sizilianischen Ort, an dem sich die Schriftsteller zur Verleihung des »Premio Mondello« versammeln, wo Kundera sich im Blütenduft den Bauch kratzte, wo der betrunkene Evtušenko bei einer Pressekonferenz »Es lebe der Vino Corvo« grölte, wo Aldo Busi mit einem Freund von mir ins Bett wollte und einen Korb bekam, in dieser heißen Luft, in der die Schweißströme des palermitanischen Sommers auf der Haut karamellisieren, traf ich spätabends ein und verstand nur »Totò Schillaci«. Um mich herum tanzen sie alle ganz ausgelassen in Scharen, in Gruppen, schwenken ihre grün-weiß-roten Fahnen, und irische Chöre erklingen, denn noch läuft die Vorrunde, und Irland spielt hier unten, in Palermo. »Was heißt hier Glück?«, höre ich, »Totò ist ein Günstling der Götter.« Bis jetzt hat er erst ein Tor für Italien geschossen, gegen Österreich, doch sein geschorener Kopf hat schon mächtig für Furore gesorgt und ist überall zu sehen, in Zeitungen, auf T-Shirts, auf Werbeplakaten für Birra Messina. Meine palermitanischen Freunde haben sich schon bemüht, seinen Mythos für mich, der ich kein Sizilianer bin, zu übersetzen, damit ich nicht hereinfalle auf das Bild des unzivilisierten Totò, der mit den Fingern isst und den Füßen Tore schießt. »Er ist wie eine Maus«, sagen sie, um mir seinen entgeisterten Blick verständlich zu machen, »er hat Angst, umgelegt zu werden.«

Und doch war ich perplex, als ich beim Abendessen erlebte, wie meine palermitanischen Freunde nicht wussten, auf wen sie nun anstoßen sollten: »Auf Pedro oder auf Totò?« Pedro war ein befreundeter Gastwirt, ein herzensguter Mensch und großer

Maestro in der Organisation von Festen. Zwei Tage zuvor wurde er von der Mafia in seinem Restaurant erschossen, in der Halbzeitpause des Spiels England gegen Irland. Totò war eben Totò, Totò Schillaci. »Auf Pedro und auf Totò!«, hieß es schließlich.

Nun sehe ich, wie die Iren vor den Bars in Mondello Bier in sich hineinschütten und sich mit den Palermitanern verbrüdern: Es vollzieht sich also das, was man hier auf Sizilien *il tocco* nennt. Wie man mir erklärt hat, setzt *il tocco* die Anwesenheit eines *Herrn* und eines *Untergebenen* voraus, wobei es der Untergebene ist, der den Herrn besoffen macht, um ihn die verrücktesten Sachen anstellen zu lassen und dann mit dem Finger auf ihn zu zeigen. In diesem Fall sind die Iren die Herren, die eigentlich in ihrer ganzen Geschichte, bis zu diesem Abend, niemals Herren waren, und sei es auch nur, um verlacht zu werden. Sie sind schon ziemlich hinüber, hüpfen friedlich herum, beschwören die Rivalität zwischen Palermo und Catania und singen dabei im Chor: *»Chi non salta un catanese è, uè«* (»Wer nicht mithüpft ist ein Cataneser«). Die »untergebenen« Palermitaner halten sich zurück und genießen kichernd das Schauspiel. Aber einmal waren die Iren doch die Herren, überraschenderweise, und zwar als die Familie Cascarino um die Jahrhundertwende aus der Ciociaria auswanderte und sich nach London und Glasgow schließlich in Dublin niederließ, um dort Eis zu verkaufen. Dieser absurden Emigration entstammt Tony Cascarino, der heute Mittelstürmer der irischen Nationalmannschaft ist, und so kommt es wie selbstverständlich zur Verbrüderung. Jetzt bin ich es, der meinen palermitanischen Freunden, die auf Sizilien mit Fußball kurz gehalten werden, erklären muss, was das für zwei Namen sind, die da, nahezu unverständlich in der englischen Aussprache, ins Dunkel des Golfes geschmettert werden. TCHO-NI CASCAUI-NOU! TCHO-TCHO SKILA-CHEY! Der *tocco* ist perfekt gelungen.

In die Zukunft schauend, lese ich schon jetzt in den Sternen über Palermo alle überraschenden Kombinationen, die dazu führen werden, dass sich Italien und Irland in zwei Wochen in Rom im Viertelfinale gegenüberstehen. Dann wird diese fragile Verbindung auseinander brechen. Und wäre ich Palermitaner, würde ich versuchen, mit dem irischen Trainer Jackie Charlton den *tocco* zu machen. Ich würde ihn abfüllen und ihn, den Engländer und Protestanten, dann dazu bringen, seine erzkatholische Mannschaft zum Heiligtum Santa Rosalias auf dem Gipfel des Monte Pellegrino zu führen, wo alle gemeinsam vor der Statue der Schutzheiligen Palermos niederknien und das traditionelle Rosalia-Gebet sprechen: »*O hochheilige Rosalia, der die Gnade zuteil wurde, das wahre Antlitz Christi zu schauen (...), da die Azzurri in ihrer Gruppe und auch im Achtelfinale gegen Uruguay gewinnen werden, so gewähre uns für den Fall, dass wir weiterkommen, indem wir gegen Ägypten und Holland unentschieden spielen, aber dennoch vor Letztere gesetzt werden, weil wir mit Eurer Hilfe den Losentscheid gewinnen und so den zweiten Gruppenplatz erreichen, um anschließend im Achtelfinale die raubeinigen Rumänen im Elfmeterschießen zu bezwingen, wonach das nächste Hindernis auf unserem Weg ins Viertelfinale Italien wäre, so gewähre uns also die Gnade, nicht Opfer des furchtbaren Zorns Eures gläubigen Schützlings Salvatore Schillaci zu werden, den man auch ›die Maus‹ nennt, und zwar wegen der noch in seinen Augen zu lesenden Angst, in den Straßen eines Sozialviertels jener Stadt, die Euch zu Füßen liegt, umgebracht zu werden. Einer Angst, die ihn heute zu einem der gefürchtetsten Stürmer überhaupt macht, einem Mann, der aus allen Entfernungen seine explosive Kraft rauslässt und ganz offensichtlich versucht, Netze zu durchstoßen und Pfosten bersten zu lassen, um dann den Menschen Palermos, die von Euch so gnädig beschützt werden, die Trümmer zu widmen. Sollte geschrieben stehen, dass wir verlieren werden, so gewähre uns zumindest, o Gnädige, dass die Maus uns nicht erniedrigt, dass sie sich ein wenig nur erbarmt, wenn sie im Gesicht unseres Spielers Casca-*

rino die gleiche Angst erkennt und eine ganz ähnliche in unseren, auch wenn wir aus anderen Breiten kommen. Doch wir sind Brüder im Glauben und in der Knechtschaft durch die Jahrhunderte. Beschütze ihn, die Maus, vor unseren Stollen, dass wir ihm nicht, im Eifer des Zweikampfs, die bereits geschundenen Knochen weiter malträtieren. Gebt, dass wir, die von Gott weniger Begünstigten, in Ehren verlieren, lasst seinen Zorn in dieser Runde ruhen, dass er sich zum Schaden jener auslebe, die ihn tatsächlich verdient haben, der gewinnsüchtige Maradona und die stählernen Deutschen, die nun, wiedervereinigt, erneut beginnen, die Erde zu bedrohen. Wir bitten Euch nur, ihn im Spiel gegen uns zu schonen, und beten um Euren Segen für seine blonde Frau und seine Kinder Jessica und Mattia, die seit kurzem erst auf Gottes Welt sind. Amen.

Unter der Statue würde ich natürlich als Opfergabe das Trikot mit der Nummer 10 niederlegen, das noch getränkt ist vom Schweiß Cascarinos und seiner Ahnen und das am 30. Juni 1990 in der Aufstellung gegen den von Gott Begünstigten zu finden sein wird.

Ich habe Totò Schillaci in einem Restaurant in Turin getroffen, an einem Freitag des darauf folgenden Septembers, nachdem ich dem Training von Juventus Turin beigewohnt hatte. (Wie sich die Dinge dann bei der WM entwickelten, ist allgemein bekannt: Ein besiegter Totò, der dennoch alle persönlichen Auszeichnungen des Turniers einheimste. Ich möchte nur daran erinnern, sozusagen aus Chronistenpflicht, dass er sein bestes Spiel ausgerechnet gegen Irland machte, mit einem Lattenkracher, einem gegebenen Tor und einem weiteren, völlig regulären, gegen Ende des Spiels, das aber nicht anerkannt wurde.) Jetzt im September plagte sich Totò Schillaci mit einer Muskelverletzung herum, die er zuvor hartnäckig vernachlässigt hatte, um kein einziges Spiel zu versäumen. Und die Vorzeichen einer Saison, die so katastrophal werden sollte, wie die vorherige triumphal war, zeichneten sich bereits bedrohlich am Horizont ab. Es war noch warm, und Totò trug ein gestreiftes Poloshirt, eine blaue Hose ohne Bügelfalten, braune Mokassins und keine Strümpfe. Mit uns am Tisch saßen auch seine Frau Rita und der Pressesprecher von Juventus Turin Piero Bianco.

Bevor ich nun von diesem Gespräch erzähle, möchte ich zunächst noch etwas klarstellen, um keinen Zweifeln Raum zu lassen: Ein schriftlich wiedergegebenes Interview kann weder den Gesichtsausdruck des Interviewten noch seinen Tonfall zur Geltung bringen, und auch nicht, wenigstens nicht direkt, die Pausen. Es stützt sich allein auf die Sprache, ein Terrain, auf dem sich Totò Schillaci wenig gewandt zeigt. In der Tat ist seine Sprache (defensiv, ohne Zeichen einer höheren Bildung und vom Dialekt durchsetzt) wie ein Motor, der ständig durchdreht, weil er nur über die kleinen Gänge verfügt. Und als ich mich dann daran machte, seine Antworten zu transkribieren, stand ich plötzlich vor einem Problem – dem »klassischen« Problem der Verschriftlichung: entweder jene Sprache zu filtern und sie in ein konventionelles Italienisch umzuwandeln oder sie so weit wie möglich in all ihren Eigenarten zu belassen. Ich habe mich für Letzteres entschieden, aus der Überzeugung heraus, dass sich der Totò Schillaci, den ich getroffen habe, in der Willkür einer seine eigene Ausdrucksweise zerstörenden Syntax vollkommen aufgelöst hätte. So habe ich also das aufgenommene Gespräch authentisch wiedergegeben, ohne etwas hinzuzufügen oder zu verbessern, in dem Bemühen, die Essenz jener rauen, von Schmerz gezeichneten Ausdrucksweise zu erhalten. Um seine häufigen Pausen kenntlich zu machen, die weniger solche des Nachdenkens als vielmehr des Atemholens sind (das Treten der Kupplung beim Schalten zwischen seinen kleinen Gängen), habe ich den Gedankenstrich gewählt. Nicht gestrichen habe ich auch die vielen »alsos« und ebenso wenig die Wiederholungen und nicht zu Ende geführten Sätze. Ich hoffe nicht, dass sich dadurch nun irgendjemand dazu berechtigt fühlt, über Schillaci zu lachen, nur weil er kein korrektes Italienisch spricht. Erst recht nach unserer Begegnung bin ich der Überzeugung, dass Totò Schillaci wirklich der letzte Prominente ist, über den zu lachen man sich anmaßen sollte. Denn er ist wirklich ein »klein gewordenes« Genie, wie die Maler Soutine oder Utrillo, ein beckettscher Held: ein Pozzo zwischen den Zeiten, ohne Vergangenheit und ohne Zukunft, der nur darauf wartet, ob ein Schuss ins Tor trifft oder nicht, und gleich darauf, was mit dem nächsten sein wird. So ist er tatsächlich. Und beeindruckt hat mich vor allem, dass er sich dessen bewusst ist, und alle Grammatikfehler dieser Welt können ihn nicht daran hindern, von der großen Verdammnis zu erzählen, mit der die Götter sich einen Spaß daraus gemacht haben, ihn für das Glück zahlen zu lassen, das sie ihm einst gewährten: der Verdammnis, sein eigenes Schicksal zu kennen.

SV: Totò, wie geht's dir?

TOTÒ: Schon besser. Ich bin in besserer Verfassung. Klar, es zwickt noch etwas, was es mir leider nicht erlaubt – mir leider nicht erlaubt – die Qualitäten zu zeigen, die ich habe. Das ist es vor allem.

SV: Aber kann man überhaupt gesund werden, wenn man zwei Spiele in der Woche bestreitet?

TOTÒ: Normalerweise – darf man eine Woche oder vierzehn Tage gar nichts machen. Aber auf diese Weise dauert es – noch länger, dann dauert es zwei Monate, also – ich hab ja noch nie gekniffen, und deshalb mach ich also weiter, ich kämpfe, auch gegen den Schmerz – aber jetzt lässt er ja nach.

SV: Gerade eben noch, als du das Trainingsgelände verlassen hast, bist du von deinen Fans belagert worden. Ich könnte mir vorstellen, dass es dir jetzt jeden Tag so ergeht. Wie fühlst du dich eigentlich mit dieser so… so überwältigenden Popularität?

Totò: Na, ich würde sagen, das – das ist schön, berühmt zu sein, denn ich hab schon ganz früh, als kleiner Junge, daran gearbeitet, also – nicht dass ich gedacht hätte, einmal so berühmt zu werden. Sicher, es gibt auch die Momente, wo man nur seine Ruhe haben will, aber – man muss auch den Leuten Respekt entgegenbringen, die von weit her kommen, nur wegen einem Autogramm. Wenn du kaputt bist, nach dem Training zum Beispiel, kann das schon auf die Nerven gehen. Aber wenn du – wenn du morgens zum Training kommst – kannst du schon ein paar Autogramme geben, das ist ja kein – Problem. So ist der Fußball, er besteht aus – aus Persönlichkeiten, Persönlichkeiten – Maradona, ich, die Leute brauchen sie – ein Autogramm, das brauchen sie. Also ist es schön. Und dann ist es immer noch besser, berühmt zu sein als nicht berühmt zu sein.

SV: Ja, aber du bist *wahnsinnig* berühmt. Du bist zur Zeit der berühmteste Italiener der Welt. Stell dir vor, im Juli war ich in Taiwan, um eine junge Frau zu interviewen, deren Bruder hingerichtet werden sollte. Es waren zweifellos, wie soll ich sagen … dramatische Umstände. Aber als sie hörte, dass ich aus Italien komme, hat sie mich sofort nach Schillaci gefragt.

Totò: Das ist doch normal, ich war Torschützenkönig der WM, also – es wäre genau dasselbe mit einem anderen an meiner Stelle.

SV: Und rate mal, wonach sich diese Frau besonders erkundigt hat.

Totò : –

SV: Nach den Augen, Totò. Diese Augen …

Totò :… wie von einem Irren, meinst du?

SV: Nein, nein. Das sind keine »Augen von einem Irren«. Ganz im Gegenteil. Ich erzähl dir nachher, was man mir in Palermo über deine Augen gesagt hat. Aber auf alle Fälle wollte auch diese Chinesin, dass ich ihr von deinen Augen erzähle, von deinem Gesichtsausdruck …

Totò: Ja klar, aber ehrlich, als ich diesen Gesichtsausdruck zum ersten Mal im Fernsehen sah, habe ich zu mir gesagt: »Was? Hab ich wirklich so ein Gesicht gemacht?« – Also, ich musste selbst über mich lachen. Dieses Gesicht, das ich da gemacht habe – kam von Herzen – wenn heute jemand kommt und mir sagt, ich soll noch mal dieses Gesicht machen, kann ich das nicht, also – das ist eine instinktive Sache.

SV: Aber nun sind deine Augen etwas für die Ewigkeit: die Augen von Bette Davis, die Augen von Stallone und die Augen von Schillaci.

Totò: Ja, jetzt sind sie – jetzt wurden sie – ich hab den Imitatoren im Fernsehen geholfen, die machen sie auch schon nach – (*er reißt die Augen weit auf*) »Wo ist Rita? Wo ist Rita?« (*er lacht*) – Auch in Bulgarien zum Beispiel, ich war in Bulgarien, da wurde ich – da wurde ich empfangen – eigentlich die ganze Mannschaft von Juve, aber ich wurde empfangen – Schillaci, Schillaci – Die haben sogar ein Stück aufgeführt, so mit Puppen, mit Schillaci. Also –

SV: Das sind doch eigentlich Dinge, die einen freuen.

Totò: Ja, das schon, aber leider – im Fußball – ist die Vergangenheit schnell vergessen. Es war ein – fantastisches Jahr, besser konnte es für mich gar nicht laufen, mehr kann ich nicht bringen: fünfzehn Tore in der Meisterschaft, sechs im Pokal und im UEFA-Cup, sechs bei der WM, und dann die Geburt meines Sohnes, also es war wirklich ein – unfassbares Jahr, das sich ganz sicher nicht wiederholen lässt. Also für mich – da sind die Erinnerungen schon Vergangenheit, ich lebe – und denke nicht daran, dass ich so bekannt bin. Ich bin ein ganz seltsamer, eigenartiger Typ – also lebe ich so, als wenn – meine Stärke, die mich weiterbringt, ist es, nicht an die Vergangenheit zu denken, nicht daran zu denken – dass ich Schillaci bin oder – Torschützenkönig. Ich denke immer, dass ich den Platz in der Mannschaft auch wieder verlieren könnte. Also – diese Angst ist wie eine zusätzliche Waffe. Das ist ganz wichtig.

SV: Was meinst du damit, du seist ein sehr seltsamer, eigenartiger Typ?

Totò: Seltsam, weil – also vom Charakter her – aber trotzdem, ich flachse ja mit allen, der Ruhm ist mir nie zu Kopf gestiegen, denn – die Freunde, die ich von früher kenne, als ich noch niemand war, behandle ich nicht anders als damals. Da hat sich also nichts geändert, obwohl ich jetzt bei Juve spiele und in der Nationalmannschaft. Ich verhalte mich so wie damals, als ich noch niemand war. Denn – wenn ich beginne, daran zu denken – Spieler bei Juventus, wo ich schon als kleiner Junge Fan von Juve war – die Nationalmannschaft – schwirrt mir der Kopf –

SV: Hast du dich denn wirklich so gefühlt, als wenn du niemand wärst? Denn egal, wie es nun lief, immerhin warst du ein guter Fußballer, und für einen Jungen reicht das schon, um sich von den anderen abzuheben, jemand zu sein.

Totò: Na ja, sagen wir, dass ich mich auch jetzt eigentlich wie niemand fühle. Auch wenn die Leute denken – das ist ja normal, Mensch, das ist Schillaci, der Mann, der am meisten – na ja, dem sein Name heute mehr für den Fußball steht als sonst einer auf der Welt. Aber dennoch – ich fühle mich einfach wie ein junger Mann, so wie immer – mit der ständigen Angst, es im Leben zu nichts zu bringen.

SV: Genau, die Angst. Jetzt erzähle ich dir mal, was man mir in Palermo von deinen Augen erzählt hat. Während der WM war ich nämlich in Palermo, als du ein Tor nach dem anderen geschossen hast. Als Palermo wochenlang im Festtaumel war. Und eines Abends war ich auch in Monello, mit Freunden aus Palermo, Leuten, die sehr eng mit der Stadt verbunden sind, und da haben wir auch über dich gesprochen. Diese Palermitaner haben mir erzählt, dass man solche Augen wie deine in Palermo häufig sieht. Es sind, so meinten sie, die Augen der Maus, die fürchtet, getötet zu werden, obwohl sie niemandem was getan hat. Was meinst du dazu?

Totò: Na ja, in jenen Augenblicken, ja – da sprechen sie für sich, es ist, als würde ich fragen: »Was hab ich denn getan? Ich hab doch nichts getan«, also – es gibt da keine Erklärung.

SV: Aber sie sehen eben wirklich angsterfüllt aus. So als hättest du tatsächlich unaufhörlich Angst.

Totò: Ja, ja, das hab ich auch. Für mich gibt es keine Sicherheit im Leben. Für mich gibt es keine Sicherheit im Leben, vor allem nicht – dass ich Stammspieler bin. Das heißt, ich hab immer Angst, dass jemand hinter mir her ist, und das ist das, was mich vorwärts bringt, die Angst, etwas zu verlieren. Wenn du dich zu sicher fühlst, in dem Moment bist du erledigt.

SV: Genau das meine ich. Meine Freunde haben mir gesagt, das sei typisch für Palermo, diese Art und Weise, mit der Angst zu leben, mit ihr aufzuwachsen, so dass sie sich dann in den Augen widerspiegelt.

Totò: Ja. Ja, das stimmt. Das Leben ist voller Risiken. Manche sind schon in Gefahr, wenn sie auf die Straße gehen, ich zum Glück jetzt nur noch – nur noch auf dem Fußballplatz. Aber es ist immer noch die gleiche Angst. Dass jemand hinter einem her ist.

SV: Klar, aber als du zum Vorbereitungslehrgang für die WM nach Coverciano kamst – ich hab damals die Bilder im Fernsehen gesehen – und diese Fans gegen dein Auto traten und es bespuckten, warst du wieder in Gefahr, »auf der Straße«...

Totò: Klar. Ich weiß auch nicht, wieso damals überhaupt die Wagenfenster heil geblieben sind. Ich hatte wirklich Angst, dass sie mich verprügeln, ja klar. Aber das war nur, weil dort – na ja, in Florenz – die Fans von Juve und Fiorentina können sich eben nicht ausstehen, deshalb – ich bin da eben mitten rein geraten.

SV: Schon, aber in der letzten Meisterschaft hatten es die Fans der Gegenmannschaften besonders auf dich abgesehen.

Totò: O ja, ich bin unheimlich oft beleidigt worden, auf jedem Platz, überall wo ich hinkam, wurde ich beschimpft, ohne irgendetwas getan zu haben. Leider gibt es im Fußball auch – auch viel Gewalt. Die Leute schießen sich ein auf den Verein, der am stärksten ist – den Verein, der am beliebtesten ist, denn in ganz Italien ist kein anderer Verein so beliebt wie Juventus. Schon der Name, aber besonders wir Spieler, sind vielen ein Dorn im Auge – die Leute denken sich vielleicht nicht viel dabei, sie gehen ins Stadion und singen und beginnen, was zu rufen – was sie eben so rufen, mal zu mir, mal zu dir, mal zu diesem, mal zu jenem. – Was sollen wir dagegen tun? – Für mich ist es die größte Befriedigung, wenn ich beschimpft werde und dann ein Tor schieße. Das ist die größte Befriedigung. Wenn die gegnerischen Fans mich beschimpfen, in diesem Augenblick will ich nur noch ein Tor schießen – denn das ist die größte Befriedigung.

SV: Was anderes. Ich erinnere mich noch, wie Chinaglia einmal gefragt wurde, was er hätte werden wollen, wenn er nicht Fußballer geworden wäre, und er antwortete: »Kellner«.

TOTÒ *(lacht)*: Schreib doch, dass ich dann Reifen geklaut hätte, um – nein, nur ein Spaß…

SV: Gut, dann mal im Ernst. Gibt es einen anderen Beruf, der dir Spaß gemacht hätte?

TOTÒ: Nein, darüber hab ich nie nachgedacht. Ich hab viele, viele Jobs gemacht, bevor – bevor ich – bei Messina einen Vertrag bekam, denn es war eine unbedeutende Mannschaft in Palermo, in der ich spielte – ich hab gar nicht daran gedacht – für mich war es ein Spaß zu spielen, ich hätte nicht geglaubt, den Durchbruch zu schaffen. Ich hab aus Spaß gespielt, auf der Straße. – Damals hab ich alle möglichen Jobs gemacht, eben um etwas Geld in der Tasche zu haben. Dann bin ich zu Messina gewechselt, und na ja – ich hab begonnen, mir ein wenig Hoffnungen zu machen, aber nicht – in die Nationalmannschaft zu kommen oder zu Juventus. An die Zukunft habe ich nie gedacht. Ich hab einfach nur gespielt, und das war's. Ich hab nie darüber nachgedacht, was ich heute – ich hab in einer Reifenwerkstatt gearbeitet, das war mein Job, aber – ich hab auch in einer Bar gearbeitet, in einer Bäckerei – ich hab alles gemacht, alles hab ich gemacht, nur um – zur Schule bin ich gar nicht mehr gegangen, das hat mir keinen Spaß gemacht, zur Schule zu gehen – und das war der Fehler, mein Fehler.

SV: Wann bist du abgegangen?

TOTÒ: Die siebte Klasse hab ich noch gemacht – dann hab ich mir ein Bein gebrochen und bin nicht mehr hingegangen, also – hab ich angefangen zu arbeiten.

SV: Hast du dir das Bein beim Fußball gebrochen?

TOTÒ: Nein, auf einer Spritztour – mit meiner Maschine, wie das so ist – ich war eben verrückt, ja das war ich. Ich bin bei Rot über die Ampel gefahren, und da – da hat mich ein Auto erwischt.

SV: Dann hast du also noch Glück gehabt.

TOTÒ: Ja, ich hab noch Glück gehabt – man kann sagen, ich hab im Leben schon viel Glück gehabt, und genau mit diesem Unfall fing mein Glück an. Da hätte ich nämlich auch auf der Strecke bleiben können. – Ich hab sehr viel Glück – wenn ich andere Gleichaltrige sehe, die für ein paar Kröten im Monat arbeiten – aber sie sind ja zufrieden, dann gehen sie ins Stadion, geben ihr Geld wieder aus... Nein, ich hab Glück gehabt – viel Glück.

SV: Hast du immer noch Spaß an solchen Maschinen?

TOTÒ: Nein, nein – ich hab gar nicht viel für große Motoren übrig. Es war ja gar kein Motorrad, sondern ein kleiner Roller, eine Vespa.

SV: Hast du auch Kunststücke damit gemacht, nur auf dem Hinterrad fahren und so?

TOTÒ: Nein, nein, das hab ich mich gar nicht getraut. Nein, ich bin ganz normal gefahren, zur Arbeit – wie fast alle Jugendlichen. Auch heute bin ich gelassen, mit dem Wagen fahre ich nicht schnell.

SV: Sag mal ganz ehrlich. Bist du in der Lage, dich durchzusetzen? Kannst du jemandem, der dir unsympathisch ist, ins Gesicht sagen, dass du ihn nicht um dich haben willst? Bist du in der Lage, hart zu sein, wenn du dich innerlich so fühlst? Schaffst du das?

TOTÒ: Nein, ich bin keiner, der – der jemanden – zum Beispiel, wenn jemand zu mir kommt, mit dem ich nichts zu tun haben will – den schick ich nicht gleich zum Teufel. Aber klar, ich versuch, ihm zu verstehen zu geben –, aber nicht grob oder unhöflich, aber – ich versuche, ihm das klarzumachen.

SV: Schaffst du das denn, demjenigen das klarzumachen? Denn darauf kommt's ja an. Besitzt du wirklich den Schneid, ihm das deutlich klar zu machen?

TOTÒ: Nein. Das ist nicht meine Art. Das fehlt mir, um – daran muss ich vielleicht noch arbeiten. Und wenn mir jemand übel mitspielt, schaffe ich es nicht, ihm das heimzuzahlen, also – klar, ich kann mich schon verteidigen, aber das ist nicht mein Charakter, zum Beispiel, um bestimmte Sachen zu machen, die – ich bin eher ein Menschen, der –, verstehst du? – Wenn jemand mir ein Bein stellt, kann ich ihm das schlecht heimzahlen.

SV: Apropos Charakter: Als ich in Palermo war, haben meine Freunde mir die Stadt gezeigt. Auch die, sagen wir, unschönen Viertel, also das ZEN und den Stadtteil, wo du aufgewachsen bist, das CEP. Hat dich das Leben dort sehr geprägt?

TOTÒ: Sieh mal, in dem Viertel, wo ich gelebt habe, kennt eigentlich jeder jeden, also – wenn man irgendwo fest wohnt, braucht man keine Angst zu haben. Aber jemand, der sich dort nicht auskennt, ja, der könnte schon vielleicht Angst bekommen. Das Viertel hat keinen guten Ruf. Aber das ist normal, das Viertel gehört zu Palermo, und die – sagen wir, verrufensten Viertel von Palermo sind eben jene beiden. Aber so hässlich wie du sagst, finde ich sie überhaupt nicht.

SV: Bist du denn dort nie in heikle Situationen gekommen?

TOTÒ: Das ist doch normal, dass dort auch Jugendliche waren, die besonders – aber man hat sich eben nichts anmerken lassen, ich – ich hab mich immer bedeckt gehalten, hab Fußball gespielt, kannte alle – ich wurde gemocht, weil ich mitten auf der Straße spielte, es gab da einen kleinen Bolzplatz, wo ich gespielt habe, also –

SV: Und auch die berüchtigten *malacarne* haben dich in Frieden gelassen, haben dir keinen Ärger gemacht?

Totò: Ich weiß schon, aber ich hab ja überhaupt keine *malacarne* gekannt, absolut nicht – *malacarne* lernt man doch nicht einfach so kennen, man sieht ja, wenn jemand ein Mafioso ist. Das heißt, es ist ja normal, wenn jemand so rumredet: *He! Mann! Was willst du?*, davon gibt's genug – und die *malacarne* kann dir in Palermo jedes Kind beschreiben – ihr Verhalten – die reden auch so. Aber ich – ich hab nie mit jemandem Streit gehabt. Ich weißt gar nicht, was streiten heißt. Im Ernst. Denn im Leben muss man immer versuchen, Streit aus dem Weg zu gehen.

SV: Mal was anderes. Hast du immer schon gespürt, dass du im Fußball besonders gut bist? Hast du dich auch als Junge schon besser gefühlt als die anderen?

Totò: Als Kind hab ich noch gar nicht verstanden, was – was Fußball bedeutet. Die Klasse, die Leistung eines Spielers, deswegen konnte ich auch nicht – ich hab immer einfach nur gespielt, bin gerannt. Immer hinter dem Ball her, immer.

SV: Ja, aber wenn die Mannschaften zusammengestellt wurden. Bist du da immer als Erster gewählt worden oder nicht?

Totò (*lacht*): Na ja gut, stimmt, ich war immer der Erste …

SV: Dann musst du also als Kind schon gemerkt haben, dass du besser bist.

Totò: Ja, das schon, ich wusste, dass ich gut bin – aber erst so mit dreizehn, vierzehn, wenn man beginnt, mehr zu verstehen. Mit sieben, acht Jahren noch nicht, da hab ich das nicht gewusst. Ich bin immer dem Ball nachgerannt, mitten auf der Straße – ich hab nur daran gedacht, ein Tor zu schießen.

SV: Dann kam also niemand auf die Idee, dich als Verteidiger spielen zu lassen?

Totò: Nein, ich hab immer schon Tore geschossen. Später haben wir um 10000 Lire gespielt und haben uns fertig gemacht – also was auf die Knochen gegeben. Aber da hab ich schon mit Erwachsenen gespielt, die waren so fünfundzwanzig – und ich sechzehn. Dann hat sich Messina für mich interessiert.

SV: Und seit damals hast du also immer jede Menge Tore geschossen. Eine Saison nach der anderen, jede Saison noch mehr als in der vorherigen. Hast du nie daran gedacht, dass dieses »Glück« auch mal zu Ende gehen könnte? Dass der Ball plötzlich nicht mehr reinwill?

Totò: Schon, ich hab Angst, dass alles vorbei sein könnte... Denn es stimmt ja, du kommst für einen Moment an den Ball – und schießt ein Tor. Aber das sind eben nur Momente, die selten sind im Spiel. Es wäre schön, immer Tore zu schießen, das wäre wirklich – fantastisch. Aber es ist immer auch Zufall, wenn man ein Tor schießt. Es ist ein Moment. Bei der WM war es eben mein Moment.

SV: Aber all das, was du schon erreicht hast, kann dir niemand mehr nehmen. Du brauchst also keine Angst zu haben, auch das wieder zu verlieren.

Totò: Nein, das natürlich nicht. Die sechs Tore bei der WM habe ich nun mal geschossen. In Wirklichkeit, also – ist es kein Traum.

SV: Und gibt dir das nicht ein wenig Sicherheit?

Totò: Nein. Damit kommt man ja nicht weiter. Du wirst ja nicht aufgestellt, nur weil du Schillaci heißt oder weil du sechs Tore bei der WM geschossen hat. Du wirst aufgestellt, wenn die Leistung stimmt, also – die Vergangenheit ist Vergangenheit, und wenn ich nicht rechtzeitig in Form komme, ist es richtig, dass ich meinen Stammplatz verliere.

SV: Aber es würde dich doch verrückt machen, wenn der Trainer dich nicht mehr aufstellt.

Totò: Ja, klar, ich könnte absolut nicht draußen sitzen – denn auch wenn ich aus der Mannschaft fliege, ich werd mir meinen Platz wieder erarbeiten. (*Er lacht*) Da kannst du sicher sein. Nicht mit Gewalt oder Überheblichkeit –, sondern auf dem Spielfeld.

SV: Aber irgendwann einmal wirst du dir deinen Platz nicht zurückerobern können. Denk mal an die Zukunft, Totò, in zehn Jahren …

Totò: Nein, ich denke nur an die Gegenwart. Ich habe eine Frau, zwei Kinder – ich hoffe, mit dem Fußball noch so viel wie möglich zu erreichen – mit Juventus, ich hoffe, so lange wie möglich bei Juventus spielen zu können. Also – wenn es dann mit dem Fußball bei mir aus ist, ist alles aus.

Das Volk mit den blauen Augen

Zu den vielen Dingen, die man lernt, wenn man sechsundzwanzig Jahre lang in Prato gelebt hat – so wie ich –, gehört ganz sicher der Name eines kleinen Ortes im samnitischen Apulien, der auf etwas gröberen Landkarten noch nicht einmal auftaucht. Panni heißt dieser Ort, ein Name, den man in Prato schon als Kind zu hören beginnt, wenn man sich mit den Hilfsarbeitern auf den Baustellen anfreundet, die einen Kalkmörtel berühren lassen und um Punkt zwölf mit Riesenappetit aus ihren mitgebrachten Henkelmännern essen. Man merkt es erst gar nicht, aber auch beim Schuster oder wenn der Klempner kommt, wird man erneut an den Namen Panni erinnert, und ein Kind aus Prato denkt dann irgendwann, es handle sich um einen Vorort oder einen Stadtteil mit einem etwas seltsam klingenden Namen wie Tobbiana oder Iolo oder Paperino. Dann, wenn man größer wird, hört man vielleicht beim Friseur oder beim Requisiteur des Teatro Metastasio erneut von Panni reden. Und wer sich später am Fachbereich für Architektur an der Uni in Florenz einschreibt, wird früher oder später auch eine Prüfung in Urbanistik I ablegen müssen, wo sich jedes dritte Seminar mit der urbanen Transformation Pratos in der zweiten Nachkriegsphase befasst. Und in solch einem Seminar trifft man ganz gewiss auf einen Assistenten, der über das Thema Emigration redet und als Beispiel für die massive Einwanderung nach Prato von einem Dorf in Apulien erzählt, das praktisch geschlossen, als Block, in den sechziger Jahren nach Prato emigrierte und sogar seine Madonna und das Fest, an dem sie verehrt wird, hierher mitbrachte. Er nennt den Namen dieses Dorfes – es ist erneut Panni.

Es gibt sogar einen Verband, mit dem nach Melville klingenden Namen ACAP (»Verband für die Kultur und Freunde Pannis«), und es ist dessen Vorsitzender, mit dem ich mich heute Abend verabredet habe. Ciarciello Carmine heißt er, ein ehemaliger Friseur, heute Inhaber einer Aspatura in der Via Podere Torretta (»Aspatura« nennt man einen kleineren Arbeitsgang bei der Textilherstellung und gehört ebenfalls zu den Dingen, die man lernt, wenn man in Prato lebt). Treffpunkt ist 20.30 Uhr im Vereinsheim des ACLI, des christlichen Arbeiterverbandes von Chiesanuova, einem Viertel, das man als Hauptquartier der Panneser in Prato bezeichnen könnte.

Ciarciello ist noch nicht da, als ich dort eintreffe, und der Mann hinter der Bar deutet auf zwei Männer, die neben einem Kickertisch stehen und sich unterhalten, und von den beiden erfahre ich, dass Ciarciello gleich kommen muss.

In der Wartezeit spiele ich an der Bar an einer Art Slotmaschine für Arme und verliere 2000 Lire. Inzwischen bevölkert sich der Ort mit kleingewachsenen Männern mit blauen, vor Erschöpfung glänzenden Augen; sie stehen im gelblichen Licht in Grüppchen zusammen, rauchen und husten. Und da ist er auch schon, der Mann, auf den ich gewartet habe. Er ist unschwer als Chef zu erkennen, er schreitet herein, lässt den Blick durch den ganzen Raum schweifen, nickt, und alle erwidern seinen Gruß. Auch er ist nicht gerade groß, trägt eine Lederjacke und eine ebenfalls lederne Herrenhandtasche über der Schulter. Ein breites, quadratisches Gesicht, ein Spitzbärtchen wie ein Satyr und blaue Augen, die mich an irgendjemanden erinnern, doch im Moment ist mir nicht klar, an wen. Er lädt mich zu einem Kaffee ein, doch ich habe gerade schon einen getrunken, und so bittet er mich, noch einen Moment zu warten, bis auch die anderen *Berater* eingetroffen sind, danach wolle man einen ruhigeren Ort aufsuchen. Und so füllt sich der Raum noch mit weiteren kleinen, blauäugigen Männern, die sich um Ciarciello herum gruppieren und auf seine Anweisungen warten. Schließlich, nachdem auch noch ein Mann mit Ohrenschützern wie ein Mienenarbeiter eingetroffen ist, erklärt Ciarciello, dass wir aufbrechen können. Zu meiner Überraschung müssen wir das Auto nehmen. Und so bilden wir eine bizarre Karawane, Ciarciello mit drei Männern in einem Alfa 75 vorn, weitere zwei in einem Ape-Dreirad dahinter und zuletzt ich in meinem Y10.

Vielleicht sollte ich noch erwähnen, dass das Viertel Chiesanuova auch die »Bronx von Prato« genannt wird; es steht auch klar und deutlich an einer Wand der Bar Irene, an der wir vorbeifahren. Es ist ein extrem dicht bebautes Gebiet mit düsteren Straßen, die Flussnamen tragen, und zieht sich bis zum Städtischen Friedhof hin, an dem die Autos auf der neuen imposanten Umgehungsstraße vorbeiflitzen. Durch diese Straße fahren wir nun alle hintereinander, und ich denke, wenn mir das alles nicht so vertraut wäre, könnten einem bei dieser Tristesse glatt die Tränen kommen. An einer Kreuzung, an der gerade ein ziemlich schlimmer Unfall passiert ist – ein wildes Durcheinander von Kühlerhauben und abgerissenen Kotflügeln –, biegen wir ab, und kurz darauf sind wir schon da. Im Dunkeln sieht man noch das Blaulicht der Polizei blinken.

Wir sind Gäste des Viertels und werden in einem Raum im Erdgeschoss mit einem hufeisenförmigen Tisch und Plastikstühlen darum herum vom Vorsitzenden des Stadtteilrates empfangen; es ist ein junger Mann, ebenfalls Süditaliener, der sich als »Fabbrico, Giovanni« vorstellt. Um den Tisch sitzen weitere kleine, blauäugige Männer, doch Ciarciello erklärt, wir seien noch nicht vollzählig, und entfernt sich. Neben mir hat jener mit den Ohrenschützern Platz genommen (noch nicht mal hier drinnen hat er sie abgenommen); wir wechseln ein paar Worte, und er beginnt sofort mit einem längeren Bericht. In Panni, erzählt er, habe man die Landwirtschaft noch mit Pferden betrieben, und man sei ständig unterwegs gewesen, um von einem Acker zum anderen zu gelangen, da diese alle weit entfernt voneinander und an steilen Hängen gelegen hätten. Hier hingegen habe man Felder vorgefunden, die ebener waren und dichter beieinander lagen, und da sei die Arbeit weit weniger mühsam und man habe auch weniger Zeit mit den langen Anfahrtswegen verloren. Und eben deshalb seien immer mehr Menschen aus Panni ausgewandert. Er erzählt weiter, verliert dabei aber den Faden und berichtet mir plötzlich von seinen weiterhin bestehenden persönlichen Anliegen dort unten – Verwandtschaftsgeschichten, Pachtzins, Ernteerträge, die geteilt werden –, aber da taucht wieder Ciarciello jetzt mit noch ein paar Männern mehr auf, und nun können wir wirklich anfangen. Um mich herum hat sich der gesamte Rat der ACAP zu einer Sondersitzung versammelt. Wir werden wohl so um die fünfzig Leute sein, und ich bin der Einzige, dessen Augen nicht blau sind.

Als Erstes erkundige ich mich nach dieser Madonna, die mit ihnen zusammen hierher nach Prato ausgewandert sein soll. Das scheint mir ein guter Einstieg. Doch schnell korrigiert mich Ciarciello, denn die Angelegenheit verhält sich wohl doch etwas anders, als man uns auf der Universität erzählte: »Nein, nein, die echte Madonna des Waldes ist in Panni geblieben, im Wald eben, denn sonst… Für uns haben wir von Holzschnitzern in Meran eine perfekte Kopie anfertigen lassen, und die steht jetzt in der Pfarrkirche von Chiesanuova.« Ein junger Mann lässt vom Ende des langen Tischs eine Karte mit einem Bild dieser Madonna zu mir herüberflattern. Sie ist schwer zu beschreiben, sie trägt einen großen Korb auf dem Kopf und hält im Arm das Jesuskind, das ebenfalls einen Korb auf dem Kopf trägt; um sie herum ist ein Gewirr von Juwelen, Anhängern, Blumengirlanden. »Mein Sohn«, sagt Ciarciello, indem er auf den jungen Mann deutet, der mir die Karte zugeworfen hat. Dann fährt er fort: »Das eigentliche Fest der Madonna wird immer noch in Panni gefeiert, aber Ende Juli veranstalten wir hier eine Woche lang auch eines. Dann kommen der Bürgermeister und die Verwandten mit dem Bus zu uns hoch in den Norden, und wir feiern gemeinsam. Letztes Jahr hatten wir Little Tony engagiert, dieses Jahr sogar Bobby Solo, und dort auf dem Kirchplatz waren bestimmt fünfzehntausend Menschen.« Er redet mit dem typischen, stark vom Toskanischen abgeschliffenen Akzent der Süditaliener, die schon lange hier bei uns sind. »Fünfzehntausend?«, staune ich, »aber wie viele Panneser seid ihr eigentlich in Prato?« – »Wir sind siebenhundertfünfzig Familien, ungefähr dreitausend Menschen. Wenn man bedenkt, dass die Einwohnerzahl von Panni aus eintausenddreihundert Seelen besteht…« Ein wahres *Little Panni* also, das aber doppelt so viele Einwohner wie das ursprüngliche Panni hat. Und das ist noch nicht alles: »In Prato lebt zwar die größte Kolonie, aber es gibt auch noch andere, in Montreal mit zweitausend Mitgliedern, in Australien mit weiteren zweitausend und auch in Argentinien. Insgesamt gibt es zwölftausend Panneser, über die ganze Welt verstreut.« Ciarciello lächelt: »Aber wir sind verbunden geblieben. Wenn ein Panneser heiratet oder ein Kind bekommt oder stirbt, egal, wo es passiert, eine halbe Stunde später weiß ich davon. Dann führe ich ein, zwei Telefonate, und man weiß es auch in Amerika, in Australien und in Panni.« »Unsere Leute sind genau wie unser Dorf Panni selbst, kompakt, klein, schroff«, erklärt einer zu Ciarciellos Rechten, einer der Alten, die auch reden dürfen, ohne angesprochen zu werden. Und mir wird allmählich klar, hier einer richtigen Exilregierung gegenüberzusitzen, und mein anfänglicher Eindruck verstärkt sich noch: Ciarciello ist ein mächtiger Mann, ein Anführer. Ein gesamtes großes virtuelles Dorf, das über die Erdteile verstreut ist, lebt unter seinem Kommando weiter. Und er ähnelt immer noch jemandem, den ich kenne, aber ich weiß immer noch nicht, wem. »Schauen Sie«, sagt er zu mir, »wir helfen einander, so wie wir es schon immer getan haben. Eröffnet jemand aus Panni hier in Prato ein Geschäft, weiß er, dass er auf siebenhundertfünfzig Familien als Kunden zählen kann. Es ist ganz normal…« Der Vorsitzende des Stadtteilrates, Fabbrico, schüttelt bedauernd den Kopf: »Nein, normal ist das nicht, das ist eine Ausnahme…«, meint er. »Ich selbst zum Beispiel stamme aus Naro auf Sizilien, und um diese Solidarität habe ich die Panneser immer beneidet. Sie unterstützen sich wirklich. Macht zum Beispiel jemand aus Naro ein Geschäft auf, weckt das sofort den Neid seiner Landsleute, und anstatt bei ihm zu kaufen, stecken sie ihm den Laden eher noch in Brand.« – »Ja, das ist der Geist der Panneser, immer einig zu sein«, bemerkt Ciarciello zufrieden.

Plötzlich ertönt rechts von mir eine schneidende Stimme, fast ein Schrei, mit einem waschechten toskanischen Akzent. »Ich kann Ihnen sagen, was es mit dem Geist der Panneser auf sich hat!« Es ist ein junger, kräftiger Mann, der einzige Große der gesamten Versammlung, und in der Tat stammt er nicht aus Panni. »Ich komme aus der Toskana, aus der Provinz Mugello, und habe ein Mädchen aus Panni geheiratet. So konnte ich genau beobachten, wie die Panneser sind, und fand heraus, worauf dieser Geist basiert. Nämlich vor allem auf Besitz: Sie sind kaum hier, da fangen sie schon an, sich mit eigenen Händen ein Haus zu bauen. Auf diese Weise ist das gesamte Guado entstanden. Wissen Sie das?« Guado, ein großer, ohne Baugenehmigungen errichteter Vorort noch hinter Chiesanuova, ist ein weiteres klassisches Beispiel dafür, wie eine Stadt nach den Vorstellungen der Urbanistik-I-Seminare eigentlich nicht wachsen sollte. Doch im Moment interessiere ich mich nur für diesen jungen »Eindringling«. Dem ironischen Tonfall nach zu urteilen, den er sich offensichtlich erlauben darf, gilt sein Wort hier etwas. Und mir kommt der Comic-Held Tex Willer in den Sinn, der unter dem Namen Nachtadler zum Rat der Navajohäuptlinge gehörte, weil er die Tochter von Grauer Wolke, die süße Lilith, geheiratet hatte, die dann durch die Schuld skrupelloser Gangster an Pocken starb. »Stellen Sie sich vor«, ergreift Ciarciello wieder das Wort, »wir sprechen uns immer noch mit den Spitznamen an, die schon unsere Väter im Dorf trugen.« Und nun stellt er mir der Reihe nach seine *Berater* mit den jeweiligen Spitznamen vor: Der mit den Ohrenschützern ist »Lepre« (Hase); er selbst, Ciarciello, ist »Pasturiedda« (von *pastura,* Weide); dann sind da noch »Ciccone«, »Meola«, »Cicchelacche«. »Und dann«, erzählt der Toskaner aus dem Mugello (Nachtadler also) weiter und ist immer noch kurz vor dem Schreien, »fehlt den Pannesern jegliche Lust, in der Fabrik zu arbeiten. Glauben Sie mir, sobald wie möglich machen sie sich selbstständig. Denn die Panneser sind geborene Handwerker, alles Friseure, Schmiede, Maurer, Schreiner ... Und auch Musikanten, jeder spielt ein Instrument. Beim Fest der Madonna unten im Süden, in Panni, spielt die Kapelle von morgens bis abends durch. Da geht's drunter und drüber!« Und er lacht.

Ich schaue mich um und beobachte sie. Allmählich beginne ich zu verstehen, dass sie ein Volk sind, ein echtes Volk. Sie haben diese durch die Emigration erworbene Würde, diese Geschichte der Diaspora, durch die ihr Volk nicht ausgelöscht wurde, sondern im Gegenteil mit allen Erdteilen in Kontakt kam. Sie haben diese gemeinsamen genetischen Eigenschaften, sind alle klein, gedrungen und haben blaue Augen, und sie haben ihre eigene Madonna, die sie alle verehren, und schließlich ihre Berufung als Handwerker für die kleinen, so extrem nützlichen Berufe, die man heute leider kaum noch findet. »Woher kommt eigentlich der Name Ihres Dorfes? Panni?«, will ich wissen. »Vom Gott Pane«, kommt es wie aus der Pistole geschossen von Lepre, der endlich seine Ohrenschützer abgelegt hat. »Pan«, verbessert ihn Ciarciello, »vom Gott Pan, dem antiken Hirtengott. Die ersten Besiedlungen auf dem Berg, auf dem sich Panni erhebt, waren Tempel, in denen dem Gott Lämmer geopfert wurden.« Und nun stürmen so viele Gedanken gleichzeitig auf mich ein, dass ich schon gar nicht mehr weiter zuhöre. Vor allem denke ich an Pan, den Hirtengott, ungeschliffen und anspruchslos, der bei der Geburt mit seinem Bart, den Hörnern und Ziegenpfoten so hässlich war, dass seine Mutter entsetzt die Flucht ergriff, und dem die Arkader, die ihn eigentlich hätten verehren sollen, so wenig Respekt entgegenbrachten, dass sie ihn mit Peitschenhieben traktierten, wenn sie nach einem langen Jagdtag ohne Beute heimkehrten. Doch daneben kommt mir noch etwas anderes in den Sinn, was die Sache mit einem Mal erhellt: In einer Ausgabe der Comicreihe *Martin Mystère* (der Detektiv des Unmöglichen) erscheint Gott Pan in Menschengestalt. Ich weiß nicht mehr, in welchem Zusammenhang, die Geschichten dieser Comicserie sind relativ verworren, aber darauf kommt es auch nicht an. Was zählt, ist sein Aussehen: Ziegenbärtchen wie ein Satyr, blaue Augen, quadratisches Gesicht – und plötzlich weiß ich, an wen mich Ciarciello erinnert. Und dazu dieser Spitzname Pasturiedda, der kommt gewiss nicht von ungefähr. Es schlägt ein wie eine Bombe, ähnlich wie bei Mickey Rourke, wenn er am Ende von *Angel Heart* begreift, was De Niros Name »Louis Cyphre« in Wirklichkeit bedeutet.

Als ich mich wieder einklinke und weiter zuhöre, sind die Männer dazu übergegangen, die alten Zeiten wiederaufleben zu lassen. Es geht jetzt um den ersten Panneser, der nach Prato ausgewandert ist, und man ist sich nicht sicher, ob das Di Paola war oder doch Ventura. Das Wort wird Cicchelacche erteilt, der vorhin den Ape gesteuert hat und der auch der Älteste in der Runde ist; aber auch er kann sich nicht genau erinnern. Er selbst jedenfalls ist gleich zweimal Richtung Prato ausgewandert, denn beim ersten Mal, 1952, widerfuhr ihm ein Malheur mit dem Fahrrad seines Freundes (ein Schlagloch in der Straße, zerbrochene Felge, 3000 Lire Schaden), das ihn zwang, in sein Heimatdorf zurückzukehren. Besser erging es ihm beim zweiten Mal, 1954, und da ist er dann geblieben.

»Und heute«, sagt Ciarciello, »haben wir alle unsere eigene Wohnung oder unser eigenes Haus, manch einer auch zwei, einige sogar noch mehr.« – »Na, was hab ich gesagt«, fällt ihm Nachtadler ins Wort, »der alleinige Maßstab für sie sind immer die Immobilien, die sie besitzen. Und wenn jemand zur Miete wohnt, gilt er gar nichts.« Und er zwinkert mir zu.

Kürzlich hat der Vorsitzende des Stadtteilrates wieder eine Reihe von Maßnahmen vorgeschlagen, um die einheimische Bevölkerung mit den Traditionen Pannis vertraut zu machen und auf diesem Weg die Integration der Einwanderer aus dem Süden zu erleichtern: Ähnlich wie in Schweden, wo die massive Zuwanderung von Türken die Regierung dazu veranlasste, Türkisch als Unterrichtsfach an den Schulen zuzulassen. Dabei habe ich den Eindruck, dass sich dieses Volk kleiner, schroffer Menschen mit blauen Augen und einem Anführer göttlichen Geblüts überhaupt nicht integrieren will. Woran ihm liegt, ist einzig und allein, den Zusammenhalt untereinander zu fördern und die Entfernungen zwischen den Erdteilen zu annullieren. Und möglicherweise später auch jene zwischen den Planeten, wenn man eines Tages ins All auswandern kann. Ich merke, dass ich daher hier in Prato weniger auf ein *Little Panni* gestoßen bin als vielmehr auf ein *Pannitown*, denn die Panneser ähneln sehr viel mehr den Chinesen als den Italienern in Amerika.

Bevor wir auseinander gehen, stoßen wir mit Prosecco an, das Viertel lädt ein. Ich wende mich an den Sohn von Ciarciello, um ihm die Karte mit dem Madonnenbild zurückzugeben, doch er meint, ich könne sie behalten. »Wo bist du eigentlich geboren?«, frage ich ihn. »In Prato«, antwortet er, und auch er spricht reinstes Toskanisch, so wie Nachtadler. »Doch ich fühle mich in jeder Hinsicht als Panneser.« Ja natürlich, er ist der Sohn von Pasturiedda und der künftige Chef, das wäre ja noch schöner. Auch er hat blaue Augen, und wenn ihm mal ein anständiger Bart wächst, wird er sehr seinem Vater, dem Gott Pan, ähneln. Oder

Pane, wie er bei den Römern hieß und wie ihn Lepre immer noch nennt. Da ist er, Lepre, besteigt den Ape von Cicchelacche und hat nun wieder die Ohrenschützer angezogen. Über den Rückspiegel sehe ich ihn bis zum letzten Moment an, und ich spüre, dass er etwas besitzt, was ich niemals haben werde: Er ist Teil eines Volkes.

Schaufenster mit Autor und Pelzmänteln

Anlässlich der ersten Turiner Buchmesse verfiel man auf die Idee, Autoren in Geschäfte einzuladen und sie auf diese Weise mit dem Publikum zusammenzubringen. Ganz zwanglos, ein wenig Geplauder, ein paar Cocktails und eine Signierstunde. Mit anderen Worten, die Autoren als höfliche Berge, die den Propheten auf halbem Weg entgegenkommen. Allerdings bin ich als Schriftsteller nun nicht gerade eine Berühmtheit, das heißt, Propheten, die es auf sich nehmen würden, mich zu treffen, wenn auch auf halber Strecke, waren nicht unbedingt viele zu erwarten. Und daher kam mein Verleger auf die Idee, mich mit drei anderen seiner Autoren zusammenzustecken. Eine echte »Mannschaft« sollten wir bilden, die größeres Interesse wecken würde oder wenigstens Mitleid. Niemandem aber, noch nicht einmal meinem Verleger, war klar, was da eigentlich vor wem ablaufen sollte. Pelzgeschäft Fivi Furs, Via Roma, 16.00 Uhr, das war alles, was man uns mitgeteilt hatte. Und was das Veranstaltungskonzept betraf, wurden wir lediglich durch einen Brief Daniele Del Giudices an die Tageszeitung *La Repubblica* vorbereitet, in dem der Schriftsteller seine Absage begründete: »Wir alle hegen eine große Liebe für Clowns. Allerdings nur im Zirkus.«

So warten wir also, vier mehr oder weniger bekannte Schriftsteller, am Samstag, 21. Mai, um halb vier am Stand unseres Verlegers darauf, dass man uns abholt und in das Pelzgeschäft bringt. Vielleicht ist das auch schon alles, was uns verbindet, aber es reicht, um eine gewisse stillschweigende Solidarität aufkommen zu lassen. Von den Kollegen, die mit mir zusammen diese bizarre Mannschaft bilden, kenne ich lediglich Sandra Petrignani. Lucio Klobas und Giampiero Comolli sehe ich heute zum ersten Mal, und ich kann es mir nicht verkneifen, sie ein wenig zu beobachten. Angefangen beim Familiennamen scheint mir Klobas ein ziemlich unverwechselbarer Typ zu sein: Mit seiner verkniffenen Miene wie ein Flüchtling, einer langen, tristen Nase, auf der eine riesige Brille sitzt, feuert er ununterbrochen mehr oder weniger geistreiche Sprüche ab, gerade so wie der »unglaublich redselige kleine Held«, von dem auf dem Klappentext seines Romans die Rede ist. Es ist unmöglich, diese Barriere zu durchdringen; aber auch draußen zu bleiben und sich als einfacher Zeuge in Schussweite aufzuhalten, bringt einen, wie ich bald feststelle, irgendwie in Verlegenheit. Comolli ist da ganz anders: Von kleiner Statur, in Brauntöne gekleidet, freundlich und mit einer sanften, doch wachen Miene wie ein gutmütiger Zwerg, fällt es schon leichter, sich mit ihm zu unterhalten, auch wenn es wirklich stimmt, dass er wenig redet. Die meiste Zeit schaut er sich lächelnd um, so als habe er gerade festgestellt, dass das Raumschiff, das ihn von einem anderen Stern hergebracht hat, immer noch dort steht, wo er es geparkt hatte. Er wird so fünfunddreißig sein, Klobas ein wenig älter.

Drei Hostessen holen uns ab. Sie tragen T-Shirts von der Buchmesse, drei junge Mädchen, unbefangen und nicht gerade schön, die uns in zwei Fiat Tipo laden. Ich bin noch nie in einem Tipo gefahren und komme in jenen, der in der Sonne geparkt stand – eine kleine Sauna. Das Hitzegefühl steigert sich noch, als ich daran denke, dass wir zu einem Pelzgeschäft unterwegs sind, und plötzlich überkommt mich eine große Müdigkeit. Immerhin steigt Klobas, der mir vielleicht noch den Rest gegeben hätte, in den anderen Wagen.

Auf den Straßen herrscht reger Verkehr, und die Hostess am Steuer erklärt, in Turin sei das eine echte Ausnahme. Sie fährt hektisch und lässt beim Schalten das Getriebe ächzen. Lachend erzählt sie, dass ihre Schwester, ebenfalls Hostess, am Morgen einen Unfall gebaut habe, als sie Sergio Quinzio in eine Boutique fuhr. Aber es sei keinem was passiert, Sergio Quinzio gehe es blendend. Die Hostess neben ihr wird hingegen, so erfahren wir, ab 1. Juni in Marina di Pietrasanta in der Pension Patria an der Strandpromenade, ganz in der Nähe vom Luxushotel Hermione, als Zimmermädchen anfangen. Sie wird den ganzen Sommer über dort bleiben, und auch wenn sie zehn Stunden am Tag arbeiten muss, so seien es immer noch Ferien für sie.

Es ist ein wunderschöner Tag, hell und strahlend. Als ich aus dem Wagen steige, umfängt mich sogleich die für Turin typische französische Atmosphäre; Fußgänger spazieren unter den Arkaden entlang, auf den Schienen rollen die Straßenbahnen. Ich erwache ein wenig aus meiner Trägheit. Wir versammeln uns vor einem Laden mit einer großen Vitrine voller in Pelzmäntel gehüllte Schaufensterpuppen. Über der Tür ein eleganter Schriftzug: FIVI FURS – TURIN MAILAND MODENA ROM CASERTA PARIS MONTECARLO NEW YORK. Ein weiteres Schild, etwas weniger elegant und handbeschrieben, verspricht allen, die jetzt bereits den Pelzmantel für die nächste Saison bestellen, einen Rabatt von 300 000 Lire. Aber gibt es denn, frage ich mich, tatsächlich noch genügend Leute, die Pelzmäntel kaufen, dass sich so ein Laden halten kann?

Man führt uns hinein, der Laden ist groß, mit Spiegeln verkleidet und trostlos leer. Eine gut aussehende Dame empfängt uns, stellt sich vor (Pinca Pallina) und schickt uns dann alle noch einen Kaffee trinken, denn man sei noch nicht so weit. Die Hostessen wollen nicht mitkommen, sondern lieber draußen vor dem Laden auf und ab patrouillieren, und Klobas auch nicht, der anscheinend ein Auge auf eine von ihnen geworfen hat. Jene, die mit ihm im Auto saß. In der Bar lädt mich Comolli zu einer Cola ein.

Als wir uns wieder im Fivi Furs einfinden, erfahren wir, dass nun alles fertig sei. Ich entdecke absolut nichts, was inzwischen anders wäre als vor einer Viertelstunde: Der Laden ist immer noch groß, mit Spiegeln verkleidet und leer. Man lotst uns zu einem weißen Tisch in der Mitte des Raums, den man dort buchstäblich hineingeknallt hat, und bedeutet uns, dahinter Platz zu nehmen. Ein jeder, wie es sich gehört, mit seinem Buch vor sich, damit die Kunden auch wissen, mit wem sie es zu tun haben. Allerdings müssen wir noch warten, und zwar auf den Kulturstadtrat, der aber bereits unterwegs sein soll. In der Zwischenzeit gibt es Gebäck. Es wird eine Flasche Chardonnay gereicht, Klobas öffnet sie, und wir kippen den Wein gemeinsam hinunter. Von einem Kunden weit und breit keine Spur. Klobas und Pinca Pallina beginnen, sich über Harold Robbins zu unterhalten, und es stellt sich heraus, dass sie gar nicht, wie ich glaubte, die Besitzerin des Pelzgeschäfts ist: Sie ist eine PR-Frau der Buchmesse, vielleicht auch der Stadtverwaltung, das wird nicht so ganz klar. Die Chefin hingegen ist ein rosa gekleidetes stämmiges Mädchen, das, demokratisch im Kreis ihrer Verkäuferinnen, direkt vor meiner Nase herumsteht. Nur um etwas zu sagen frage ich sie nach dem Werbeslogan ihres Geschäfts, und sie sagt ihn mir lächelnd auf: »Fivi Pelze, ein Blick, und du hast dich verliebt.« Die Pelze sind überall um uns herum, entlang der Spiegelwände und aneinander gereiht auf den verchromten Tischen, als wären sie für die Ewigkeit geschaffen. Es fällt schwer, sich vorzustellen, dass diese Pelze einmal lebendige Tiere waren, die alles daran setzten, sich zu vermehren.

Endlich trifft der Kulturstadtrat ein, eine Frau mit offenem Pferdelächeln. Und sie ist auch nicht für Kultur zuständig, sondern für den Einzelhandel, aber das tut nichts zur Sache. In ihrer Begleitung ist eine ganz in Weiß gekleidete Dame, die sogleich meinen Roman vom Tisch nimmt, ihn aufschlägt und mich bittet, ihr eine Widmung hineinzuschreiben: »Für Carla, mit herzlichen Grüßen.« Ich sehe ihr zu, wie sie den Roman in die Handtasche steckt und dann den Vorgang bei meinen drei Kollegen wiederholt. Im Nu hat sie so ganz kostenlos ihre Tasche mit unseren Büchern gefüllt, die unser Verleger doch eigentlich verkaufen wollte. Nach ihrem Streifzug bleibt uns jeweils nur noch ein Exemplar, um uns weiterhin an die eigene Identität klammern zu können.

Dann taucht plötzlich das Team eines privaten Fernsehsenders auf. Was es für einer ist, wird man niemals erfahren. Dieses Team, angeführt von einer weiteren Karrierefrau, besteht darüber hinaus aus Technikern, die nach dreißig Sekunden erklären, anfangen zu können (wenn man mich fragt, tun die bloß so, als würden sie filmen). Es kann losgehen. Als Publikum haben wir nun die drei Hostessen, drei Verkäuferinnen, die Besitzerin und die Freundin von Comolli, ein gut aussehendes Mädchen.

Die Chefin ergreift das Wort, entschuldigt sich dafür, dass noch kein einziger Kunde gekommen ist, und schwört bei Gott, die Einladungen verschickt zu haben. Die Fernsehjournalistin beginnt mit ihren Fragen, auf die ausschließlich Klobas antwortet, mit geistreichen Sprüchen. Er provoziert, indem er sogleich schlecht über die heimischen Berühmtheiten Fruttero & Lucentini herzieht. Das Gespräch geht über junge Autoren, Literaturbonzen sowie die Rückschläge, die unweigerlich jene Verlage erlitten haben, die Klobas' Manuskript ablehnten. Die Stadträtin ergreift das Wort, um noch einmal die wirtschaftliche Bedeutung der Buchmesse herauszustellen, und lässt dabei einen langen Blick über die Zuhörer schweifen, den sie sich ganz offensichtlich bei Craxi abgeschaut hat. Inzwischen läuft seit einigen Minuten aus dem Hintergrund eine Frage ins Leere. Ich habe das Gefühl, als Einziger mitzubekommen, dass sie wie ein Tennisball an uns vorbeizischt und an der Wand hinter uns zerplatzt: »Warum schreiben Sie?« Die Frage wird wiederholt, drei-, viermal, immer vergeblich. Gestellt wird sie von dem stämmigen Mädchen in Rosa, der Ladenbesitzerin. Endlich, beim fünften Versuch, erwischt die Frage Klobas, der sich auch bereit erklärt, sie zu beantworten. Leider bleibt dazu keine Zeit. Wie auf Kommando schütteln uns die Stadträtin, die Dame in Weiß, die PR-Frau und die Leute vom Fernsehteam die Hand und verabschieden sich: Sie müssen fort, in fünf Minuten tritt der nächste Autor in einem Supermarkt auf.

Schade, denn mittlerweile ist sogar Publikum eingetroffen. Ein älteres Paar und eine ältere Dame, die gerade Platz genommen haben. Erstere geben sich damit zufrieden, das Tablett mit dem Gebäck leer zu putzen, doch die dritte, eine Frau, die in jungen Jahren einmal sehr schön gewesen sein muss, möchte das Gespräch gerne weiterführen und wendet sich fragend an Sandra Petrignani, die ihr mit Klobas' Erlaubnis auch antwortet.

Der Verleger trifft ein und erkundigt sich, wie es gelaufen ist, und die Dame kauft ihm gleich den Roman von Petrignani ab. Inzwischen stellt die Ladenbesitzerin verzweifelt weiter ihre Frage, jetzt unter vier Augen, an Comolli gerichtet: »Warum schreiben Sie?« Comolli blickt sie an, als erwachte er gerade aus einem langen Winterschlaf, und flüstert ihr zu, Klobas wisse die Antwort. Doch Klobas hat genug damit zu tun, weiter mit seiner Hostess anzubandeln, und erzählt ihr jetzt etwas von Regen, der einen Meter vor dem Erdboden plötzlich innehält, und dem berühmten »hölzernen Glas«. Sie lauscht ihm verblüfft.

Der Verleger zählt die Bücher und erbleicht, als er feststellt, dass vier fehlen. Ich schüttle die weichen Hände der alten Leute, die das Gebäck essen, und mit vollem Mund zwinkern sie mir lächelnd zu. Ich stelle mir, keine Ahnung, warum, ihr Esszimmer vor, die Sommeraufenthalte in San Remo und einen neunzehnjährigen Enkel, der darauf besteht, dass sie ihm einen Fiat Tipo kaufen. Und endlich, beim Hinausgehen, schenkt Klobas der Chefin seine Antwort: »Man schreibt, weil die Wirklichkeit nie genügt.«

Der andalusische Zauberer

Als ich einmal morgens in der Stadt unterwegs war, hob ich einen winzigen Handzettel auf, der zertreten auf dem Gehweg lag. Dort stand:

Der andalusische Zauberer
Ist der beste Zauberer unserer Zeit
Die Presse berichtet über ihn
Er erzielt seine wunderbaren Erfolge mit
Telepathischer Astrologie
Talismanischen Wissenschaften etc.
Zögern Sie nicht länger
Seine Ratschläge werden Ihnen
in allen Lebenslagen von großem Nutzen sein:
Er hilft Ihnen in den Bereichen
Liebe, Glück und Gesundheit

Auf der Rückseite des Handzettels fand ich die Adresse und die Telefonnummer sowie die verblasste Schwarz-Weiß-Fotografie eines Mannes im mittleren Alter mit finsterem, von einem leichten Auswärtsschielen gezeichneten Blick. Er trug ein weißes Hemd mit dunkler Krawatte und einen Trenchcoat mit überbreitem Kragen. Ich beschloss, den Handzettel zu behalten, und steckte ihn in die Tasche. Von dieser Tasche wanderte er nun im Laufe der Zeit in eine andere, von dieser erneut in eine andere, dann ins Portemonnaie, ins Notizbuch, überraschenderweise erneut in eine Tasche, überstand Umzüge, nächtliche Abstürze,

Waschsalons, ohne jemals verloren zu gehen, bis ich vorgestern, als er mir zum x-ten Mal zwischen die Finger kam, endlich begriff, dass die einzige Möglichkeit, mich von ihm zu befreien, darin bestand, dort anzurufen und einen Termin auszumachen. Da ich mich ein wenig scheute, den Zauberer direkt zu verlangen (»Ja, guten Tag, ich möchte mit dem andalusischen Zauberer sprechen«), erklärte ich, ein Freund habe mir die Nummer gegeben, wobei ich ganz vage bestimmte Probleme, die mich belasteten, erwähnte, worauf die Stimme am anderen Ende der Leitung (überzeugend, mit süditalienischem Akzent) sogleich bereit war, mir einen Termin für den heutigen Vormittag zu geben. Und so stehe ich jetzt hier an einer lauten Umgehungsstraße vor einem Klingelbord, auf dem weit und breit kein Schildchen mit der Aufschrift »Andalusischer Zauberer« zu finden ist, und weiß nicht, wo ich läuten soll. Da wäre ein gewisser Professor V., der mir in Frage zu kommen scheint, und so fasse ich mir ein Herz und klingle bei ihm. Ich habe Glück und treffe ins Schwarze. Zumindest hat der Morgen der Zauberei schon mal gut angefangen.

Oben erwartet mich sogleich eine Überraschung: Der Mann, der mich empfängt, ist nicht der auf dem Handzettel. Nicht dass er sich so groß unterscheiden würde, er zeigt den gleichen finsteren Blick, das gleiche schüttere, verdächtig nach Haarverpflanzung aussehende Haar. Aber er schielt nicht, und, kurzum, er ist es einfach nicht. Es riecht nach Weihrauch, und schon der Flur liegt in einem Schummerlicht. Als er mich in sein Arbeitszimmer führt, finde ich mich vor einem Altar mit allem Drum und Dran wieder, Kerzen, Buddha, Bildchen und dreifüßige Kohlebecken in der Mitte des Raums. An den Wänden Diplome und Auszeichnungen so weit das Auge reicht (sogar auf die Zukunft datierte), und alle von den verschiedensten Verbänden und Organisationen auf diesen Professor V. ausgestellt. Nur von einem andalusischen Zauberer keine Spur. Nun weiß ich nicht, ob das bei Zauberpraxen tatsächlich ähnlich wie bei Pizzerien funktioniert, wo die Inhaber wechseln und man die Lizenz vom Vorbesitzer erwerben kann, aber für mich sieht das hier alles danach aus. Warum auch nicht, es gibt seltsamere Dinge im Leben.

»Nun, was für ein Problem führt Sie her?«, fragt mich Professor V.

Mein Problem in diesem Moment ist in erster Linie, dass ich die Sache ein wenig unterschätzt und mir auch nicht den Ansatz einer Geschichte zurechtgelegt habe, die ich hier auftischen könnte. So erlebe ich, wie ich aus dem Nichts eine absurde, düstere Geschichte erfinde, in der meine Arbeit als Vermessungstechniker eine Rolle spielt, die Errichtung eines Hafens in Loano (weiß der Kuckuck, wie ich gerade auf Loano komme, möglicherweise ein Blitzgedanke an Camillo Sbarbaro), eine dadurch bedingte längere Abwesenheit von zu Hause, die Begegnung mit einer etwas sonderbaren Dame, ein außereheliches Abenteuer, die Beendigung der Hafenarbeiten (unglaubwürdig rasch, wie mir klar wird), die Rückkehr zu meiner Frau und der Abbruch der Beziehung zu der sonderbaren Dame. Kurzum, diese Dame nimmt den Abschied nicht hin, beginnt, mich mit Briefen und Drohungen zu drangsalieren, die ich anfangs noch auf die leichte Schulter nehme, »weil ich an gewisse Dinge nicht glauben kann«. Bis dann ganz plötzlich finstere Mächte in mein Leben eingreifen: Zunächst verliere ich meine Stellung als Vermessungstechniker, kurz darauf auch meine Frau, die mich aus der Wohnung schmeißt und verliere damit auch die Wohnung. Der Magier blickt mich leicht mitleidsvoll an. Er fragt mich nach meinem Geburtsdatum, und ich nenne ihm mein richtiges. »Du bist jung«, bemerkt er, »jung und naiv.« Er fragt mich nach dem Namen der Hexe, und ich sage »Ornella«. Er fragt mich nach dem meiner Frau, und mir fällt »Elisa« ein. Es sind Namen, von denen ich so spontan den Eindruck habe, niemals mit ihnen zu tun gehabt zu haben, denn man kann ja nie wissen, ich möchte nichts gegen

Unschuldige in Gang setzen. Obwohl Ornella, tja, der Name erinnert mich doch an irgendwas…

Inzwischen hat der Zauberer begonnen, mir die Karten zu legen.

Feind, Feindin, einen Haufen Pik, Tod, Feuersbrunst, auch wenn ich mich nicht besonders auf die Karten verstehe, kann ich mich des Eindrucks nicht erwehren, dass sie nichts Gutes verheißen. Und in der Tat verzieht Professor V. bei jeder Karte das Gesicht und schüttelt den Kopf. Nun wird der Leichtsinn gezogen. »Da hätten wir's«, ruft er aus, »du hast leichtsinnig gehandelt.« Eine Art Herkules, der Rivale genannt, erscheint, und die Miene des Magiers wird ernst. »Deine Frau, lieber *Antrea*…« – »Alessandro«, verbessere ich ihn. Es ist bereits das zweite Mal, dass er mich mit diesem Andrea verwechselt. »Deine Frau, *Alessantro*, hat einen anderen Mann«, eröffnet er mir. Gute Idee, darauf bin ich eben gar nicht gekommen. »Ich weiß«, antworte ich, »ein Fahrschullehrer.« Der Professor schüttelt wieder den Kopf und deckt eine Karte auf: die Melancholie, mit einem Mädchen, das schmachtend am Meeresufer liegt, und einer Karavelle in der Ferne am Horizont. »Aber sie liebt dich noch, siehst *tu*«, erläutert er, indem er auf die Figur zeigt. »Das Schiff bist *tu*, sie *wardet* auf dich. Er redet wie der frühere christdemokratische Politiker De Mita, ein reines »Demitianisch«, verwechselt Ts mit Ds, und die Ps mit Bs, ein Chaos, und damit ist er wirklich nicht leicht zu verstehen. Weitere Karten, diesmal die Neuigkeiten und die Boshaftigkeit, und dann kommt Professor V. zur letzten, bei der er sich Zeit lässt und die Spannung steigert, indem er erklärt, von dieser Karte hänge alles ab. Es ist der Aussichtspunkt. »Gott sei Dank«, sagt der Magier, »Gott sei Dank…« Er sieht jetzt richtig erleichtert aus. Er denkt eine Weile schweigend nach und beginnt dann mit der Diagnose.

»*Alessantro*…« (diesmal liegt er auf Anhieb richtig), »*tu* hast hier diese negativen Schwingungen, die diese Ornella gegen *tich* erzeugt hat, oder jemand anderer in ihrem Auftrag. Der *pöse Plick*: Nennen wir das Kind ruhig beim Namen. *Pesitzt tiese* Dame deines Wissens eins Foto von *tir?*« »Mein Gott«, antworte ich, »deswegen hat sie also so viele von mir geschossen.« Der Magier nickt und seufzt. »*Tu* warst wirklich sehr naiv ... Folgendes müssen wir jetzt tun: Wir müssen einen Ring aufbauen ...«, er behilft sich mit einer kleinen Zeichnung, eine Art Saturn mit seinen Ringen, »der *tich* vor diesen Schwingungen schützt. Wenn *tu* mir freie Hand lässt, können wir sie in vierfacher Stärke zu dieser Ornella zurückschicken, und *tann* wird sie schon sehen ...« Er ist plötzlich richtig aufgebracht. Und mir ist unterdessen wieder eingefallen, wer Ornella war, die kleine Schwester eines Freundes, den ich vor zwanzig Jahren beim Strandurlaub in Fiumetto kennen gelernt habe. Einmal wurde sie von einem Laubfrosch gebissen, und ich musste zum Bademeister laufen und Ammoniak holen, während sie dalag und wie ein Schlosshund heulte. Professor V. hat jetzt eine Hand erhoben, plump, rötlich, an der ein schwarzer Ring funkelt, und starrt mir in die Augen. »Weißt *tu*«, sagt er, »ich bin nicht nur Magier, sondern auch Hypnotiseur und Pranotherapeut. Zweihundertachtzig Fludia habe ich in diesen Händen. Nicht hundertachtzig, *Alessantro*, nein, zweihundertachtzig ...« Seinen stolzerfüllten Augen nach muss das eine ganz Menge sein, obwohl ich gerne wüsste, was das für eine Maßeinheit sein soll. Doch der Magier fährt fort: »Wenn Jesus Christus mir diese Macht verliehen hat, dann eben, um *Leuden* wie *tir* zu helfen, das *Pöse* zu *pekämpfen*. Denn es schmerzt mich, *tich* in diesem Zustand zu sehen, jung und naiv, wie *tu pist*.«

Er fühlt mir jetzt den Puls, eröffnet mir, dass ich aufgeregt bin, und fordert mich auf, mich zu entspannen, was mir nicht gelingt, denn ich fühle mich wirklich wie ein Wurm, ich habe Lust, ihm alles zu gestehen und um Verzeihung zu bitten. Doch er übernimmt es nun schon für mich, meine Skrupel abzubauen. »Das kostet *tich* zwei Millionen Lire«, erklärt er wie aus heiterem

Himmel. »Selbstverständlich nicht alles auf einen Schlag. *500 000* jetzt und den Rest irgendwann im Verlauf der gemeinsamen Arbeit. Das können neun, aber auch neunzig *Dage* sein, hängt davon ab, wie viel Glück *tu* hast.« Es lebe die Ehrlichkeit. Ich stammle Dinge, mit denen ich die Sache noch zu verhindern versuche, sage, dass zwei Millionen Lire für mich ein Problem sind, so ohne Arbeit wie ich jetzt bin. Und eigentlich hätte ich mich ja nur mal beraten lassen wollen und so weiter. V. erhebt sich. »Gut, dann *bass* mal auf, ich will dir etwas zeigen.« Er geht zum Fenster und lässt den Rollladen herunter. »Das ist gratis. *Tu pezahlst* mir nur die Beratung, und ich schenke dir die erste Sitzung.« Im Raum bricht die Dunkelheit herein. »Liebe Ornella, jetzt wirst *tu* schon sehn...«, höre ich im Finstern. Ich insistiere, bemühe mich noch einmal, ihn von seinem Vorhaben abzubringen, rede auf ihn ein, das sei doch nicht nötig, vielleicht ein andermal, denn der Gedanke, der kleinen Schwester dieses Freundes aus einem Meerurlaub meiner Kindheit könne etwas geschehen, ist mir wirklich unerträglich. Sie hat doch damals mit dem Laubfrosch schon genug gelitten. Doch V. ist bereits dazu übergegangen, die Kerzen auf dem Altar zu entzünden.

»Setz *tich* dort hin und mach *tir* keine Gedanken«, befiehlt er mir, »ich habe *tir toch* gesagt, dass die Sitzung gratis ist.« Ich gehorche (es wird besser sein, ihm nicht ausgerechnet jetzt zu widersprechen) und trete zum Kohlebecken und setze mich dort hin. Ich beobachte, wie er sich konzentriert und dann einen Pappdeckel, auf den ein Kreis gemalt ist, hochhebt. »Sprich mir nach«, sagt er und beginnt mit einer Litanei in einem eigenartigen Mischmasch verschiedenster Sprachen. »Opera Dei. Opera *Tomini*. Geister des Guten und Geister des *Pösen*.« Ich wiederhole seine Worte, während er von einer Kerze Wachs auf den Karton tröpfeln lässt. Dann bedeutet er mir, still zu sein, und beginnt mit einer neuen Litanei. Schließlich zeigt er mir den Karton. »Was siehst *tu*?«, fragt er mich. »Wie meinen Sie das?« – »Na, sieh *tir* das Muster an, das das Wachs gezeichnet hat. *Tu* hast doch gesagt, du bist Vermessungstechniker. Was stellt das Muster dar?« Ich gebe mir einen Ruck, betrachte mir das Wachsmuster und habe den vagen Eindruck, in jenem Gewirr von Wachsspritzern im schummrigen Kerzenlicht die Form eines Stiefels zu erkennen. »Italien?«, rate ich. »Ach was, Italien!«, braust der Magier auf. »Das sind *toch* zwei Beine. Siehst du das nicht?« In der Tat, die Linie, die ich für die jugoslawische Küste hielt, könnte, mit einer gehörigen Portion Fantasie, das zweite Bein sein. Ohne Fuß allerdings. »Das größere *Pein*«, und er zeigt auf Jugoslawien, »ist das *Pein* der Liebe. Das kleinere das der Arbeit. Diese zwei *Peine* sind nun gefesselt, so dass du nicht laufen kannst. Und nun sieh mal, was wir jetzt machen...« Mit einer anderen Kerze steckt er den Karton in Brand und wirft ihn in das Kohlebecken vor mir, begleitet von Worten, die diesmal afrikanisch klingen: Makumba, Kalamba... Dann nimmt er je eine Hand voll irgendwelcher Substanzen aus verschiedenen Gläsern und streut sie in die Flammen. Man hört es knistern. »Hörst *tu*? Diese magischen Pulver habe ich entzündet im Namen Elisas und *Alessantros*, damit sie so *pald* wie möglich wieder zusammenfinden. Heute ist Montag«, und er blickt mir tief in die Augen, »am Mittwoch wirst du sie anrufen, und du wirst sehen, sie wird dir antworten. Du *pittest* sie, sich mit *tir* zu treffen, und sie wird einverstanden sein. Sie liebt dich noch. Nur stehen euch im Moment diese feindlichen Schwingungen im Weg, die wir beseitigen müssen mithilfe der Geister des Guten und des *Pösen*.«

Und plötzlich geschieht etwas Eigenartiges, was ich wirklich nicht erwartet hätte: Der Magier lässt einen lauten Rülpser vernehmen, aber wirklich mächtig, voll, tönend, und ich frage mich unwillkürlich, ob der auch zu den magischen Formeln gehören mag. Aber nein, ich sehe, dass Professor V. angewidert das Gesicht verzieht, die Hände auf den Bauch legt und bemerkt: »Mamma mia. *Mondags* geht's immer los.« Ich bin wirklich sprachlos. Mit einem Mal stelle ich mir vor, dass der ganze jahrtausendealte Kampf zwischen dem Guten und dem Bösen auf der Welt im Bauch dieses Mannes stattfindet und zu Beginn jeder Woche erneut aufflammt.

Ich wage nicht, daran zu denken, was sich samstagabends dort drin abspielen könnte.

Unterdessen hat der Magier, so als wäre nichts geschehen, den Rollladen wieder hochgezogen und ist hinter seinen Schreibtisch zurückgekehrt. »Ich weiß, 2 Millionen Lire sind viel Geld«, sagt er zu mir, »*pesonders* für *tich*, weil du deine Stellung verloren hast. Aber glaubst *tu* etwa, das Geld sei für mich? Nein, es ist das Material, das so teuer ist. Sieh mal.« Er nimmt ein goldglänzendes Kärtchen in der Art der American-Express-Gold-Karte aus einer Schublade. »Solch einen Talisman aus reinstem Gold mit nie nachlassenden Kräften wirst du von Professor V. *bersönlich* erhalten.« – »Aber sind Sie nicht Professor V.?«, frage ich überrascht. Der Magier bricht in Gelächter aus. »Ich Professor V.? Machst du Witze? Ich bin ein armer Hungerleider wie du und *peziehe* einen Lohn von gerade mal einer Million Lire im Monat.« Sein Lachen klingt jetzt höhnisch. »Sag mal, wofür hältst *tu tich* eigentlich? Meinst du, du kannst einfach hierher kommen und *pei* deinem ersten *Dermin* gleich mit Professor V. sprechen? Meinst du, er ist dir zu *Tiensten*? Du *pist* wirklich naiv, *Antrea.*« Da hätten wir's wieder. »Er ist ständig unterwegs, er hat noch *Püros* in Cremona und Pavia. Ich bin nur sein Angestellter …« Und er lacht wieder.

So bin ich also weder mit dem andalusischen Magier noch mit dem diplombeladenen Professor V. zusammengetroffen. Mein Mann hier ist bloß ein kleiner angestellter Zauberer, und wenn der schon zweihundertachtzig von diesem Fluidum hat, wie viel wird erst sein Chef haben? Fünfhundertsechzig? Achthundertvierzig? Und ich fühle mich erneut wie ein Wurm, auch als ich ihm die 50 000 Lire für die Beratung aushändige (»Wenn *tu* eine

Quittung *prauchst*, macht das 59 900 Lire: Bei uns wird korrekt abgerechnet.« Aber es kam mir unpassend vor, ausgerechnet hier mit Quittungen herumzuhantieren), auch als er, während er mich zur Tür bringt, wieder von den 2 Millionen anfängt (»Überleg's *tir* ruhig noch mal, aber lass *tir* nicht zu viel Zeit, denn die Schwingungen sind ständig am Werk«). Aber dann auf der Schwelle, während er mir noch mal Mut zuspricht und erklärt, er komme mit hinunter, um sich einen Tee zu holen, er fühle sich nicht wohl, er habe ein wenig Sodbrennen (das wird der Satan sein, denke ich, der entfesselt und wütend in seinem Bauch knurrt), kommt er mir plötzlich wirklich wie ein Bruder vor, und ich beschließe, ihm alles zu beichten. Es ist die letzte Gelegenheit, wir sind schon auf dem unteren Treppenabsatz. »Hören Sie«, sage ich, »darf ich Sie zu dem Tee einladen?« – »Das ist doch nicht nötig, *Alessantro*.« – »Aber ich muss Ihnen etwas sagen«, murmle ich. »Ich muss Ihnen sagen… nun… ich muss Ihnen sagen, dass…« Die Fluidum bewehrte Hand hebt sich, der Ring funkelt im Halbdunkel, die hypnotischen Augen schließen sich langsam: »Ich weiß schon«, sagt der Magier. »Ich weiß alles.«

144

Eine nichts sagende, stark rhythmisierte Musik, wie sie in Pornofilmen den schärfsten Szenen unterlegt wird, für vielleicht fünfzehn Sekunden, dann:

Frauenstimme *(vom Band)*: *Ciao.* Willkommen in unserer Runde. Noch einen Moment Geduld, dann verbinden wir dich mit einer Gruppe interessanter junger Leute, die schon ihren Spaß haben. Du kannst auch nur zuhören, aber eigentlich solltest du reden, gut drauf sein, lachen. Und wenn dir jemand besonders gefällt, dann bitte unsere Mitarbeiterin, euch ein Eckchen zu reservieren, wo ihr ganz ungestört seid.

(*Die Stimme klingt moduliert und süßlich, wie die des Fußballtrainers Emiliano Mondonico*)

Frauenstimme (*fährt fort*): Wir haben hier nur wenige Regeln, und die lauten, kein Spielverderber zu sein, also niemanden zu beleidigen, nicht vulgär zu werden und vor allen Dingen keine Telefonnummer außer der eigenen weiterzugeben. Aufgepasst, wenn du dich mit unseren neuesten Angeboten amüsieren willst, hier ein paar Nummern, die du so schnell nicht vergessen wirst: Die Tipps des Sexperten, 144 11 44 82.

(*Pornofilm-Musik*)

(*Stille*)

(*ein Klicken*)

Stella (*starker Mailänder Akzent*): *Ciao*, ich bin Stella, wer bist du?

Sandro Veronesi: Ich?

Stella: Ja, du.
Sandro Veronesi: Ich bin Sandro.
Stella: Du bist also Sandro. Von wo rufst du an, Sandro?
Sandro Veronesi: Aus Rom.
Stella (*verführerisch*): Aus Rooom… Ich verbinde dich sofort mit einer netten Gruppe, okay?
Sandro Veronesi: Ja.
Stella: *Ciao*, Sandro. Viel Spaß.
(*ein weiteres Klicken*)
Frauenstimme 1: Hallo?
Männerstimme 1 (*römischer Akzent*): Bist du noch dran?
Frauenstimme 1: Ja.
Männerstimme 2: Hallo?
Männerstimme 1: Du kommst mir wie'n Kind vor, meine Liebe…
Männerstimme 2: Hallo?
Frauenstimme 1 (*lacht*): Wie süß…
Frauenstimme 2: Hallo?
Männerstimme 2: Hallo?
Frauenstimme 1: Du bist total süß…
Frauenstimme 2: Ich bin Pasquale.
(*genau so, Pasquale, doch die Stimme ist weiblich*)
Männerstimme 1: Ich bin süß?
Männerstimme 2: Hallo, ich bin…
Frauenstimme 1 (*überlagernd*): Du bist total süß…
Männerstimme 1: Pass auf, wenn du bis na…
Pasquale: Hallo?
Männerstimme 1:… wenn du bis nach Weihnachten wartest, gibt's Sonderangebote, da kannst du sparen.
Frauenstimme 1 (*starker sizilianischer Akzent*): Tatsächlich? *(lacht)*
Männerstimme 1: Ja. Bei mir auch.
Pasquale: Hallo?

MÄNNERSTIMME 2: Hallo?

FRAUENSTIMME 1: Hallo?

PASQUALE (*neapolitanischer Akzent, immer noch Frauenstimme*): Hallo, ich bin Pasquale aus Florenz.

MÄNNERSTIMME 2: Ciao, Pasquale, wie alt bist du?

MÄNNERSTIMME 1: Ciao, Pasquale, was gibt's?

MÄNNERSTIMME 2: Pasquale, wie alt bist du?

PASQUALE: Neunzehn.

MÄNNERSTIMME 3 (*tiefster kalabresischer Akzent*): Hallo, Piera?

FRAUENSTIMME 1: He?

MÄNNERSTIMME 3: Ich heiße Eliseo und bin einundzwanzig Jahre alt.

FRAUENSTIMME 1: Hallo?

ELISEO: Hallo? Piera, hörst du mich?

PASQUALE: Piera, wo bist du?

FRAUENSTIMME 1: Ich? Na hier...

MÄNNERSTIMME 1: Piera ist da, Kinder.

PASQUALE: Hallo, ich bin Pasquale aus Florenz...

MÄNNERSTIMME 1: Schon klar, Pasquale, aber jetzt musst du warten, bis jemand...

MÄNNERSTIMME 4: Hallo?

PIERA: Hallo?

MÄNNERSTIMME 4: Ich bin Gianni au-au-aus Paris...

PASQUALE: Hallo. Ich bin Pasquale.

MÄNNERSTIMME 1: Hör mal, Pasqua'!

PASQUALE: Ja?

MÄNNERSTIMME 1: Pass auf, Pasqua', du wartest jetzt erst mal, bis jemand mit dir sprechen will...

GIANNI AUS PARIS: Hallo. Ich bin Gianni aus Paris...

MÄNNERSTIMME 1: Hallo, Gianni. Was treibst du in Paris?

GIANNI AUS PARIS: Hm, ich bin Model...

ELISEO: Hallo, Piera?

PIERA: He?

Gianni aus Paris: Model.
Eliseo: Hört ihr mich?
Piera: Ja.
Eliseo: Ich heiß…
Männerstimme 1: Piera!
Eliseo: … Eliseo.
Männerstimme 1: Also, ich bin der besagte Römer, der zu dir gesagt hat, dass du mir wie ein Kind vorkommst.
Pasquale: Wann spricht denn mal jemand mit mir?
Piera: Sprich doch selber.
Gianni aus Paris: Piera?
Piera: Ja?
Gianni aus Paris: Pass auf, ich bin Gianni aus Paris.
Piera: Hallo.
Gianni aus Paris: Wie geht's?
Piera: Gut.
Gianni aus Paris: Von wo rufst du an?
Piera: Ich bin Piera aus Palermo.
Gianni aus Paris: O Gott, zweitausend Kilometer…
Männerstimme 1: Nein, wahrscheinlich sogar mehr, Gianni…
Gianni aus Paris: Mehr, ja, zweitausendzwei…
Pasquale: Piera?
Piera: Mmmmn?
Gianni aus Paris: Pierina?
Stella: Hallo Leute. Ich bin Stella, eure Koordinatorin.
Gianni aus Paris: Stella?
Stella: Ja, was gibt's?
Gianni aus Paris (*leiernd*): Wie süüüüß…
Stella: Hee, Gianni, danke (*lacht*).
Gianni aus Paris: Nichts zu danken.
Stella: Also hört mal, Kinder, ihr seid jetzt zu siebt. Da hätten wir Luca, Sandro, Fabio, Eliseo, Gianni, Piera und Pasquale. Alles klar?

GIANNI AUS PARIS: Sag ihn lauter, meinen Namen. Gianni!
STELLA: Hee, Giannnniiii! In Ordnung?
GIANNI AUS PARIS (*leiernd*): Wie süüüüß…
STELLA (*ebenfalls leiernd*): Wie süüüüß… Ich geh raus, ich hab noch andere Anrufe. *Ciao ciao.*
GIANNI AUS PARIS: *Ciao, ciao.*
PASQUALE: Kann ich jetzt reden?
MÄNNERSTIMME 1 (*jetzt, nach Stellas Klärung der Situation, entweder Luca oder Fabio*): Piera!
PIERA: He?
LUCA ODER FABIO: Was machst du so?
PIERA: Was ich mache?
GIANNI AUS PARIS: Piera?
PIERA: He?
GIANNI AUS PARIS: Piera?
LUCA ODER FABIO: Gianni, du lebst also in Paris, o là là!
PASQUALE: Piera!
PIERA: He?
GIANNI AUS PARIS: Ja, ich leb in Paris, na und?
LUCA ODER FABIO (*lacht*): Ich nehm dich auf'n Arm. Darf ich dich nicht auf'n Arm nehmen?
PASQUALE: Hallo, Piera?
ELISEO: Hallo, ich heiße Eli…
PIERA: Ihr seid sechs Männer mit einer Frau…
LUCA ODER FABIO: Hoffentlich übernimmst du dich nicht, Piera.
PIERA: He?
GIANNI AUS PARIS: Piera?
PASQUALE: Hallo?
PIERA: Was gibt's?
GIANNI AUS PARIS: Wollen wir ficken?
PIERA: Was?
GIANNI AUS PARIS: Wollen wir ficken?
PIERA: Fick doch deine Schwester.

GIANNI AUS PARIS: Ha, ha, ha!
PIERA: Ha, ha, ha!
GIANNI AUS PARIS: Dann bist du also lesbisch?
PIERA: Bist du denn schwul? (*lacht*)
GIANNI AUS PARIS: Ich? Nicht, nicht, nicht, dass … ich wüss …
PIERA: Du bist ein Flegel.
GIANNI AUS PARIS: Wieso?
PIERA: Du bist ein Schwein.
GIANNI AUS PARIS: Wieso? Das ist doch eine Erotik-Line.
PASQUALE (*leise, so als spreche er mit jemandem, indem er den Hörer zuhält*): … dann hat sie zu ihm gesagt, er soll doch seine Schwester ficken …
ELISEO: Hallo, Piera?
PIERA: Mmmn?
ELISEO: Ich bin Eliseo.
PASQUALE: Hallo?
ELISEO: Jetzt halt dich endlich mal raus, Pasquale, verdammt noch mal.
GIANNI AUS PARIS: Er hat Recht, komm schon …
ELISEO: Scheiße (*piep, Zensur*), kann man denn hier nicht mal einen Moment reden …
GIANNI AUS PARIS: Komm schon, Pasquale, lass ihn mal mit Piera reden, und danach bin ich dran …
PASQUALE: Hallo? Bin ich jetzt dran?
ELISEO: Nein, du hältst jetzt den Mund.
GIANNI AUS PARIS: Ha, ha, ha, ha …
PASQUALE: Wieso denn? Spinner!
PIERA: Pasquale?
PASQUALE: Ja?
PIERA: Was wolltest du mir denn sagen?
PASQUALE: Tja, ich wollte sagen … Wie siehst du denn aus?
PIERA: Wie ich aussehe?
PASQUALE: Ja.

Eliseo: Hallo, Scheiße (*piep*)…
Piera: Ich habe blonde Haare, lang…
Luca oder Fabio: Pass auf, ich sag dir mal, wie sie aussieht. Sie hat zwei Beine, zwei Augen…
Eliseo: Hallo, Scheiße (*piep*).
Piera: … blaue Augen, einssiebzig groß…
Gianni aus Paris: Eine Möse zwischen den Beinen (*lacht*).
Piera: Du bist ein Schwein.
Gianni aus Paris: Und du bist eine Nutte.
Sandro Veronesi (*entschlossen, laut*): Hallo? Hört ihr mich?
Piera: Hallo?
Sandro Veronesi: Hörst du mich, Piera?
Piera: Ja. Wer bist du denn?
Sandro Veronesi: Hörst du mich, Gianni aus Paris?
Gianni aus Paris: Ja, ich höre dich…
Sandro Veronesi: Eliseo?
Eliseo: Scheiße (*piep*), wer bist du denn?
Sandro Veronesi (*noch lauter*): Ich bin Sandro aus Rom. Könnt ihr mich alle gut hören? Laut und deutlich?
Luca oder Fabio: Jaaa. Wir hööören dich…
Sandro Veronesi: Okay, dann tut mir alle mal einen Gefallen: Leckt mich am Arsch und fahrt zur Hölle. Ihr und diese Party-Line und die Nummer 144 und die, die euch die Telefonrechnung zahlen, und die, die kassieren, und…
Eliseo: Ja, verdammtes Arschloch, was fällt…
Stella: O nein, Sandro, das geht nicht, wenn du so redest, muss ich dich rausnehmen…
Sandro Veronesi: Ach ja, und Stella natürlich, die habe ich vergessen. Stella auch. Das heißt, Stella als Erste. Alle, die ihr da seid, alle hinter Stella, ihr könnt mich mal. (*Ich flippe aus, ich gehe aus der Leitung raus.*) Soll das ein Witz sein? Ihr seid wahnsinnig, ihr seid…, ihr seid… Ja, ist euch denn nicht klar…, habt ihr denn nicht gesehen, wie…

(Die Leitung ist unterbrochen, man hört nur noch das Besetztzeichen.)

SANDRO VERONESI: … Beppe Grillo …

(Besetztzeichen)

SANDRO VERONESI: … im Fernsehen …

(Ende der Aufzeichnung)

(Dauer der Verbindung mit der Party-Line: 6 Minuten und 50 Sekunden)

(Preis: 2540 Lire/Min. + Mehrwertsteuer)

(Gesamtkosten der Verbindung: zirka 18 000 Lire + Mehrwertsteuer)

Der Hundefriedhof

Schweigend sitzt mein Sohn auf der Bank und hat gar keine Augen für die Zicklein, die vor uns spielen. »Was ist los mit dir, Lucio?«, frage ich ihn. Er sieht mich ernst an: »Nichts…« In seinem Gesicht sehe ich den irritierten Ausdruck, den Kinder haben, wenn sie an den Tod denken.

Klar. Als wir vor einer Stunde an diesem klaren, milden Morgen hierher kamen, sah alles noch ganz anders aus. Er hüpfte herum wie eine Heuschrecke und zappelte vor Neugier. Und mir ging es ähnlich, auch ich war gespannt: Einen Hundefriedhof hatte ich noch nie gesehen und konnte ihn mir auch überhaupt nicht vorstellen. Doch kaum hatte ich einen Fuß auf das Gelände der Villa Andreina in Ancilia gesetzt, das sich an einer trostlosen breiten Straße im Industriegebiet entlangzog, wurde mir klar, dass gar nicht viel Fantasie dazugehört hätte, um ihn sich vorzustellen: Er ist wie ein Menschenfriedhof, nur kleiner. Die Gräber sind kleiner, die Grabsteine sind kleiner, und kürzer ist auch die Ewigkeit, für dic alle diese Hundesouvenirs bestimmt sind. Ich war mit einer Frage hierher gekommen, die man sich gewöhnlich nicht stellt: Was geschieht mit Hunden, die gestorben sind? »Thermoentsorgung«, meinte Doktor Palladini, der in der tierärztlichen Klinik arbeitet und für den Friedhof verantwortlich ist. Lucio hat dieses entsetzliche Wort nicht gehört – er sprang schon zwischen den Gräbern herum und las die Hundenamen, laut und deutlich, wie er es gerade in seiner ersten Grundschulklasse gelernt hatte. »Die meisten Leute lassen sie verbrennen«, hat mir Palladini erklärt. »Dann gibt es noch die Gartenbesitzer, die sie auf dem eigenen Grundstück beerdigen, und schließlich die kleinen Friedhöfe wie dieser hier. In Rom sind es wenige: zwei oder drei.« Ein Grab kostet hier 900 000 Lire für vier Jahre. Palladini meint, damit seien die Kosten noch nicht gedeckt, denn die Anlagen müssten ja gepflegt werden, und das sei nicht billig: Dann hat Lucio nach mir gerufen, und Palladini ließ uns allein.

»Schau mal. Eine Eidechse ohne Schwanz!« Lucio versuchte, das Reptil zu schnappen, das auf einem Grabstein mit der Inschrift »Für Sbirulina von Mapataia« saß, aber es gelang ihm nicht. Dann hat er mich bei der Hand genommen und zwischen den Gräbern herumgeführt. Viele sind vernachlässigt, vertrocknet, mit Dornengestrüpp überzogen; Zeichen, dass sie schon eine Zeit lang niemand mehr besucht, doch die Inschriften auf den Grabsteinen wiederholen immer noch feierliche Liebesschwüre: »Charlie, ich werde immer an dich denken«; »Rambo, dein unvergesslicher Blick.« Der Grabschmuck könnte nicht bunter sein: Fotos auf Keramiken, Gipsfiguren, zerbissene Bälle, Puppen, Zwerge, Knochen, sogar Kreuze, und es sind nicht wenige – aber warum auch nicht, eigentlich sehe ich keinen Grund, warum Hunde nicht im Himmel Einlass finden sollten, er ist ja schließlich kein Einkaufszentrum. Der Gesamteindruck ist ein wenig kitschig, aber verglichen mit dem, was Doktor Palladinis entsetzliches Wort auslöst, ist es immerhin ein schönes Bild. Traurig hingegen sind die Daten, die diese unglaublich kurzen Leben beschreiben – echte Hundeleben. Da ist das Grab mit dem Foto eines wunderbaren Golden Retrievers, am Strand aufgenommen, nur Sand und Blau um den Hund herum. Er sieht aus wie Nocciola, der Hund einer befreundeten Familie, die wir jeden Sommer treffen. 1989–1998 steht auf dem Grab. Lucio hat das Foto angeschaut, hat die Ähnlichkeit bemerkt, und sein Miene verdüsterte sich: »Nocciola«, murmelte er. Dann versuchte er, die Zahlen zu entziffern. »Mit wie vielen Jahren ist er gestorben?« fragte er. »Mit siebzehn«, log ich. Die Zahl schien ihn beruhigen zu können, doch nun war es für ihn, aber auch für mich, unmöglich, nicht an unseren Dylan zu denken. Er ist vier Jahre alt: Wie viele Jahre werden es noch sein, bis er uns verlässt? Dann der fatale Zufall: In einer Ecke ein Grab ohne Foto, ohne Grabstein und ohne Daten, eine einfache rustikale Inschrift im Holz: DYLAN. »He!«, rief Lucio, »schau mal hier!« Jetzt wird's schwer, dachte ich: Wie kriegen wir da nur die Kurve. Wie kann ich den Tod von unserem kleinen Mischling fernhalten? Doch dafür sorgte Lucio mit einem bewundernswerten Einfall schon selbst: »Dann muss er der Opa von unserem sein!«, erklärte er und schob auf diese Weise sogar zwei Generationen zwischen unseren Dylan und den Tod. »Stimmt«, bestätigte ich, »ich hab mal gehört, dass er hier begraben sein soll.« Und so hat Lucio zwischen den Büschen ein paar Blümchen gepflückt, weitere stibitzte er vom Grab eines gewissen Fire und legte sie ganz ordentlich unter die Inschrift. Dann rannte er los, einem weißen Schmetterling hinterher, und schien ganz unbeschwert. Nach dem Friedhofsbesuch hat sich Lucio dann auf diese Bank hier gesetzt, hat den Zicklein in einem Gehege zugeschaut und sie dann plötzlich gar nicht mehr beachtet – er ist ernst und schweigt. Was ist los mit dir, Lucio? Nichts …

»Nun, was hat dir denn auf dem Hundefriedhof am besten gefallen?«, frage ich ihn, als wir wieder im Wagen sitzen und nach Rom zurückfahren. Antwort: »Die Eidechse ohne Schwanz.« Klar. »Und sonst?« Lucio sieht mich verschmitzt an, ein Zeichen, dass es da etwas gibt, was ich auf Anhieb verstehen sollte. »Die Zicklein«, meint er, und ich verstehe. »Und sonst?« Lucio lächelt: Er hat verstanden, dass ich verstanden habe, und weiß, dass er nun ein langes, tröstliches Spiel vor sich hat, das ihn sicher nach Hause bringt. »Der weiße Schmetterling, dem ich nachgelaufen bin.« – »Und sonst?« – »Das kleine Kätzchen, das gestreichelt werden wollte.« – »Und sonst?« – »Der Hund mit dem Maulkorb, der gerade rauskam, als wir reingingen …«

Man sollte sie nicht auf Friedhöfe mitnehmen, unsere Kinder.

Die Oliven-Madonna

Wir alle wünschen uns doch Götter, die sich zeigen«, denke ich, während mich mein Schwager Claudio am Steuer seines R4 über die kurvigen Straßen der Hügellandschaft um Lucca zu dem *Ort* bringt. Dabei muss ich gestehen, dass ich ohne ihn wahrscheinlich nie von diesem Ort erfahren hätte. Denn wenn es auch stimmt, dass ich mir Götter wünsche, die sich zeigen, so muss ich andererseits doch zugeben, mich für die Topographie ihrer Erscheinungen wenig zu interessieren und noch nicht einmal über die Orte, die unserer sichtbarsten Gottheit, der Madonna, geweiht sind, auf dem Laufenden zu sein. Genau genommen ist auch Claudio in dieser Materie nicht besonders bewandert. Nur wurde er in diesem Fall praktisch mit der Nase drauf gestoßen, da der Ort an einen Hof grenzt, der im Besitz seiner Familie ist, und zwar bei San Pancrazio, am Rande des Gebirgszugs Le Pizzorne. Die Tenne vor dem Haus, wo die Bauersfamilie lebt, wird immer am 25. jeden Monats von einem Heer wild parkender Autos in Beschlag genommen, und anscheinend gibt es keine Möglichkeit, das zu verhindern. Tatsache ist nämlich, dass dort zwischen den Olivenbäumen, an den sanften, in Terrassen angelegten Hängen, die sich auf die Ebene um Lucca öffnen, in jener unnachahmlichen Palette von Grün- und Blautönen, pünktlich am 25. eines jeden Monats die Madonna erscheint. Und Monat für Monat wächst die Zahl der Gläubigen, die sich davon anlocken lassen, noch um ein Vielfaches an.

Als wir eintreffen, steht die Tenne des Bauernhauses tatsächlich schon voller Autos, und viele weitere parken längs der Straße (mit zwei Rädern im Straßengraben) und bilden eine lange Schlange, die sich hinter der Kurve verliert. Die Autos kommen aus Pisa, Lucca, Livorno, sogar Genua. Die Frau des Bauern empfängt uns. »Sehen Sie sich mal diese Bescherung an«, meint sie resigniert, indem sie auf die Opel, Regata und Seat Ibiza deutet, die in engem Kreis die Hundehütte umlagern. Sie hat was mit den Mandeln und lässt Claudio, der HNO-Arzt ist, einen Blick drauf werfen. Interessant, trotz der räumlichen Nähe zum Ort der Erscheinung setzt sie auf die Wissenschaft. Drastischer noch erscheint die Haltung ihres Mannes, der gleich nach dem Mittagessen raus aufs Feld ist, um Oliven zu ernten, aus Angst, all diese Gläubigen könnten, da sie schon mal da sind, die Gelegenheit nutzen und sich die Körbe damit füllen.

Dieser 25. November heute ist ein seltsamer Tag, halb strahlend hell, halb düster, mit einem Himmel, an dem dichte graue Federwolken stehen, die hin und wieder aufreißen und Flecke schönsten Blaus freigeben. Und darunter, an einer Seite des Hügels dort hinten, noch jenseits der Umrisse des Bauern – ich kann ihn sehen, er hockt auf einem Olivenbaum und schlägt mit einem Stock ins Geäst –, zeichnet sich eine höchst merkwürdige Prozession ab, die einen Pfad hinaufzieht. Es ist eine Szene, die aus der Entfernung betrachtet, ohne Ton und mit diesem für Caravaggio typischen Licht direkt aus einem Buñuel-Film zu kommen scheint. Von unseren hohen Stiefeln gut geschützt gegen Schlamm und Tau, machen Claudio und ich uns auf den Weg zur Grundstücksgrenze hinunter, und während er kurz darauf schon bei dem Bauern bleibt, um ihm bei der Olivenernte zu helfen, stiefle ich weiter durch ein Stück Schilf, verlasse das Grundstück und finde mich am Ende der Prozession wieder. Noch ein paar Schritte, und ich stehe in einer Art hängendem Garten, der von Olivenbäumen gesäumt und voller Menschen ist. Wie viele werden es sein, dreihundert? Vierhundert? Sie drängen sich um einen unsichtbaren Punkt, aus dem über einen krächzende Lautsprecher die Aufforderung ertönt, Platz zu nehmen. Das ist also der Ort. Ich sehe zwei Fratres, ein wenig abseits, die auf einem Bänkchen sitzend den Gläubigen im Freien die Beichte abnehmen; ich sehe eine alte Frau, die betend vor einem kleinen Wandteppich voller verblichener Polaroidfotos kniet; einen Stand mit zwei lächelnden Mädchen, die, ohne Spenden zu verlangen, Broschüren und Flugblätter verteilen; und ein Schild, das in einem Olivenbaum hängt, metallisch, flammend rot, mit einer Mitteilung, die mir durch Mark und Bein geht: »Rauchen verboten«. Hier also auch schon.

In dem Flugblatt lese ich einen Bericht über die letzte Erscheinung am 25. Oktober, es ist eine Art Pressemitteilung voller Auslassungspünktchen und unterzeichnet mit »die Oliven-Madonna in San Pancrazio«. Wie ich hier erfahre, ist die Madonna vor einem Monat innerhalb eines Nachmittags sage und schreibe fünfmal erschienen, beim letzten Mal in Form läuternder Wassertropfen – es scheint geregnet zu haben. Weiter unten finde ich eine dramatische Ermahnung zum Gebet, wobei die Heilige Jungfrau den Rosenkranz als eine Art Droge vorstellt und dazu ermuntert, zunächst einmal mit ein paar unschädlichen Ave Marias anzufangen und dann die Dosis täglich zu erhöhen. Irgendwann werde man dann feststellen, dass man ohne sie nicht leben kann. Nach dieser himmlischen Botschaft gibt es noch den Appell, Hilfsmittel nach Kroatien zu schicken, andere, für mich unverständliche Ankündigungen, das detaillierte Programm für die Erscheinung heute und die Vorstellung der Etappen des Pilgerzugs, der am Morgen von Genua aufgebrochen ist – denn es ist eben Genua, wie mir klar wird, von wo aus die ganze Angelegenheit gelenkt wird. Ich habe kaum Zeit, das *Echo von Medjugorje* durchzublättern, das mir zusammen mit dem Flugblatt ausgehändigt wurde – einige Überschriften: »Die Jungfrau Maria bekehrt die Chinesen«, »Hnilica«, »Satan vergreift sich an den Lieblingskindern der Madonna« –, da beginnt der Lautsprecher schon ein Ave Maria vorzubeten. Perlen beginnen durch Finger zu rinnen, und ich erahne, dass man nun dabei ist, in die Trance des Rosenkranzes einzutreten. Ich versuche, weiter nach vorn zu kommen, werde zurückgestoßen, probiere es weiter oben, indem ich die Menge über den Hügel umgehe, und erreiche eine Stelle, von der aus ich ins Herz des Ereignisses hinunterblicken kann: Metallgitter, die eine Fläche von wenigen Quadratmetern absperren, in deren Mitte ein Olivenbaum steht, und darunter eine Ansammlung von Madonnen-Statuen in den unterschiedlichsten Größen. Davor, auch noch innerhalb der Absperrung, sehe ich unter einem großen Sonnenschirm mit einer gebrochenen Strebe vier oder fünf Frauen und Männer. Einer von ihnen, mit Rundschnittfrisur und einem sympathischen Gesicht wie der Moderator einer Verkaufsshow im Fernsehen, gebietet über das Mikro, und dem Gemurmel der Leute entnehme ich, dass er Enzo heißt. Der zu seiner Linken aber, der mit gebeugtem Haupt auf einem Stuhl sitzt, die Augen verborgen von grau-braunen Brillengläsern, ist zweifellos Pino Casagrande, jener Mann, der als eigentlicher Vermittler der himmlischen Erscheinungen im Zentrum dieser großen Volksfrömmigkeit steht. (An dieser Stelle muss ich einen kleinen Einschub machen, denn ich habe mich doch ein wenig informiert, bevor ich Claudio bat, mich hierher zu bringen. Pino Casagrande ist also das Medium, der Auserwählte, und sein Ruhm hat mittlerweile sogar die Säle des Vatikans erreicht, wo jetzt eine Kommission diese monatlichen Erscheinungen untersucht, die so eng verbunden sind mit denen der berühmten Madonna von Medjugorje. Wirklich viel habe ich nicht darüber herausfinden können, aber der faszinierende – und wahrscheinlich falsche – Eindruck, den ich daraus gewonnen habe, ist der, dass die Heilige Jungfrau von San Pancrazio eine Art vertriebene Madonna ist, die hier zu erscheinen begann, als in Bosnien-Herzegowina der Bürgerkrieg ausbrach und Pilgerfahrten dorthin immer schwieriger wurden. Doch in jedem Fall ist die Achse San Pancrazio–Medjugorje – und die Veröffentlichungen, die ich in Händen habe, bezeugen es – eine unwiderlegbare Tatsache, und wenn nicht von Vertreibung, so kann man zumindest von einer italienischen Filiale sprechen, deren Vorsitzender Casagrande ist.)

Nach den ersten zwanzig Aves und Glorias, aufgelockert durch eine einleuchtende Erklärung von Enzo zu den ersten beiden Mariengeheimnissen, greift Casagrande zum Mikro, und ein Neuankömmling wie ich merkt sofort, was für ein Typ er ist. Fortgeschrittenes Alter, ernste Miene, spricht fast einschüchternd direkt und für alle verständlich, was das Vorrecht der Nichtintellektuellen zu sein scheint, er hat ein unauffälliges Allerweltsgesicht. Außerdem verbirgt er alle jene Fähigkeiten, die er eigentlich besitzen müsste, wenn er von der Jungfrau Maria als ihr Vermittler auserkoren wurde. Seine Tugenden zeigen sich dafür schon bei seinen ersten Worten sehr deutlich. Und es gibt auch einen Namen dafür. Man nennt es Charisma. »Ihr müsst diesen Rosenkranz so beten, als sei er der letzte eures Lebens«, ruft er, indem er plötzlich dramatisch ein Verhalten beschwört, das, wie er sehr wohl weiß, sogar noch den eifrigsten Betschwestern eine Last ist. »Und lächelt dabei«, fügt er hinzu, »betet mit einem Lächeln.« Wenige klare, entschlossene Worte, dann setzt die Litanei wieder ein, mit einem nun nicht mehr zu übersehenden widersprüchlichen Ausdruck auf den Gesichtern meiner Nachbarn, die nun gleichzeitig zu beten, lächeln und an den Tod zu denken haben. Doch auf ein Zeichen Enzos hin verstummen plötzlich alle mitten im Gebet, und Casagrande fällt im feuchten Gras auf die Knie, den Blick zum Himmel gewandt, in die Richtung, die seine erhobene Hand anzeigt. Auch mit dieser Geste, die, wenn man es sich genauer überlegt, sehr schwierig ist, ohne damit ins Lächerliche abzurutschen, gibt Casagrande wieder eine Kostprobe seines Könnens. Nichts Theatralisches findet sich in seinen Bewegungen, keine vorgespielte Ekstase, keine Trance, sondern nur eine unverwechselbare, ruhige Pose, bei der sich alles auf einen einzigen Punkt am Himmel konzentriert, auf den jetzt auch alle Blicke, alle Fotoapparate und selbst Videokameras gerichtet sind. Es ist ein scheckiger Himmel, den wir gemeinsam anstarren, voller Bewegung, mit Wolkenfetzen in den verschiedensten Schattierungen und einigen blauen Flecken dazwischen – ein ideales Bühnenbild für ein Wunder. In der Stille, die sich niedergesenkt hat, hört man nur hier und da das Gekläffe von Hofhunden in der Ferne, die Hiebe, mit denen Claudio und der Bauer gegen die Olivenzweige schlagen, sowie das Auspuffgeknatter einer frevelhaften Motocrossmaschine. Doch all diese Geräusche werden von unserem Schweigen aufgesogen und gelöscht. Und wie ich aufmerksam, hochkonzentriert, zu den Wolken hinaufstarre, wird mir klar, dass es schon passen würde, wenn plötzlich in diesem Moment, in dem alles stillsteht, vor dem Hintergrund dieses aufgewühlten Himmels, ZACK, tatsächlich die Madonna erschiene. Doch so sehr ich mich auch bemühe, ich kann nichts erkennen, und während Casagrande weiter auf diese eine Stelle fixiert ist, merke ich, wie ich nach und nach meine Erwartungen herunterschraube. Anstatt der Madonna würde ich mich jetzt auch schon mit dem Glitzern einer Flugzeugtragfläche zufrieden geben, einem Hologramm, einer Leuchtrakete. Aber da ist weiterhin nichts, absolut nichts, nichts, nichts. Schließlich erhebt sich Casagrande, das Beten des Rosenkranzes wird fortgesetzt, und ich versuche, an den Gesichtern der anderen abzulesen, ob zumindest sie etwas gesehen haben. Aber es scheint nicht so zu sein, niemand sieht glücklich aus. So geht das noch eine gute Weile weiter, und Enzo erläutert die Mysterien – das Vertretergehabe, mit dem er sie präsentiert, macht mehr Lust, sie zu *kaufen*, als an sie zu *glauben* –, und die Leute beginnen abzuschweifen und miteinander zu tuscheln. Dann jedoch geht das Ganze wieder von vorne los, Casagrande fällt plötzlich auf die Knie, seine Hand hebt sich zu einem Punkt am

Himmel – ein anderer nun, weiter östlich – und dann legt sich wieder Stille über die Umgebung. Erneut suchen meine Augen verzweifelt jedes Eckchen des Himmels ab, folgen den Rändern jeder einzelnen Wolke, bereit, sich mit jeder noch so leicht durchschaubaren Vision zufrieden zu geben, auch mit einer simplen Täuschung – aber nichts, so sehr ich mich auch mühe, es ist nichts, wirklich nichts zu erkennen. Dann setzt das Rosenkranzbeten wieder ein. Nach ein paar weiteren Ave Marias werde ich mir irgendwann bewusst, dass ich seit fast drei Stunden keine Zigarette mehr geraucht habe, und plötzlich erscheint mir, und das überdeutlich, das Marlboro-Logo. Es ist nichts zu machen, es ist einfach da, und ich weiß, ich werde es nicht vertreiben können. Also verlasse ich still und heimlich meinen Platz und trete den Rückzug an, gehe am äußeren Rand der Betenden vorbei, bis ich weit genug entfernt bin, verberge mich dann hinter einem Olivenbaum direkt beim Zaun. Jenseits davon sind Claudio und der Bauer immer noch mit ihren Stöcken bei der Arbeit. »Wie sieht's aus?«, ruft Claudio mir zu, »ist sie dir erschienen?« »Fast«, rufe ich zurück, als Antwort nicht gerade besonders passend, aber meine Gedanken sind nun ganz von der Zigarette eingenommen, an der ich im Verborgenen ziehe, eine aus der Stange, die ich wegen des Streiks beim Schwarzhändler erstanden habe und die dadurch noch besser schmeckt. Und während ich noch so dastehe und gierig den Rauch einatme, bemerke ich plötzlich, dass die Litanei zum dritten Mal unterbrochen wurde und alle wieder in die Knie gegangen sind und zum Himmel aufblicken, an dem es nun bereits zu dämmern beginnt. Das wäre ein Jammer, wenn sie diesmal tatsächlich erschiene und ich sie wegen einer Marlboro verpassen würde. In aller Eile kehre ich auf meinen Platz zurück, aber diesmal ist das kollektive Aufschauen schneller vorüber, der Rosenkranz wird schon fortgesetzt und jetzt auch ohne weitere Unterbrechungen zu Ende gebetet. Als die letzten Worte verklungen sind, sondert sich Casagrande ein wenig ab und beginnt etwas auf einen Notizblock zu schreiben, während Enzo dazu übergeht, das Mikrophon jenen Gläubigen zu reichen, die sich von der Jungfrau Maria eine persönliche Gnade erbitten wollen. So wird es Abend über einer traurigen Ansammlung von Familientragödien, unheilbaren Krankheiten, unfruchtbaren Schwiegertöchtern, Notoperationen und so weiter, wobei auffällt, wie hoch auch unter diesen einfachen Menschen vom Land die Rate derer ist, die Angehörige wegen Drogengeschichten im Gefängnis sitzen haben. Und während dieses menschliche Leid aus den Esszimmern und Küchen, wo es normalerweise eingeschlossen ist, die Dämme bricht und sich über das Land ergießt, streifen zwei alte Leute über das mittlerweile dunkle Feld und scharen Grüppchen von Gläubigen um sich, indem sie einen Stapel Farbfotos herumzeigen, die das Wunder vom letzten Monat dokumentieren. Einige davon bieten Beweise, die kaum wahrnehmbar sind – ein Reflex, ein farbiger Blitz, ein Fehler im Abzug –, doch es gibt auch andere, die spektakulär deutlich sind, auf denen sich eine Krippen-Madonna wie ein Abziehbild am Himmel über Lucca abzeichnet. Ich glaube, dass es sich noch nicht einmal um Fotomontagen handelt, sie scheinen die Madonnen direkt mit Filzstiften aufs Foto gezeichnet zu haben. Aber Skeptiker gibt es hier nur wenige, die meisten ziehen es vor, verblüfft aufzustöhnen und um die Negative zu bitten, um sich Abzüge davon machen zu lassen. Doch Negative gibt es leider keine. Dann bittet Enzo wieder um Aufmerksamkeit, mit den Gnadengesuchen ist man nun durch, und Casagrande wird jetzt die himmlische Botschaft verlesen, die die Madonna ihm gerade diktiert hat. Und Casagrande entziffert mit einigen Schwierigkeiten seine eigene Handschrift und verkündet uns, dass die Madonna – Überraschung! – dreimal erschienen sei. Auch wenn ich geltend machen kann, bei der dritten Erscheinung wegen der Zigarette verhindert gewesen zu sein, so gibt es, was die ersten beiden Male betrifft, keine Entschuldigung für mich.

Aber nicht nur das, ich habe auch nichts von den Goldsplittern bemerkt, die irgendwann sanft auf uns alle herabgeregnet sind und uns gesegnet haben. Die Botschaft endet mit einer organisatorischen Ansage, denn der 25. des nächsten Monats ist der erste Weihnachtsfeiertag und die Erscheinung muss deshalb ausfallen, so dass schon gleich der Termin für Januar festgelegt wird. Erst jetzt beginnen die Gläubigen wegzugehen, sie tragen leichte Lederschuhe, mit denen sie in der beginnenden Dunkelheit im Schlamm einsinken. Ich durchquere das Schilf und steige mühsam, stolpernd und rutschend, das Gelände hinauf, wobei ich mir Gedanken darüber mache, was ich Claudio sagen soll, der wohl schon eine ganze Weile auf dem Hof auf mich wartet. Da ist er ja, ich sehe ihn, er untersucht noch einmal die Mandeln der Bäuerin. Was soll ich ihm erzählen? Im Moment kommt mir nur der alte John Prufrock in den Sinn, sein Liebesgesang, sein – im Gegensatz zu mir – unvergleichlich großes Glück: Zugegeben, sie sangen nicht für ihn, aber immerhin konnte er die Sirenen tatsächlich hören.

Ein lombardischer Capote

Alles, was Herb besaß, hatte er sich mit Gottes Hilfe verdient. Er war ein bescheidener, aber stolzer Mann, und das nicht ohne Grund. Er hatte eine rechtschaffene Familie und war in seinem Leben vorangekommen.« Diese Worte beziehen sich auf Herb Clutter, einen amerikanischen Farmer aus Texas, können aber auch genauso gut für Giuliano Viscardi, einen italienischen Landwirt aus der Lombardei, gelten. Selbstverständlich treffen sie auch auf Millionen anderer ehrlicher, disziplinierter, traditionellen Werten treu gebliebener Männer zu, die in den ländlichen Gebieten der ganzen Welt zu finden sind. Aber es gibt da etwas, das Herb Clutter und Giuliano Viscardi miteinander verbindet, etwas, das sie für immer vereint und überdeutlich von den anderen unterscheidet. Es ist ihr Schicksal. In der Nacht vom 14. auf den 15. November 1959 wurde Clutter auf seiner Farm in Holcomb, Kansas, zusammen mit seiner Frau Bonnie, seinem Sohn Kanyon und der Tochter Nancy ermordet. Und ebenso fand in der Nacht vom 15. auf den 16. August 1990 das Leben von Giuliano Viscardi, seiner Frau Agnese, ihrem Sohn Luciano und ihrer Tochter Maria Francesca in ihrem Haus in Torchiera, in der Provinz Brescia, ein gewaltsames Ende.

Fast alles, was man über jene Tat weiß, die von der italienischen Presse schon bald brutal nur noch als »Maria-Himmelfahrts-Abschlachtung« bezeichnet wurde, ist einunddreißig Jahre zuvor in dem Dörfchen in Kansas, direkt an der dritten amerikanischen Zeitzone, schon einmal geschehen und wurde von Truman Capote in seinem berühmten Roman *Kaltblütig* gewissenhaft rekonstruiert. Doch als die Zeitungen am 17. August die Nachricht von der Bluttat verbreiteten und die Parallele zum Fall Clutter anhand der außergewöhnlichen Übereinstimmung aller Details augenfällig wurden, hat allein Pino Corrias in *La Stampa* darauf hingewiesen. Die anderen schienen wieder einmal nur damit beschäftigt, die Litanei vom »mörderischen Sommer« herunterzubeten, so wie jeden August, wenn sich durch die großen Ferien in den Zeitungen Löcher auftun, die anscheinend nur mit Blut zu füllen sind. Dennoch ist das Blutbad von Torchiera ein sehr viel beeindruckenderes Ereignis als all die anderen Verbrechen jenes Sommers (einschließlich des Mordes in der Via Poma in Rom, der nur deswegen für solches Aufsehen sorgte, weil er gerade mal zweihundert Meter entfernt von den Büros des italienischen Fernsehens RAI in der Viale Mazzini verübt wurde). Eben weil das Verbrechen mit dem von Holcomb so identisch ist. Eben weil, so wie damals, eine ganze Familie ohne erkennbaren Grund ausgelöscht wurde. Aus den Skandalblättern wissen wir, dass eine Familie von innen heraus zerstört werden kann (die so genannten »Tragödien des Wahnsinns«, bei denen ein Familienmitglied alle anderen tötet und sich anschließend das Leben nimmt) oder auch durch einen Schicksalsschlag von außen, Verkehrsunfälle, Erdrutsche, Gasexplosionen... Doch nie erleben wir es sonst, dass es eine äußere Kraft vorsätzlich unternimmt, sie auf diese Weise zu vernichten. Es geschah vor einunddreißig Jahren, und nicht zufällig hat einer der größten Schriftsteller unserer Zeit einen Roman darüber geschrieben, und es geschah jetzt in der Lombardei, und das auf die gleiche Art und Weise. Die erste Tat wurde schließlich durch bloßen Zufall aufgeklärt, und während ich mich im Morgengrauen des 18. August in die Provinz Brescia aufmache, wünsche ich mir, dass einer der vielen Beamten, die zur Klärung des Falles aufgeboten wurden, *Kaltblütig* gelesen hat: Er würde weniger Zeit auf die Suche nach einem logischen Motiv verschwenden.

Den Tatort, Torchiera, gibt es eigentlich gar nicht. Um verstanden zu werden, muss man von Pontevico reden, einem zusammengedrängten Dorf von fünftausend Seelen am Ufer des Oglio, dort, wo er die Grenze zwischen den Provinzen Cremona und Brescia markiert. Eine kleine Tiefebene darum herum, schön, grün, sauber. Ganz anders als die Landschaft, die man auf dem Weg dorthin durchquert hatte und der durch Tausende kleiner Fabriken Gewalt angetan wurde. »Ortsteil« wird Torchiera genannt, dabei handelt es sich in Wahrheit bloß um eine kleine Straße, die unvermittelt an vier Häusern und einem Kirchlein vorbeigeht und dann gleich darauf ins Grüne führt, einsam und ungestört, bis auf einige gelbe Schilder, die auf eine geheimnisvoll klingende Spaghetteria Barbablù hinweisen. Das Haus der Familie Viscardi ist das letzte in der Reihe, schon etwas isoliert, und es wirkt jetzt noch bescheidener, als es im Fernsehen aussah: Ein Pfad schlängelt sich hinauf zu einer höher liegenden Wiese, zur Beleuchtung dienen vier niedrige, kugelförmige Laternen, und der Garten besteht aus einer knappen Hand voll sehr gepflegt wirkender Pflanzen, die aber noch zu jung sind, um Schatten zu spenden. Daneben vier große, lang gezogene Schuppen, in denen Giuliano Viscardi mit seiner Familie Geflügel für die Firma Vallespluga mästete. In den Zeitungen war von der astronomischen Zahl von 300000 piepsenden Küken die Rede, die aufgeregt in ihren Käfigen auf Futter warteten. Aber auch das gehört zu den vielen Falschmeldungen: 130000 ist das Fassungsvermögen der gesamten Anlage, und in Wirklichkeit waren es nur einige wenige tausend, die an jenem Morgen hungerten. Und die sind jetzt auch nicht mehr da. Vallespluga hat sie auf Lastwagen geladen und fortgeschafft. Halb schlafend liegt ein Wolfsbastard an einer Kette vor dem ersten Schuppen: Das einzige Leben, das an diesem Ort nicht hinweggerafft wurde.

Die Zeitungen schrieben von einem »ausgearteten Raubüberfall« und lieferten eine sehr vage Rekonstruktion der Fakten, abgesehen von den frei »erfundenen« Hinzufügungen, die sich von Artikel zu Artikel unterschieden. Am Abend von Maria Himmelfahrt wird in Pontevico das Fest von San Rocco gefeiert, und Giuliano, siebenundfünfzig Jahre alt, seine Frau Agnese, vierundfünfzig, und die Kinder Luciano und Maria Francesca, neunundzwanzig und dreiundzwanzig, hatten sich wie alle anderen Bewohner des Ortes auf dem Dorfplatz eingefunden. Gegen elf Uhr machten sie sich ohne Luciano, der mit seiner Verlobten noch etwas bleiben wollte, auf den Heimweg und hielten bei der Pizzeria, um sich noch drei Pizzas mit nach Hause zu nehmen. Gegen halb eins, als sie bereits im Bett lagen, sollen die Verbrecher ohne Gewalt ins Haus eingedrungen sein und sie im Schlaf überrascht haben. Mit langen Stoffstreifen aus zerrissenen Betttüchern fesselten sie die Eltern und zwangen die Tochter, sie zu einer Beute zu führen, die es in diesem Haus aber gar nicht gab. Während des Überfalls traf auch Luciano ein, der seine Freundin nach Hause ins Nachbardorf Calvisano gebracht hatte. Und dadurch soll sich, glaubt man den Zeitungen, eine Tat, die als Raubüberfall begann, in ein Massaker verwandelt haben. Man fand den Vater, gefesselt, mit einem Schuss im Hinterkopf, die Tochter zusammengekauert, aber nicht mehr gefesselt, mit einem Schuss in der Schläfe, den Sohn, als Einziger noch nicht im Schlafanzug, mit einem Schuss im Bein und einem weiteren im Genick – alle drei in einem Raum. Und in einem anderen Raum, mit einem Schuss im Arm und zwei weiteren im Rücken, die Mutter, die zunächst gefesselt, dann aber, vielleicht von Luciano, losgebunden worden war. Eine der Kugeln war in einen Heizkörper eingeschlagen, wodurch hunderte Liter Wasser ausliefen, die das Haus überschwemmten und fast alle Spuren vernichteten.

Die Mörder von Holcomb gingen fast genauso vor, nur ein wenig planmäßiger: Sie hatten Stricke mitgebracht und fesselten ihre Opfer sorgfältiger, bevor sie sie umbrachten. Auch dort gab es, wie in Torchiera, keine Beute, denn kein Landwirt bewahrt ja, auch wenn der Betrieb noch so gut läuft, größere Geldsummen im Haus auf. Deswegen sprach ich vorhin auch von Zeitverschwendung durch die Suche nach einer Logik. Ein durch die Lektüre von Agatha-Christie-Romanen verdorbener Verstand wird den Gedanken ausschließen, ein Verbrecher versuche, im Haus einer Bauersfamilie ein großes Ding zu drehen, und wird folglich andere Motive suchen. Trotzdem geschehen zahlreiche »unlogische« Raubüberfälle ohne mögliche Beute. Denn Logik ist ja ein Privileg, zu dem viele Leute ihr ganzes Leben lang keinen Zugang finden. In Torchiera wurde, um genau zu sein, schon etwas gestohlen, aber nur ein wenig Schmuck, dessen Wert von einem Hehler, der so verrückt ist, ihn anzunehmen, sicherlich auf eine erbärmliche Summe gedrückt wird.

Nun tauchen in Capotes Werk zahlreiche Figuren auf, Nachbarn, Bekannte, die Bewohner der kleinen, fassungslos vor dem Verbrechen stehenden Gemeinschaft, die alle gewissenhaft und ergebnislos verhört werden. Auch hier in Pontevico gibt es Menschen, denen man Fragen stellen kann, doch ich merke schnell, dass das zu nichts führen wird. So zum Beispiel der Küster, der sogleich bereit ist, mit dem Finger auf »jene sieben, acht Neger« zu zeigen, denen die Kommune eine Wohnung im Ort zugewiesen hat und die »alles haben, Autos mit Stereoanlage und Mountainbikes, obwohl doch nicht einer von ihnen zur Arbeit geht, und erklären Sie mir doch mal, wie sie sich dieses ganze Zeug kaufen können«. So hat eben auch der Rassismus seine Logik. Und es gibt Gerede, Gerede des Pfarrers, der Bedienungen in der Bar, auf das sich die Zeitungen mit Sicherheit noch stürzen werden. Aber ich glaube nicht, dass sie hier auf irgendeinen Tratsch stoßen, der sich, bei aller Boshaftigkeit der Welt, lohnen würde zu drucken. Doch egal wie, jedenfalls wird nun die Untadeligkeit der Familie Viscardi von einem Rudel Schakale auf die Probe gestellt.

In Capotes Tatsachenroman gibt es eine bemerkenswerte Figur, den lokalen Ermittler Alvin Adams Dewey, den dieser unlösbare Fall um den Schlaf und seinen Frieden bringt. Seine Niedergeschlagenheit, weil es ihm nicht gelingt, den Mördern ein Gesicht zu geben, ist so authentisch und tief empfunden, dass sie ihn meilenweit vom Klischee des faschistoiden, geifernden amerikanischen Provinzpolizisten entfernt. Dieser Figur müsste hier nun Carlo Zaza entsprechen, der junge mit den Ermittlungen beauftragte stellvertretende Staatsanwalt von Brescia, von dem man im Fernsehen nur wenige Aufnahmen gesehen hat. Vor allem seine Nächte sollten es sein, in denen der Schlaf nicht kommen will, und es ist sein Gesicht, das angespannt sein sollte von der ganzen Verantwortung. Doch es ist Wochenende, die Büros der Staatsanwaltschaft sind verwaist, an sein Telefon zu Hause geht niemand ran, und er selbst ist unauffindbar. Also begebe ich mich nach Verolanuova, den an Pontevico angrenzenden größeren, aber auch sehr viel hässlicheren Ort, zu Hauptmann Roberto Campana, dem die hiesige Carabinieri-Einheit untersteht. Auch er ist jung, seine Miene wirkt ehrlich, aufmerksam. Mein absurder, aber ganz deutlicher Eindruck ist, ihn aus meiner Kindheit zu kennen. Ich erwähne ihm gegenüber natürlich nichts davon, doch von nun an schwirrt in meinem Kopf noch ein zusätzliches Fragezeichen herum, und davon gibt es in diesem Fall schon mehr als genug. Seine Erläuterungen schaffen zwar ein wenig Klarheit hinsichtlich einiger Details, aber das Rätsel bleibt doch unergründlich. Es wurden zwei Pistolen benutzt, eine kleine, Kaliber 22, und eine große 357er Magnum: Die Theorie eines Raubüberfalls, der eine brutale Eigendynamik entwickelte, ist immer noch die plausibelste. Darüber, unter welchen Umständen die Schüsse abgegeben wurden, weiß man nichts Genaues, noch nicht einmal über die Abfolge der Ermordungen, und es stimmt nicht, wie in einigen Zeitungen zu lesen war, dass die Mutter mit dem Telefonhörer in der Hand gefunden wurde.

Fast sicher erscheint hingegen, dass der Schuss in den Heizkörper, durch den das Haus überschwemmt wurde und der wie das Werk von Profis erscheint, um Spuren zu verwischen, zufällig fiel. Das Auto, das einige Zeugen am Abend des Blutbades vor dem Haus stehen gesehen haben wollen (ein Mercedes mit dem Kennzeichen von Piacenza?, Cremona?, Ascoli Piceno?), bleibt ein Hirngespinst, und die Tatsache, dass der Hund nicht angeschlagen hat, scheint von nebensächlicher Bedeutung. Es kann durchaus sein, dass er von seinem Platz an der Kette aus gar nicht bemerkt hat, wie jemand auf der anderen Seite ins Haus eindrang. Und dennoch wird die Vermutung, dass zumindest einer der Täter die Viscardis kannte, nicht ad acta gelegt, denn neben den Leichen wurde eine Perücke auf dem Boden gefunden, und die gehörte niemandem aus der Familie. Im Grunde schlägt sich auch Hauptmann Campana mit dem Problem der Logik herum: Um ausgerechnet bei den Viscardis, und das am Abend des Dorffestes, zuzuschlagen, musste man sie kennen, um jedoch anzunehmen, im Haus Dinge von Wert finden zu können, durfte man sie nicht kennen. Zum Schluss frage ich ihn, ob er zufällig *Kaltblütig* gelesen hat. Das hat er nicht, und in den nächsten Tagen wird er auch gewiss nicht dazu kommen, das ist klar. Alles in allem scheint er sehr pessimistisch, vielleicht sind seine Nächte tatsächlich sorgenvoll und schlaflos. Anstatt ihn zum Abschied zu fragen, wo er als Kind seine Ferien verbracht hat (das Fragezeichen hat mir einen Meeresstrand mit Sonnenschirmen in Erinnerung gerufen), bitte ich ihn, mich nicht unter die Tatverdächtigen aufzunehmen, wenn er am Abend die Berichte von den drei Festnahmen mit Leibesvisitation, die ich in den letzten Stunden auch bei meinen Nachforschungen über mich ergehen lassen musste, auf den Schreibtisch bekommt.

Weiter oben sprach ich davon, wie außergewöhnlich es ist, dass eine ganze Familie auf diese Art ausgelöscht wird. Doch in Wahrheit wurde weder in Torchiera noch in Holcomb die Familie vollkommen zerstört, einige Teile des entwurzelten Stammes blieben im Boden zurück. Dabei handelt es sich um weitere Kinder, die bereits ausgezogen waren und eigene Familien gegründet hatten. Im Fall der Clutters zwei große Töchter, deren Ehe sie in weit von Kansas entfernte Gegenden verschlug, hier in Torchiera war es Guido, Lucianos jüngerer Bruder, der mit seiner Frau Gesuina und zwei kleinen Kindern hundertfünfzig Meter vom Schauplatz des Massakers entfernt wohnt. Und eben dort treffe ich ihn, vor dem Nebenhaus, das sein Bruder gerade für seine bevorstehende Hochzeit renovierte und wo jetzt auf dem groben Estrich die Ermordeten aufgebahrt sind. Guido ist ein junger Mann, den so leicht nichts umhaut, mit jener Mischung sanfter und kantiger Gesichtszüge, die auch Pasolini aufwies, dem er in der Tat etwas ähnelt. Er weint nicht und lässt seine Ergriffenheit nur dadurch erkennen, dass er, wenn er von den entsetzlichsten Dingen spricht, vom Italienischen in den Dialekt fällt. Er war es, der die Leichen gefunden hat, und zwar gegen halb neun, als er mit dem zweijährigen Töchterchen Samuela auf den Schultern zu seinem Elternhaus hinüberspazierte. Die Tür ist offen. Seltsam. Im Haus steht das Wasser eine Hand breit hoch, und Guido ist sofort klar, dass hier nicht der Heizkessel ausgelaufen sein kann – der befindet sich im Keller, und das Wasser kam von oben und lief die Treppe hinunter. Da muss etwas im Bad passiert sein, denkt er, aber niemals hätte er so etwas *disastrùs*, wie er sagt, so etwas Entsetzliches erwartet. Er erzählt wenig von jenen Minuten, meißelt mir aber das Detail der unglaublich aufgequollenen Leiche des Vaters ins Gedächtnis und springt dann zu einem Streit mit dem Team des lokalen TV-Senders Teletutto über, das schon eine halbe Stunde nach dem Auffinden der Leichen im Haus drehen wollte. Guido war nicht einverstanden, worauf ihn einer dieser Fernsehleute mit »Leck mich am Arsch« beschimpfte. »Zwei Carabinieri mussten mich festhalten, sonst hätte ich alles an ihm ausgelassen.« Er spricht vor allem über den

Vater, betont immer wieder, wie vorbildlich er war, dieses starke, gesunde Familienoberhaupt, das so gnadenlos ausgemerzt wurde. Und so wie er ihn beschreibt, geht Giuliano Viscardis Bild entgültig in das von Herb Clutter über, denen beiden die gleiche Bescheidenheit zu eigen war, die gleiche Bereitschaft zu harter Arbeit, die gleiche Gottesfurcht, die gleiche Beharrlichkeit, mit der sie sich bemühten, für ihre Nachkommen irgendeine, auf jeden Fall aber sichere Zukunft aufzubauen.

Die Mörder von Holcomb waren zwei Halunken, von denen einer kurz für Clutter gearbeitet hatte, bevor er wegen Scheckbetrugs ins Gefängnis kam. Sie machten den Fehler, jene absolut solide Lebensweise des Farmers mit außergewöhnlichem Reichtum zu verwechseln, und planten den Überfall mit kühlem Verstand. Richard E. Hickock und Perry E. Smith brachen mit der klaren Absicht zu ihrer Tat auf, keine Zeugen zurückzulassen, egal, wie groß die Beute auch sein würde. Plötzlich und unerwartet – und nicht anders – kam dann doch Licht ins Dunkel dieses absurden Verbrechens, und ich bin sicher, dass das Blutbad von Torchiera diesem auch darin ähnlich sein wird. So wie nunmehr, nach mittlerweile dreitägigen Ermittlungen, die einzige Hoffnung darin besteht, dass auch die Täter einen solch groben Schnitzer gemacht haben wie die von Holcomb, eine Dummheit, durch die das Unlösbare plötzlich lösbar wurde. Denn was die Mörder von Holcomb an den Galgen brachte, waren weder irgendeine im Haus entdeckte Spur noch die hartnäckigen Ermittlungen Deweys, sondern die Tatsache, dass Hickock einem Mitgefangenen im Gefängnis einige Jahre zuvor seine Absicht, genau diesen schauderhaften Raub an diesem Ort zu begehen, mitgeteilt hatte.

Ich frage Guido, ob die Familie in den Geflügelhallen Angestellte hat. Nein, meint er, bis auf die Männer, die hin und wieder gerufen würden, um Kisten auf die Transporter zu laden. Wie viele Männer? Vielleicht fünfzehn. Freunde? Nein, aber Leute aus der Gegend, bekannte Gesichter, der eine oder andere Rentner, junge Männer, die sich etwas dazuverdienen möchten. Nun scheint Guido reden zu wollen, vielleicht tut es ihm gut. Er erklärt, dass er die Geflügelmast weiterführen will (»Die da können mich nicht aufhalten«), erzählt mir, dass sein Vater, im Gegensatz zu vielen anderen, noch nicht einmal Unkrautvernichtungsmittel einsetzte und auf den Maisfeldern, die er ringsumher bestellte, mit der Sichel jedem Unkraut einzeln zu Leibe rückte. Das Wort, das ihm am häufigsten über die Lippen kommt, ist *sfortüna,* Unglück. Ein Mann kommt vorüber, bleibt vor uns stehen und drückt mir sein Beileid aus. Guido fragt mich, wer das sei, und ich sage, ich hätte nicht die leiseste Ahnung, und zum ersten Mal sehe ich ihn lachen. Wir verabschieden uns, auch wenn wir uns am Nachmittag bei der Beerdigung noch einmal sehen werden. Ich rate ihm, einen Monat lang gar nicht in die Zeitungen zu schauen, oder am besten ein halbes Jahr, nein, er soll sie gar nicht mehr lesen, keinesfalls, niemals. Er wiederholt zum letzten Mal jenen Satz im Dialekt, den er bereits so oft ausgesprochen hat und dabei immer den Kopf schüttelte: »*Li han copài come maiali.*«

Und in diesen Worten, »sie haben sie wie Schweine umgelegt«, verbirgt sich die obszöne Wahrheit dieses Massakers, jene Wahrheit, an der weder die ermittelnden Beamten noch die Bewohner von Pontevico interessiert sind, die sie aber dennoch angeht, weil sie alle Menschen angeht. Die Wahrheit eines Todes, den so brutal, so bestialisch, keiner verdient hat und der nicht erträglicher zu machen ist, weder durch die Erinnerung an ein vorbildliches Leben der Opfer noch durch eine vorbildliche Lösung des Falles und exemplarische Verurteilung der Täter. Der Tod der Viscardis, der Tod der Clutters: ein fast erniedrigendes Ende, wie eine paradoxe Bestrafung, nicht nur des Leibes, sondern auch der Seelen, das sich schwerlich, und sei man noch so gläubig, was ich übrigens nicht bin, mit einer »ruhmreichen Aufnahme in den

Himmel« assoziieren lässt, von der der Bischof von Brescia bei den Trauerfeierlichkeiten sprach. Auch Guido hat gesagt, dass »Gott mit der Sache nichts zu tun hat«. Da bin ich seiner Meinung, für Mordopfer gibt es keinen Himmel. Und mir kommt die Stelle aus *Kaltblütig* in den Sinn, als die Frau des Ermittlers Dewey, angesteckt von der Erschütterung ihres Mannes, von Mrs. Clutter träumt, die zu ihr kommt und klagt: »Nein, nein, ermordet zu werden…, es gibt nichts Schlimmeres, nichts Schlimmeres als das, nein, nein…«

Land der Biwaks

Bei einem Aufenthalt in Paris 1984 stieß ich auf eine nicht sehr lange Schlange von Menschen vor einem Juweliergeschäft in Les Halles. Als ich fragte, erfuhr ich, dass es um eine kleine Plastikuhr gehe, die im Schaufenster ausgestellt war. Ich schaute hin und sah zum ersten Mal im Leben eine Swatch: Durch das transparente Gehäuse konnte man das gesamte Räderwerk erkennen, die Zeiger waren rot und blau, und sie kostete 200 Franc. So schön erschien sie mir, dass ich mich auch gleich anstellte, nur fühlte ich mich dabei wie ein armer Hund, weil ich keine Freundin hatte, der ich sie hätte schenken können. Ich erstand sie trotzdem, sie war so preiswert, und als ich wieder zu Hause war, schenkte ich sie meinem Bruder. Doch der hat viele Haare an den Handgelenken, und es war ziemlich unästhetisch, wie diese Haare ganz zerquetscht durch das transparente Plastikarmband hindurchschienen, und so wanderte die kleine Uhr zu meiner Mutter weiter, die sie ein paar Tage trug, gerade lange genug, um niemanden zu beleidigen, und sie dann weglegte, weil sie die Uhrzeit nicht darauf ablesen konnte. Von diesem Zeitpunkt an verloren sich von der transparenten Swatch die Spuren.

Nun steht hier ein Junge namens Marco, den ich gerade kennen gelernt habe, vor mir und erzählt, diese Swatch sei eine echte Rarität und einen Haufen Geld wert. Ich schaue ihn mir genauer an: Er hat blaue Augen, borstiges Haar und ein Gesicht mit sanften, angenehmen Zügen. Der wird sich doch nicht in den Kopf gesetzt haben, ausgerechnet mich heute Abend auf den Arm zu nehmen? Mein Gott, möglich ist alles, aber er macht mir nicht den Eindruck, so wie er nachhakt, um sicherzugehen, dass nicht ich es bin, der ihn hier auf den Arm nimmt. Er fragt mich nach mittlerweile längst vergessenen Details jener Uhr (»War der Sekundenzeiger gelb? War da ein blauer Ring um das Ziffernblatt herum?«) und wird vor allem hellhörig durch den Zeitpunkt und den Ort meines Kaufs: »In welchem Monat 1984?«, fragt er nach. »November.« – »Bist du sicher, dass es Paris war?« – »Wenn ich's dir doch sage.« Mit jedem Indiz, das er aufnimmt, erhellt sich sein Blick, und zum Schluss blickt er mich mit einer Mischung aus Neid und Verachtung an: »Du bist ein Wahnsinniger, das war eine *Original Jelly Fish*«, erklärt er mir kopfschüttelnd. »Die ist jetzt 15 bis 20 Millionen wert«, und es scheint ihm ernst damit zu sein, was so weit geht, dass ich bereits denke, halt, jetzt bloß keine Zeit verlieren, meine Mutter gehört nicht zu den Leuten, die etwas wegwerfen; gleich morgen früh werde ich bei ihr vor der Tür stehen und ihre Wohnung auf den Kopf stellen, hab ich vielleicht nicht einmal bei ihr zufällig jene kaputte Sonnenbrille gefunden, die ich mir während der Skiferien mit der Schulklasse gekauft hatte? Und sie hat auch noch immer alle Autos, mit denen ich als kleiner Junge gespielt habe, meine Baukästen, Lego, Plastikant...

Zunächst jedoch ist noch diese Nacht im Freien hier in Viareggio zu verbringen, ein paar Schritte nur vom Markt entfernt, vor dem »Swatch-Point« des Juweliers Pasquali. Heute Morgen stand sogar in der Zeitung was darüber, auf der Lokalseite der *Versilia*: Am späten Abend sind hier die letzten hundert lieferbaren Exemplare der Modelle *Scuba* und *Crono* eingetroffen und stehen morgen früh zum Verkauf. Allem Anschein nach sind sie momentan die Blaue Mauritius in Sachen Plastikuhren: Vor zwei Tagen sind ihretwegen beim Sturm auf ein Geschäft in Riccione die Fäuste geflogen. Und auch hier lässt sich schon absehen, wie viele es sein werden, die heute Nacht, in Erwartung der Geschäftsöffnung morgen früh, ihr Lager aufschlagen. Es ist erst halb eins, und es sind bestimmt schon zwei Dutzend, dazu ich und der Lokalredakteur einer Zeitung, der von einem zum andern geht und allen einen Haufen Fragen stellt. Marco ist optimal vorbereitet, aus seinem Rucksack hat er nummerierte Zettel hervorgeholt, um den Zugang zu regeln (er hat die Eins, ich die Drei, klar, wir waren auch als Erste da). Wer neu hinzukommt, wird automatisch zu ihm geschickt, er zieht dann sein Blöckchen und schreibt mit Kuli die letzte Nummer auf. Ich weiß nicht, wodurch ihm diese Autorität zukommt, aber sie wird nicht hinterfragt. Ich stelle mich wieder zu ihm und zeige ihm die Swatch an meinem Handgelenk, mit einem Armband aus Metallimitat und römischen Ziffern. »Und was ist mit der?«, frage ich. »Wie viel ist die wert?« Er kichert nur. »Gar nichts. Die hat doch jeder.« – »Aber sie ist doch schön, sie gefällt mir«, lasse ich mich nicht beirren. Marco schüttelt wieder den Kopf und bedenkt mich mit einem scheelen Blick, wie ihn Laien verdient haben, und erklärt mir dann genau, wie die Sache funktioniert: Normalerweise sind diese Uhren noch nicht einmal die 50 000 Lire wert, die sie kosten. Was zählt, sind die seltenen Exemplare. Hin und wieder bringt die Firma eine in begrenzter Auflage heraus, und schon greift der Mechanismus des Sammlerwerts. So ist das bei der *Crono* und der *Scuba*, die morgen verkauft werden, besonders bei der *Scuba Happy Fish* mit den kleinen Fischen auf dem Armband. Für die lohnt es sich schon, Schlange zu stehen und was zu investieren, denn sofort nach dem Kauf sind sie schon das Dreifache, Vierfache wert. Das geht ganz automatisch, aber deswegen kann man noch lange nicht behaupten, diese Uhren seien schön, so wie eine Rolex zum Beispiel. Ich solle mich lieber hinter meine *Jelly Fish* klemmen, meint er weiter, wenn ich sie überhaupt noch hätte, anstatt Geld für wertlose Modelle auszugeben. Auf alle Fälle aber müssten die Swatch, um Sammlerwert zu haben, intakt in der Verpackung liegen und nicht am Handgelenk getragen werden. »Ich danke dir«, sage ich, als er mit seinen

Erklärungen fertig ist, »du hast mir die Augen geöffnet.« Dabei gefällt mir meine Uhr immer noch, und außerdem hat sie einen ideellen Wert für mich, weil sie ein Geschenk ist und der erste Gegenstand, den mein kleiner Sohn im Alter von drei Monaten richtig greifen konnte.

Mittlerweile bin ich müde. Mitten in der Nacht stehe ich hier seit mehr als zwei Stunden vor einem geschlossenen Rollgitter. Hinter mir, in der immer zahlreicher werdenden Menge, erklingt jetzt aus einem Ghettobluster das Gejammer von Luca Carboni (»*Ho bisogno d'amooore, ho bisogno d'affeeetto...*«; – »Ich brauche Liebe, ich brauche Zärtlichkeit...«), und ich lehne mich gegen die Mauer und sinke kraftlos in mich zusammen. Jetzt ein wenig schlafen, ja, das wär's, oder, noch besser, nach Hause gehen, in mein Bett, denn auch die Neugier hat ihre Grenzen, und jenseits davon beginnt man, sich auf dem Gebiet des Schwachsinns zu bewegen. Es ist fast drei, in fünf Minuten wäre ich zu Hause. Habe ich etwa nicht genug gesehen? Nein, das reicht noch nicht. Was ist los mit all diesen italienischen Jugendlichen, die da auf der Erde hocken, reden, rauchen, Musik hören, sich aneinander lehnen und so bis morgen früh sitzen bleiben werden, ohne dass sich jemand deswegen schämt? Offensichtlich ist das vollkommen in Ordnung für sie, ein Grund mehr, die Sache mal genauer zu hinterfragen. Wegen einer Uhr nehmen sie das auf sich, aber genau das Gleiche würden sie für Konzertkarten tun oder um sich für ein besonders überfülltes Seminar an der Universität einzuschreiben, und wer weiß, vielleicht, wenn man sie richtig bearbeitet, auch für irgendein edles Ziel, gegen den Krieg, gegen Drogen oder die Mafia. Im Moment sind es nur Schweizer Industrielle, die von ihrer Ausdauer profitieren, aber mir gefällt der Gedanke, dass sie ja genauso alt wie die chinesischen Jugendlichen vom Tien An Men sind und sich, im Ernstfall, dazu auffordern ließen, ähnlich heroisch zu handeln. Denn sie tun, was man ihnen sagt, und es müssen ja nicht immer solch sinnlose

»Befehle« wie dieser hier sein, der über die Presse in Form eines Artikels auf der Seite »Vermischtes« unter die Leute gebracht wurde. Ich blicke mich um. Der Reporter, der alle befragt hat, ist nicht mehr da. Genau wie man in diesem Fall irgendwann ins Bett geht, so überlege ich, würde man das auch bei einem Staatsstreich tun, wenn man uns erzählte, es handle sich um ein von der Verfassung vorgesehenes Instrument, während die Panzer durch die Straßen unserer Städte rollen, auf der Suche nach dem nächsten Sitz der RAI, der zu verteidigen oder zu erobern ist – das wird dann niemandem so recht klar sein. Bevor ich einnicke, denke ich noch, dass genau diese Jugendlichen dann wahrscheinlich auf dem Pflaster sitzen und den Panzern, die vorbei wollen (»He, Mann, lass mich durch!«), den Weg versperren werden, blind vor Heroismus, weil Marco Masini oder Vasco Rossi oder eben Luca Carboni (sein Gejammer geht unverdrossen weiter) sie dazu aufgefordert haben. Das ist nicht zu unterschätzen, auf sie wird es ankommen, die Angestellten der italienischen Telefongesellschaft werden sicher nicht auf die Straße gehen.

Als ich aufwache, tut mir alles weh. Ich habe im Eingangsbereich einer Metzgerei geschlafen. Es ist schon hell, und auf dem Marktplatz hundert Meter weiter hat bereits ein gewisses Treiben begonnen, Stände werden geöffnet und frischer Fisch wird in Styroporboxen von Lastwagen geladen. Die Jugendlichen sind immer noch da, und jetzt im Tageslicht kommt es mir so vor, als sei die Menge noch enorm gewachsen. Es werden Hunderte sein, die in nächster Nähe des Geschäfts liegen, sitzen, die zuletzt Gekommenen stehen. Meine Gedanken schweifen ab zu den Bildern aus Villa San Giovanni in den Fernsehnachrichten gestern, wo die Leute gezwungen waren, im Auto zu übernachten, darauf wartend, dass die *spadare,* die illegalen Netze zum Fang von Schwertfischen, die zum Beispiel auch Delphine gefährden, in der Meerenge von Messina zurückgezogen werden und die Fähren vorbeifahren können. Dann wandern meine Gedanken zu den Bildern von den Albanern, die sich am Kai von Bari oder Brindisi drängen, zunächst im März unter Plastikplanen und dann erneut in der Affenhitze dieser Sommernächte. Dieses Land ist ein globales Biwak, denke ich und stehe auf.

Vor dem Rollgitter ist Marco nicht mehr zu finden, an seine Stelle ist nun ein nicht mehr besonders junger Typ mit Spitznase getreten, der aus einer Thermoskanne trinkt und einigen Mädchen erklärt, dass es keinen Sinn mehr hat, sich eine Nummer zu holen, da wir mittlerweile schon bei über dreihundert angelangt sind. Ich schaue in die Menge und sehe Marco weiter hinten, wie er lächelnd mit einem blonden Mädchen in Shorts plaudert. Ich kämpfe mich zu ihm durch. Er hat jetzt die Nummer neununddreißig, die Eins hat er für 100 000 Lire an den mit der Spitznase verkauft. »Damit springt die *Happy Fish* für mich gratis raus«, frohlockt er, indem er dem Mädchen zuzwinkert. »Und die Neununddreißig?«, frage ich. »Von wem hast du die Neununddreißig?« Aus der Art, wie er »Die hat mir so einer gegeben« antwortet, die müden Augen niedergeschlagen, die Miene unbeteiligt, wird mir sein listiges Manöver klar: Beim Nummernverteilen, muss er sich die Neununddreißig beiseite gelegt haben, um dann zu warten, bis irgendein Nachzügler kam, der dachte, schon mit ein paar Stündchen Warten nach dem Diskobesuch auch zum Erfolg zu kommen, und ihm die Eins zu verkaufen, und, da er schon mal dabei war, auch die Aufgabe zu übertragen, weiter Nummern zu verteilen. Sich selbst hat er auf diese anonymere, doch immer noch ausreichende Position zurückgezogen. Übrigens habe ich den Eindruck, dass auch die Neununddreißig kein Zufall ist: Die Blondine mit den Shorts, die jetzt bei ihm ist, hat die Achtunddreißig, sie ist ohne Begleitung und ziemlich hübsch ...

Der Markt beginnt, die Straßen beleben sich mit verwunderten Viareggianern, die auf dem Fahrrad vorüberfahren, sich aber nicht die Mühe machen nachzufragen, was hier los ist. Und auch die Staatsgewalt trifft jetzt ein, in Form eines verschlafenen Carabiniere, den die Eigentümer des Ladens angefordert haben, damit sich die »Ereignisse von Riccione« nicht wiederholen. Über den Lippen noch einen Schnurrbart vom Cappuccinoschaum, bahnt er sich seinen Weg zum Rollgitter. Luca Carboni hat sein Gejaule wieder aufgenommen (diese modernen Batterien halten auch ewig), so dass ich Lust bekomme, zu dem Verantwortlichen zu gehen und ihm meine Nummer drei anzubieten, wenn er das Gerät abstellt. Plötzlich ist auch der Reporter wieder da, stellt mit seinem Minikassettenrekorder Fragen in die Menge. Die Sonne steht mittlerweile hoch, die Leute wandern umher und wärmen sich auf, und jetzt sieht man auch ältere Herren umherstreifen, Sammler mit ernsterer Miene als die anderen, die folglich auch noch pathetischer wirken. Der Laden muss jeden Moment öffnen, und viele werden leer ausgehen, während die Preise der Schwarzhändler in die Höhe schießen: Mittlerweile scheinen viele diese Via Battisti für den Arbat in Moskau zu halten, treten an die Letzten in der Schlange heran und bieten ihnen *Scuba* und *Crono* für 300 000 an.

Ich entferne mich, während die Menge zunehmend unruhiger und ungeduldiger wird. Pfiffe werden laut, gegen wen, ist nicht so recht klar, vielleicht gegen die Zeit, die zu langsam vergeht. »Entschuldigen Sie«, spricht mich jemand von hinten an, »aber sind das alles Leute, die eine Swatch kaufen wollen?« Ich drehe mich um. Vor mir steht ein junges Mädchen mit kurzem Haar, groß und mager, die Augen noch ganz verschlafen, und sieht mich mit ziemlich ungläubiger Miene an. »Ja, sicher«, antworte ich, »seit gestern Abend warten die schon.« Sie schüttelt den Kopf. »Ich glaub's nicht«, meint sie, »und ich dachte, ich sei schlau, wenn ich zur Ladenöffnung komme.« Plötzlich geht das Rollgitter hoch und verschluckt den mit der Spitznase. Das Mädchen steht da und betrachtet den Haufen Leute, die bedrohlich in Richtung des Carabiniere stoßen und schieben: Sie scheint nur verblüfft, mir ist nicht klar, ob sie enttäuscht ist, ob ihr viel daran lag, sich auch diese Uhr mit den Fischchen zu sichern. »Schau sich einer dieses Chaos an«, sagt sie, »wie soll denn das funktionieren mit der Schlange?« – »Es gibt Nummern«, verrate ich ihr, »die Schlange ist organisiert.« Gerade verlässt die Nummer eins den Laden und bittet um Ruhe für eine wichtige Ankündigung. »Es gibt keine *Happy Fish*, keine einzige, dafür aber achtundachtzig *Crono Rollerball*« – siebenundachtzig, jetzt, da er sich seine gesichert hat –, »und jeder darf nur eine einzige kaufen.« Ein Aufschrei der Enttäuschung und wer weiß (ich habe mich inzwischen wieder entfernt und kann es nicht genau erkennen), vielleicht auch der Verzweiflung, vor allem desjenigen, der die Nummer neunundachtzig in Händen hält. Ich reiche dem dürren Mädchen meine Nummer drei: »Hier nimm, ich schenk sie dir.« Sie scheint verblüfft, kann nicht glauben, dass sie was wert ist. »Geh schon«, sag ich, »jetzt bist du an der Reihe.« Das Mädchen rückt zögerlich vor zu der tobenden Menge, während unter dem Rollgitter jetzt die Nummer zwei hervortritt. »Drei«, brüllt der Carabiniere. Das Mädchen dreht sich zu mir um, sie ist wirklich spindeldürr. »Ja, geh«, wiederhole ich. Sie dringt von der Seite in die Menge ein, zeigt ihren Zettel vor und verschwindet wie selbstverständlich im Laden. Ich weiß auch nicht, warum, aber ich freue mich darüber.

Dieser Marco hat das gar nicht mitbekommen. Ich kann ihn nirgendwo im wogenden Gedränge sehen, er wird wie eine Scheibe Schinken zwischen Rücken und Oberkörpern zusammengepresst. Vielleicht bedauert er es mittlerweile, seine Nummer eins verkauft zu haben. Ich würde jetzt gern mit ihm reden, wenn er mir zuhören, wenn er mir ein klein wenig Autorität zubilligen würde, wie einem älteren Bruder. Nur eines möchte ich ihn fragen, bevor ich gehe: Erinnerst du dich noch an das Interview von Bruno Vespa mit Saddam Hussein, das letzten Winter für so großen Wirbel sorgte? Hast du es dir angesehen, nachdem man schließlich doch entschieden hatte, es zu senden? Ist wenigstens dir aufgefallen, was sonst anscheinend niemand gemerkt hat, weder die Kommentatoren noch die Kritiker, keiner, und zwar, dass Saddam von einer der schönsten und sympathischsten Stimmen des italienischen Fernsehens synchronisiert wurde, von Giampiero Albertini, dem Inspektor Colombo? Was meinst du, Marco, war das nicht absurd? Was ist Vespa da bloß eingefallen, warum hat er das getan? Mir wird das immer ein Rätsel bleiben. Marco würde mich stirnrunzelnd, vielleicht auch verächtlich anblicken und mit seinem brutalen Realitätssinn antworten: »Wie kommst du denn jetzt da drauf? Was hat das mit der Swatch zu tun?« Gar nichts, würde ich sagen, aber kurz darauf ist Giampiero Albertini gestorben, und mir hat das richtig Leid getan.

Obdulio Varela

Gleich passiert's, Leute. Gleich passiert's. Gleich passiert's. Jetzt, es passiert: Wir umarmen uns…

Nicht viele Menschen bekommen die Gelegenheit, eine Legende zu umarmen. Körperlich, meine ich. Ich bekomme sie, und es ist schwer zu sagen, was man dabei empfindet. Ich umarme Obdulio Jacinto Varela, den Kapitän der uruguayischen Nationalmannschaft von 1950, jener Mannschaft also, die das Maracanà-Stadion in Rio explodieren ließ und den Brasilianern um Zizinho die Coppa Jules Rimet und den Weltmeistertitel vor der Nase wegschnappte. Ich umarme einen makellosen Helden, nicht nur des Fußballs und nicht nur seines Landes, einen Helden der gesamten Kultur Südamerikas und Stolz des ganzen Kontinents; einen Mythos eben, eine Legende. Aber ich umarme auch einen alten Mulatten, krank und gebeugt, mit Augen so wässrig wie geschmolzener Schnee, geschwollenen unsicheren Händen, die sich an mich zu klammern scheinen. Sein Körper, einst so fest, als sei er aus braunem Stein, wirkt zwischen meinen Armen schwach, zittert beinahe. Seine Kraft, die Generationen hungernder Muchachos zu leben lehrte – denn sie war keine Gabe Gottes, sondern das Ergebnis von Willen, Kampf und Überlegung, *konnte* also nachgemacht werden –, jene Kraft, mit der er das ganze Mittelfeld allein beherrschte, als er bei Penarol und in der uruguayischen Nationalmannschaft spielte, jene Kraft, mit der er sich stets einer Welt zu verweigern verstand, die er für heuchlerisch hielt, als er sich abschottete und auf das große Geld und den Ruhm verzichtete, um sein Alter in diesem armen kleinen Viertel auf sich zu nehmen, in diesem Haus, dem es sogar noch an Brennholz für den Ofen mangelt, jene Kraft also scheint die Glieder verlassen zu haben, die mich umfassen. Und doch ist sie noch da, kein Zweifel, ich spüre sie, sie pocht immer noch in ihm, und keine Krankheit, kein Alzheimer der Welt kann sie ihm nehmen. Sie hat sich bloß versteckt, so wie er selbst es auch sein ganzes Leben lang getan hat, als Konsequenz eines bewussten, beispiellosen Tarnmanövers, das ihn einzigartig macht in der Welt des Sports. Denn Obdulio Varela hat sich weder ruiniert wie Garrincha oder seinen Ruhm tausendfach versilbert wie Pelè, noch ist er auf halbem Weg stecken geblieben wie alle anderen großen südamerikanischen Fußballer der Vergangenheit. Nein, Obdulio ist ganz einfach und freiwillig in die bescheidenen Verhältnisse zurückgekehrt, aus denen er gekommen war. Und nun hat auch sein Körper allen Glanz verloren, es ist der Körper eines beliebigen alten Negrito, wie man ihn in diesem ruhmlosen Viertel überall treffen kann. Er ist zu sterben bereit, denke ich, und währenddessen wollen mich seine Arme gar nicht mehr loslassen, unsere Umarmung zieht sich in die Länge, seltsam, unberechenbar, aber ich werde es gewiss nicht sein, der sie abbricht, denke ich, denn durch diese Makellosigkeit, die mich da umklammert, fühle auch ich mich…

Dabei habe ich ihn hinters Licht geführt, ehrlich, wenn auch eher ungewollt. Ich wollte ihn interviewen, und als Walter, mein »Türöffner« in Sachen uruguayischer Fußball, mich im Hotel abholen kam und mir erzählte, mit dem Termin habe es geklappt, schnappte ich mir mein Notizbuch und den Kassettenrekorder, dazu die Akkreditierung für die Coppa America, wo ich, ein wenig anmaßend, als Kommentator verzeichnet bin. Er wird seine Einstellung geändert haben, dachte ich. Journalisten gegenüber war er immer unnahbar, unbeugsam, wenn es darum ging, sie sich vom Leib zu halten, aber das Alter wird ihn besänftigt haben. Doch vor seinem Häuschen, Nummer 3030 in der Calle

20 Febrero im Viertel Villa Espanola, dort, wo die Straßen nach Helden benannt sind, die seinen Namen tragen – José Pedro Varela, Jacobo Varela –, trafen wir auf einen Mann mit weißem Haar, der vor dem Eingang Wache schob, und Walter schlug vor, ich solle noch im Wagen bleiben, er werde zunächst einmal die Lage erkunden. Ich sah, wie er ein wenig mit dem Mann verhandelte, gestikulierte, den Kopf schüttelte, auf mich zeigte, bis er schließlich wieder zum Wagen kam und mir bedeutete auszusteigen: »Du bist kein Journalist«, zischte er, »lass die Sachen im Auto.« Ich gehorchte mechanisch und verstaute Notizbuch, Kassettenrekorder und die Akkreditierung im Handschuhfach seines Fiat Uno. »Du bist ein italienischer Profi, verstanden?« »Was meinst du damit? Was denn für ein Profi?«, fragte ich. Walter rollte nervös mit den Augen: »Ein Profi eben, ein Fußballer«, wiederholte er kaum vernehmbar, »irgendeiner, der Obdulio seine Aufwartung machen möchte, weil er schon so viel von ihm gehört hat. Lass dir was einfallen. Entweder so oder gar nicht.« Zehn Sekunden später schüttelte ich schon die Hand des Mannes mit den weißen Haaren, und was ich mir da so spontan einfallen ließ, ist die vielleicht traurigste Karriere des italienischen Fußballs: Ersatztorwart beim AC Florenz, dann bei Genoa Calcio, ebenfalls nur Ersatz, und schließlich der fatale Bänderriss im Knie, der mich zwang, meine Karriere an den Nagel zu hängen. Von Obdulio, so erklärte ich, habe mir häufig Pato Aguilera erzählt, als wir in Genua in einer Mannschaft spielten, und deshalb wollte ich nun, da man mich als Talentscout zur Coppa America nach Montevideo geschickt habe, die Gelegenheit nutzen und dem alten Champion einen Besuch abstatten. Es hat funktioniert, der Mann mit den weißen Haaren ging hinein, um mich anzukündigen, und als er wieder da war, erklärte er, Obdulio säße beim Mittagessen, es würde nur noch einen Moment, höchstens zehn Minuten dauern. Während wir warteten, klärte uns der Mann darüber auf, dass er vor der Tür Wache stehen müsse, um

die Journalisten abzuweisen, die wahrscheinlich bald aufkreuzen würden. Die argentinische Wochenzeitung *El Grafico* habe nämlich angerufen und vorgeschlagen, Obdulio zusammen mit Francescoli für ein Titelblatt zu fotografieren – der Kapitän der 50er-Mannschaft mit dem von 95 –, und trotz der abschlägigen Antwort müsse man damit rechnen, dass sie sich nicht so leicht abweisen lassen würden und unangekündigt einen Fotografen vorbeischickten. Vielleicht, da Uruguay heute spielfrei sei, schon mit Francescoli im Wagen. Man könne eben niemandem mehr trauen, erklärte er uns, deswegen habe er vor der Tür Posten bezogen. Dieser Tage hätten andere Journalisten bereits versucht, sich in Obdulios Haus einzuschleichen. Die Coppa America sei doch nur ein Vorwand für diese Kerle und ebenso der ganz private Besuch des Staatspräsidenten hier bei Obdulio vor einigen Tagen aus Anlass des fünfzigsten Jahrestages des Triumphes im brasilianischen Maracanà-Stadion. Aber alle seien eben angezogen von Obdulios Armut und interessierten sich brennend für seine Bescheidenheit, erklärte er weiter, aber nur, um Kapital daraus zu schlagen und die Auflage ihrer Zeitungen zu erhöhen, jetzt, da der uruguayische Fußball wieder ins Rampenlicht zurückgekehrt sei. Für sie, fuhr er fort, sei der Preis, den Obdulio für die Bewahrung seiner Würde zahlen musste, seine Armut nämlich, lediglich eine Attraktion, eine Kuriosität. Keinem einzigen Journalisten, der ihn interviewen wolle, fiele ein, ihm dafür wenigstens einen Stapel Holz für den Ofen zukommen zu lassen oder ein wenig Geld für die teuren Medikamente, die er zum Leben braucht. Diese Reporter glaubten, ein Recht auf ihn zu haben, und wenn er es ihnen verweigere, versuchten sie es eben mit List und Tücke. Deswegen gelte es, die Augen offen zu halten. Obdulio sei alt und krank, er würde es nicht mehr schaffen, sich dieser Schlangen zu erwehren, er brauche die Hilfe von Freunden, die ihm immer treu geblieben seien, weil er auch mit allem Ruhm hier im Viertel so weiterlebte, wie er es immer getan hatte. Diese Freunde sähen es nun als ihre Pflicht an, Obdulios Würde gegen die Journalistenmeute zu verteidigen, und sie seien stolz darauf, denn indem sie Obdulios Leben schützten, schützten sie auch ihr eigenes. Durch die Kompromisslosigkeit, mit der er sich dem Kommerz und allen Kompromissen verweigere, sei Obdulio zu ihrem Leitbild geworden, ihrem Bollwerk…

Über den Erzählungen des alten, weißhaarigen Mannes waren die zehn Minuten vergangen, und er ging noch mal nachsehen, ob Obdulio uns nun empfangen könne. So wurden wir dann hineingerufen und von einer munteren Gesellschaft alter Leute begrüßt, die gerade mit dem Essen fertig waren. Es war nicht leicht, unter ihnen Obdulio auszumachen. Man ließ uns in dem kleinen Esszimmer Platz nehmen, das mit Erinnerungen an lange zurückliegende Sportereignisse geschmückt war. An einer Wand ein Bord voller vergilbter Fotos (von Nasazzi, Ghiggia, Schiaffino, Miguez, Maspoli und dann Aufnahmen der Mannschaft von Penarol und der Nationalelf, auf denen sich der knorrige Mulatte mit der Kapitänsbinde immer etwas abseits hält, am Bildrand, wegen seiner ewigen Scheu vor der Öffentlichkeit). Aber es war nicht dieser Moment, in dem es zur Umarmung kam, die noch immer anhält und bei der ich, wenn sie sich noch länger hinzieht, bald das Bewusstsein verliere. Die alten Freunde haben uns mit ihm allein gelassen, der Mann mit den weißen Haaren bezog wieder seinen Posten vor der Tür, und eine Weile haben wir uns ganz einfach unterhalten. Ich habe eigentlich gar nichts gesagt, anfangs hat nur Walter geredet und meiner Geschichte als invalider Torwart noch weitere Details hinzugefügt, die er mit Erinnerungen an jene Zeit würzte, als er in jungen Jahren selbst als Profi begann und der große Obdulio Varela noch aktiv war. Obdulio hörte lächelnd zu und ergriff nur wenige Male das Wort, um etwas Freundliches über einen seiner Mannschaftskameraden aus jener Zeit zu sagen, mit schwacher Stimme, die auch nicht im Entferntesten verwandt schien mit jenem Organ, mit dem er seinerzeit im Mittelfeld herumkommandierte, damit die Ordnung seiner Mannschaft nicht verloren ging. Hin und wieder hat mir Walter aufmunternde Blicke zugeworfen, drängte mich, Fragen zu stellen und so Material für mein Interview zu sammeln. Doch ich habe plötzlich bemerkt, dass ich im Grunde über Obdulio Varela fast schon zu viel wusste. Da sind die Dinge, die er in dem kleinen Meisterwerk von Osvaldo Soriano mit dem Titel *Der König des Mittelfelds* selbst erzählt hat, die Erinnerungen an Obdulio, die Gianni Brera immer wieder in seine Artikel einstreute, und all die vielen anderen Details, die durch die reich bebilderte Obdulio-Biographie des argentinischen Journalisten Antonio Pippo bekannt wurden. Die Anekdoten, Bilder, Geschichten, die unzähligen Mosaiksteine, aus denen sich Obdulio Varelas Legende zusammensetzt – ich kenne sie alle schon. Aus welchem Grund sollte man diesen alten Gott dazu bringen, zum tausendsten Mal davon zu erzählen? Warum sollte man ihn zwingen, noch einmal diese gewaltige kollektive Trauer mitzufühlen, die mit dem Gewinn des WM-Pokals verbunden ist, den ihm der alte Jules Rimet noch persönlich vor zweihunderttausend verzweifelten Brasilianern überreichte. Ein Sieg, den er feierte, indem er das vom uruguayischen Verband organisierte Fest frühzeitig verließ und sich allein besoff, in den Kaschemmen von Rio, umringt von den in Tränen aufgelösten gegnerischen Fans. Was bringt es, noch einmal erzählt zu bekommen, dass er, wenn er das Finale noch einmal spielen könnte, ein Tor gegen seine Mannschaft schösse, nur um solch einen unermesslichen kollektiven Schmerz nicht noch einmal miterleben zu müssen. Oder dass er aus Prinzip niemals einem Schiedsrichter die Hand gereicht hat, und auch wenn er ihm Recht geben musste und ihn als Spielführer darum bat, einen Mitspieler nicht zu streng zu bestrafen, so tat er das, indem er den Finger auf den Unparteiischen richtete, so als wolle er vehement protestieren, um so die Fans auf den Rängen glauben zu machen, er würde ihm ordentlich die Meinung geigen.

Oder dass er später nach der Beendigung seiner Karriere seinen Job als Croupier, den ihm der Clubpräsident und Casino-Besitzer Batlle verschafft hatte, verlor, weil er sich weigerte, weiter Einsätze von Gambleros anzunehmen, die schon zu viel verspielt hatten. Was bringt es, so dachte ich, diese müde Stimme noch mehr in Anspruch zu nehmen, um mir tausend Dinge aufsagen zu lassen, die wieder und wieder über ihn in der ganzen Welt gesagt und geschrieben, veröffentlicht und gelesen wurden. Also schwieg ich und verhielt mich wohl so, wie sich dieser mittelmäßige Ersatztorhüter, für den ich mich ausgab, wahrscheinlich auch verhalten hätte. Ich hörte zu, lächelte und langweilte mich sogar ein wenig, während mein Begleiter Walter die guten alten Zeiten wiederaufleben ließ. Bis sich dann, als der Moment des Abschieds gekommen war, vielleicht weil ihn auch gerade meine Bedeutungslosigkeit rührte (Obdulio Varela hat sich weniger erfolgreichen Fußballern immer brüderlich verbunden gefühlt, hat ihnen immer geholfen, hat sogar 1949 selbst die Fußballergewerkschaft seines Landes gegründet, nach einem langen Streik für die Interessen der Durchschnittsprofis und nicht jene des Kapitäns der Nationalelf), bis dann also seine faultierartige Langsamkeit in dieser nicht enden wollenden Umarmung kulminierte, die immer noch andauert, andauert und andauert, und von der ich bald glaube, dass sie bis in alle Ewigkeit andauern wird, wenn nicht irgendetwas passiert, was sie beendet. Walter hatte alle Zeit der Welt, seine kleine Kamera zu zücken, ein paar Schritte zurückzutreten und mit Blitzlicht ein Foto zu schießen, aber noch nicht einmal dieses Sakrileg *(ein Foto!)* zerreißt diesen geheimnisvollen Zauber, der mich ganz eins macht mit dem makellosesten meiner Idole …

Es hört sich verrückt an, aber zum Schluss bin ich es, der sich aus der Umarmung löst. Ich stoße mich ab, um loszukommen von diesem zerbrechlichen, unsterblichen Körper, und so stimmt es also, dass ich nie zufrieden sein kann, dann hatte mein Vater also Recht, als er mir, schon als Kind, sagte, dass ich immer alles verderben müsse. Warum habe ich es getan? Ich habe mich mit Gewalt aus der Umarmung Obdulio Varelas gelöst, gleich werde ich sein Haus verlassen und ihn niemals wiedersehen. Warum habe ich nicht noch ein wenig länger in seinen Armen verweilt? »Es ist ein wunderschöner Moment für mich«, sage ich zu ihm, laut, nahe an seinem Ohr, denn er ist fast taub, aber auch das stimmt jetzt schon nicht mehr, dieser Moment existiert nicht mehr, er ist bereits vergangen, ich habe ihn vergehen lassen. Obdulio blickt mich an. Er ist jetzt wieder unendlich weit von mir entfernt, er lächelt weiter, und seine Augen glänzen. Nun wird mir klar, wohin sich seine ganze Kraft verflüchtigt hat, nun kann man es deutlich sehen: in die Augen. »Alle Momente sind schön«, antwortet er.

Mulino Bianco

Der Ostermontag ist eigentlich ein europäisches Fest, doch unter dem bei uns üblichen Namen *pasquetta* ein rein italienisches. Als ich vor Jahren einmal Ostern in Paris verbrachte, ließ ich mich auf eine gewagte Übersetzung dieses Namens ein. Ich übersetzte *pasquetta* mit *petites pâques*, »kleine Ostern«, und ich glaube, manch einer lacht bis heute darüber. In den USA ist die Sache sehr viel einfacher, da gibt es diesen Ostermontag gar nicht, egal, wie man ihn nun nennen mag. Ein überzeugender Beweis dafür war für mich die Tatsache, dass der Staat Kalifornien ausgerechnet an diesem Tag, an *pasquetta*, nach einem Vierteljahrhundert die Gaskammer der Strafanstalt Saint Quentin wieder in Betrieb nahm und sich offenbar niemand daran störte. *Pasquetta* ist also ein italienisches Fest, und seit Ewigkeiten verbinden wir damit Ausflüge und Landpartien. Auch wenn ich persönlich stets darauf geachtet habe, mich dieser Tradition nicht anzuschließen, gibt es letztendlich keinen geeigneteren Tag im Jahr, um einem erstaunlichen, typisch italienischen Gerücht nachzugehen, das seit einiger Zeit kursiert: »Die Mulino Bianco«, die weiße Mühle aus den Fernseh-Werbespots für das Gebäck der gleichnamigen Marke, so hört man, »gibt es tatsächlich, und die Leute pilgern in Scharen dorthin.« Eine Erscheinung, die sich in der Toskana zutragen soll, genauer, in der Provinz Siena im Dreieck der Orte San Galgano, Chiusdino und Prata. Mehr lässt sich darüber nicht erfahren – wer Genaueres wissen will, muss den Wagen nehmen und selbst dorthin fahren. Und hier habe ich nun den persönlichen Heimvorteil, denn seit ich den Führerschein besitze, bin ich unzählige Male mit diversen Gebrauchtwagen durch diese Gegend gefahren. Ich kenne dort gute Pilzsammelstellen, Kastanienwälder, Obstplantagen, Wanderwege und auch einen Bauernhof, wo man Pferde leihen und unter der Führung eines jungen Mädchens, das einen sogar galoppieren lässt, durch die herrliche Natur reiten kann (für Interessenten, die Telefonnummer lautet 05 66/99 77 03). Und so fahre ich nun an diesem *pasquetta*-Morgen, ohne mich groß orientieren zu müssen, zwischen Schauern und kurzen sonnigen Abschnitten auf der Landstraße, die sich vom Val d'Elsa zu jenem Teil der Sieneser Hügel hinaufschlängelt, die schon bald in die Alta Maremma übergehen. Meine Frau hat mir zwei Schinkenbrote und eine Flasche Mineralwasser mitgegeben, sich aber nicht dazu entschließen können, mich zu begleiten; daher mache ich nun etwas, was mir sonst fern liegt, ich stelle das Autoradio an und höre die privaten Lokalsender. Keiner hält länger als zwei Kilometer durch, dann verabschiedet er sich in einem düsteren Rauschen, aber was soll's, mit den Sendern der staatlichen RAI ist es auch nicht anders, ein echtes Rätsel für mich, denn es ist doch nicht zu verstehen, warum in ganz Europa die Frequenzen zumindest der wichtigsten Sender über hunderte von Kilometern festliegen, nur bei uns in Italien nicht. Offenbar ist bei diesen Provinzsendern Techno groß angesagt: Eine hysterische Coverversion eines alten Hits reiht sich an die andere. Das reicht von Patti Smiths *People have the power* bis zu Vasco Rossis *Coca-cola*, die in der neuen Version gleich zu *Coca,* »Koks«, geworden ist, so gibt's wenigstens keine Missverständnisse mehr. Mit Vasco Rossi wird sogar ein Interview geführt, und bevor auch er im Äther verschwindet, höre ich gerade noch, wie er Keith Richards zitiert: »*Ich*, ein Säufer? Ich bin doch fast den halben Tag nüchtern …«

Der Name des Ortes, wo ich tanke, Pian di Feccia – »Abschaum-Tal« sozusagen –, legt die Vermutung nahe, dass es schon lange her ist, dass Werbestrategen durch diese Gegenden gekommen sind. Mittlerweile sind wir ganz in der Nähe des besagten Ortes, und ich beschließe, mich in einer Bar, die sich mitten an einer Kreuzung befindet, näher über die Mulino Bianco zu informieren. Normalerweise müssen die Straßen hier wohl sehr leer sein, aber heute herrscht reger Verkehr von Ausflüglern. Ich frage einen hünenhaften jungen Kerl mit roten Wangen und besonders genervter Miene (»Und du, was arbeitest du Schönes?« – »Ich bin Barmann im ›Abschaum-Tal‹«), der damit beschäftigt ist, Schinkenscheiben abzusäbeln. An der knappen automatisierten Antwort – er hebt noch nicht mal den Blick vom Schinken – merke ich, dass er diese Wegbeschreibung allein an diesem Morgen schon Dutzende Male gegeben haben muss. Tatsächlich bin ich hier schon ganz in der Nähe, es fehlen nur noch wenige Kilometer. Doch schon nach ein paar Metern tauchen an beiden Straßenseiten Reihen geparkter Wagen auf, an denen für ein großes Picknick ausgerüstete Menschen entlanglaufen, und in der Ferne sieht man sogar das blaue Blinklicht eines Polizeiwagens, um den herum der Verkehr ins Stocken geraten ist. Das kann doch nicht schon die Schlange für die Mulino Bianco sein, sage ich mir. Oh, ich kenne die heutige Dekadenz, kenne das Konsumdenken und halte mich an das alte Motto von Henry Miller »Ich akzeptiere es«, seit ich verstanden habe, dass gewisse Dinge nicht nur wahrgenommen, sondern vor allem auch toleriert werden sollten – doch solch ein Stau fünf Kilometer vor einem Werbe-Emblem, das zum Kultort geworden ist und nun von Ausflüglern überrannt wird, scheint mir doch etwas zu viel des Guten. Und in der Tat ist nicht die Mulino Bianco der Grund. In meiner Neugier, endlich die Mühle zu sehen, habe ich nicht daran gedacht, dass der Weg zuerst noch an der Abtei San Galgano vorbeiführt, ein beliebtes und auch für mich schon oft würdiges Ausflugsziel an allen möglichen Feiertagen und erst recht natürlich am Ostermontag. Aus Erleichterung beschließe ich anzuhalten und mir die Abtei noch einmal anzusehen, zumal mir gerade ein großer Regata mit einer ganzen Familie an Bord einen Parkplatz direkt an der Einfahrt freimacht. Eingebettet in lautes Stimmengewirr und belagert von mächtigen Touristenbussen, die auf dem Vorplatz herummanövrieren, hat die Abtei am heutigen Tag nicht sehr viel Mystisches zu bieten. Doch die Schönheit dieses Gotteshauses mit dem offenen Dach und ebenso die Einsiedelei oben auf dem Hügel mit den runden Flächen aus Ziegelsteinen, bleiben auch vom Trubel eines solchen Besucheransturms unbehelligt. Nach vielen Jahren sehe ich nun auch das Schwert wieder, das Guidotti Galgano hier vor acht Jahrhunderten in den Fels stieß, und ich bin erleichtert, denn seit ich zum ersten Mal in den gläsernen Schrein in der Nische blickte, habe ich immer befürchtet, dass meine Epoche einmal den Schwachkopf hervorbringen würde, der es herauszuziehen versucht und dabei zerstört. Aber es ist noch da. Bis jetzt noch.

Als wir weiterfahren, ich und meine belegten Brote, ist es gerade Mittagszeit. Rechts erhebt sich jetzt der Hügel, auf dem Chiusdino liegt, links fällt sanft eine Weide ab, und mit einem Mal sehe ich zwischen den Baumwipfeln einen weißen Turm auftauchen, der, ja doch, jener sein könnte, zu dem ich unterwegs bin. Doch es bleibt keine Zeit, genauer hinzuschauen, denn schon gleich nach der nächsten Kurve stoße ich wieder auf eine Doppelreihe geparkter Fahrzeuge, die so lang ist, dass sie den Vergleich mit San Galgano nicht scheuen muss. Ein Schild ist nicht auszumachen, aber der Besucherstrom bewegt sich auf die Einmündung einer Schotterstraße zu, die ziemlich steil durchs Grüne hinunterführt. Dann überquert sie einen Bach mit einer Betonbrücke ohne Brüstung und mündet schließlich auf einen mit Kies ausgelegten Platz, von dem es nur noch zu Fuß weitergeht. Hier sind Stände aufgebaut – Getränke, warme *porchetta*, Hotdogs –, und offensichtlich werden damit ausgezeichnete Geschäfte gemacht; ein Stromgenerator surrt inmitten der Natur vor sich hin, um die Stände mit Energie zu versorgen. Auch ein Hinweisschild ist jetzt zu sehen, allerdings steht »Molino delle Pile« drauf, nur darunter hat eine ungelenke Hand »Mulino Bianco« hinzugefügt. Dabei ist die Mühle noch gar nicht zu sehen. Einige hundert Meter ist noch einem Pfad zu folgen, der mit seinen vielen Kurven absolut nichts von dem Fetisch erkennen lässt – bis man ihn dann ganz plötzlich vor Augen hat. Doch es ist nicht die für die Fernsehspots aufgenommene Fassade, sondern die Rückseite, der Verputz blättert ab, und die weiße Farbe sieht wie verlaufene Schminke aus, eine echte Enttäuschung. Man muss die Mühle also noch umrunden, um sie in ihrem ganzen Glanz als Göttin der Fernsehwerbung zu erblicken: Da sind auch schon das hölzerne, sich gemächlich drehende Mühlrad, die üppig überwachsenen Pergolen, der liebliche Taubenschlag, kurz, das vom einem Bauwerk verkörperte Sinnbild eines gesunden Lebens. Die Grasflächen dürfen nicht betreten werden, stattdessen wurde mit rot-weißem Band ein Besucherrundgang markiert, dem die Leute auch ohne zu Murren folgen, obwohl sich dadurch alle in einer langen Schlange bewegen. Es sind vor allem Kleinfamilien hier, jener nicht unähnlich, die im Werbespot gezeigt wird, einige mit Videokamera ausgerüstet, und alle, wie es sich gehört, im Jogginganzug, jener Aufmachung, die in den letzten zehn Jahren in Italien den Sonntagsstaat abgelöst hat. Aber auch Grüppchen von Jugendlichen sind hier, die den meisten Lärm veranstalten. Einige zeigen sich besonders einfallsreich und grölen im Chor den Jingle aus dem Fernsehspot, andere diskutieren technische Fragen: »Also wo stand jetzt die Kamera, als der Vater den Wurf Kätzchen im Wagen findet?« – »Keine Ahnung, ist vielleicht 'ne Gegenbildaufnahme …«

Auf einem Mäuerchen sitzend verzehre ich meine Brote und beobachte, wie sich das Mühlrad dreht: Es ist absurd. Übrigens bleibt ja in den Spots immer unklar, ob die Mühle tatsächlich in Betrieb ist oder nur einen stimmungsvollen Rahmen bildet, ob also der ergraute Witwer, der hin und wieder als Opa auftaucht, ein alter Müller ist oder nicht. Ich selbst vermute, dass sich der Familienvater, dieser Yuppie, dort nur reingedrängt hat, indem er die Tochter des Alten heiratete, ihm die Mühle aus der Hand nahm und sie zu einem Landhaus umbaute. Aber das ist nicht wichtig. Interessanter ist, dass ich über diese Werbespots eigentlich immer schlecht reden hörte und den Eindruck hatte, diese »Mulino-Bianco-Familie« gehe praktisch ganz Italien auf die Nerven. Stattdessen erlebe ich hier einen volksfestartigen Ansturm: Leute, die auf der Wiese picknicken, knutschende Pärchen, Kinder, Hunde, Bälle. Ich nähere mich dem Mühlrad, um mir die hydraulische Seite der Inszenierung anzusehen (denn ein drehendes Mühlrad hat mit Energie zu tun, nicht mit Gerede). Über einen Zufluss in einem Bett aus Natursteinen, der die Mühle wie ein vom Bach abgeleiteter Kanal umläuft, erreicht das Wasser die Radschaufeln. Doch schon beim ersten Meter im »Off« der Kamera-Einstellungen geht der schöne Kanal in eine banale Wasserleitung über, die in ein Wäldchen führt, dort eine Kurve macht, ein paar Meter am Bachufer entlangläuft und dann bei einer elektrischen Pumpe ins Wasser mündet. Die Sache ist gut gemacht, denn die Pumpe arbeitet besonders leise (da wir schon bei Werbung sind, sei hier die Marke verraten, Lowara, *Made in Italy*). In Wirklichkeit ist sie es also, die das Wasser aus dem Bach durch die Rohre bis zu dem Kanal pumpt, durch den es dann hinunterströmt und das Mühlrad antreibt. Wenn wir Glück haben, dient dabei die vom Mühlrad produzierte Energie dazu, in einem Kreislauf beispielhafter Sinnlosigkeit die Pumpe anzutreiben. Ähnlich wie das berühmte »Wasser in Pulverform«, das auch funktionieren würde, wenn man nur wüsste, worin man es auflösen sollte.

Natürlich interessiert hier niemanden diese Entdeckung, die Leute blicken alle in eine andere Richtung, während ich an der Pumpe herumhantiere und so versuche, auf mich aufmerksam zu machen. Sie wollen ganz einfach über diese weiße Mühle nicht mehr wissen als die bloße Tatsache, dass es die aus der Werbung ist, dass sich das Rad wirklich dreht und dass man einen Ausflug hierher machen kann. Wild entschlossen, sich zu amüsieren, sind sie keinen vernünftigen Argumenten mehr zugänglich. Während ich mich auf den Rückweg mache, überlege ich, dass, vom Erfolg der Mulino Bianco angeregt, vielleicht bald weitere Pilgerzüge einsetzen werden – zum Beispiel in das echte »Tal der Gemüse«, das Valle delle Orti, wie die Firma Buitoni ihre konservierten Gemüseprodukte nennt. Eines Tages wird man sich wahrscheinlich sogar für eine Audienz beim *echten* Signor Del Monte, dem Bananenpapst, vormerken lassen können. Diese Hypothesen sind gar nicht so unglaubwürdig, jedenfalls nicht unglaubwürdiger als jene Studentinnen, die mit Blättern, auf denen »Universität Neapel« zu lesen ist, auf Grüppchen von Ausflüglern zugehen und sie mit einem Fragebogen konfrontieren. Die Antworten werden auf Kassette festgehalten. »Wie haben Sie von diesem Ort erfahren?« – »Mein Cousin hat mir davon erzählt.« – »Wie hat Ihnen der Besuch gefallen?« – »Gut.« – »War die Mühle so, wie Sie sie erwartet hatten?« – »Im Fernsehen ist sie eigentlich schöner.« »Haben Sie auch etwas zu beanstanden?« »Ja, ich hätte die Mühle auch gern von innen gesehen, aber man kommt ja nicht rein.« Ich verlangsame meinen Schritt und versuche, auf mich aufmerksam zu machen, um auch von einer der Studentinnen interviewt zu werden. Ich hätte ein paar nette Antworten parat – aber auf mich kommt niemand zu, vielleicht weil ich allein und daher als Stichprobe nicht zu gebrauchen bin. Aber vielleicht ist es ganz gut so, denn mich hätte eigentlich nur interessiert, für welche Prüfung sie das brauchen – und vor allem der Name des Professors. Vielleicht hätte ich mich auch über Mängel in der Organisation beklagt, das Fehlen von Papierkörben zum Beispiel, und ich frage mich, wie viele der drei- oder vierhundert Italiener, die sich hier versammelt haben, um *pasquetta* zu feiern, die Plastikbeutel mit den Essensresten, die zu Bällchen geformten Aluminiumfolien und die leeren Mineralwasserflaschen im Wagen mit zurücknehmen werden. Wäre ich Professor an der Uni Neapel, würde ich dazu eine statistische Erhebung machen lassen.

Ich steige ins Auto und weiß schon, dass ich für die Heimfahrt eine Menge Geduld aufbringen muss. Es ist *pasquetta*, es wird Staus geben, Unfälle, mit Leuten, die sich auf der Straße herumzanken, wie es eben Tradition ist. »*People have the power*«, krächzt Radio Chiusdino International aus dem Lautsprecher. Stimmt schon, denke ich, die Leute haben die Macht, aber man muss sich auch mal ansehen, wie sie sie nutzen.

Lob der modernen Architektur

Von den zahlreichen fragwürdigen Stellungnahmen, die man von Prinz Charles während seines langen Wartens auf den Thron hören konnte, war einer Äußerung etwas mehr Erfolg beschieden und fand in größeren Kreisen der Bevölkerung sogar echte Zustimmung. Es war seine entschiedene Ablehnung der modernen Architektur. Denn wen überkommt nicht ein gewisses Unbehagen, wenn er die Zentren europäischer Städte durchstreift und die Schandmäler sieht, die das zwanzigste Jahrhundert zu schaffen in der Lage war? Vergleicht man dann noch die Ergebnisse moderner Architektur mit den Werken früher Baukunst, wird das Unbehagen umso stärker, ja unüberwindbar, und das ist das Erfolgsgeheimnis der vom künftigen englischen Monarchen bezogenen Position.

Dennoch gibt es eine Stadt in Europa, die Prinz Charles widerlegt: Berlin. Ausgerechnet jene Stadt, von der Hitlers Bedrohung der gesamten Menschheit ihren Ausgang nahm, ausgerechnet jene Stadt, die aus diesem Grund von den Bomben der Alliierten vollkommen zerstört und danach zerstückelt wurde, zunächst in vier, dann in zwei Teile, ausgerechnet Berlin beweist heute der Welt, dass die moderne Architektur so prächtig wie jene früherer Jahrhunderte sein kann. Es wird viel geschrieben über die hektische und vielleicht sogar ein wenig größenwahnsinnige Neugestaltung des Berliner Zentrums nach dem Fall der Mauer, über die Wolkenkratzer der Stararchitekten am Potsdamer Platz und die Dutzende von Kränen, die dort eine Fläche neu bebauen, die dreißig Jahre lang Niemandsland war. Doch seine Lektion hat

Berlin bereits davor erteilt, von den Nachkriegsjahren angefangen, in denen man hier der modernen Architektur ihre einzige echte Chance gab, ihre Schönheit unter Beweis zu stellen. Denn es ist eine Sache, nur einzelne Objekte innerhalb eines über Jahrhunderte gewachsenen Zusammenhangs neu zu gestalten oder der Spekulation einen Vorwand zu liefern, um die Masse trostloser Parzellierungen, an denen unsere Städte so überreich sind, weiter zu erhöhen; eine ganz andere Sache aber ist es, bei null anfangend eine große, von der Geschichte zerstörte Fläche völlig neu zu entwerfen. Eben das hat man in Berlin getan, und heute, nach fünfzig Jahren, kann man durch die Stadt wandern und sich dabei in Träumereien über die prachtvolle Entfaltung architektonischer Vorstellungen verlieren, die andernorts systematisch verraten und erniedrigt wurden. Es ist eine Art Atlantis, das hier auftaucht, all die von den großen Architekten des zwanzigsten Jahrhunderts verfassten Prinzipien wieder an die Oberfläche bringt und sie an ihrem natürlichen Platz zeigt, nicht an Denkmälern oder außergewöhnlichen Prachtbauten, sondern an normalen Häusern, die auch bewohnt werden.

Man streift durch Berlin und sieht das, was die moderne Architektur hätte sein müssen und nicht geworden ist: Proportion, Maß, Raum, Leichtigkeit, Rationalität. Man beobachtet die Menschen, die mit Einkaufstüten in Händen nach Hause kommen, und man sieht sie in einem Umfeld von Glas, Stahl, Glasbeton, Erkerfenstern und großen, nicht versteckten, sondern taghellen Treppenhäusern. Man traut kaum seinen Augen, denn es kommt einem so vor, als stehe man immer wieder vor einem Baudenkmal, einem jener seltenen Objekte, die man in Büchern angeschaut und studiert hat, von denen es aber zu wenige gibt, um die Hässlichkeit vergessen zu lassen, die das zwanzigste Jahrhundert unseren Städten angetan hat. Und doch ist es wahr, und es ist keine Ausnahme: In Berlin ist diese so moderne Schönheit die Norm.

Aber wenn die moderne Architektur so schön sein kann, fragt

man sich unwillkürlich, warum hat man ihr dann nicht in Rom oder Paris, Manchester oder Mailand eine Chance gegeben? Nur weil der Bau von Wohnhäusern, die nicht nur funktional, sondern auch schön sind, *teurer gewesen wäre*? Abgesehen davon, dass das nicht wahr ist, denn es hängt immer davon ab, was man in Rechnung stellt – sind wir westlichen Industrieländer denn arm? So arm, dass wir die Räume, in denen wir vier Fünftel der Erdressourcen verbrauchen, anderen Prioritäten opfern müssen? Da kann doch was nicht stimmen. Schließlich war Berlin die ärmste Stadt unseres armen Europas, die heruntergekommenste. Warum dort und anderswo nicht?

Die Antwort ist recht einfach: Würde man den Vermessungstechnikern, Baulöwen, Dezernenten und Paragraphenreitern von heute den Kanon der Renaissancebauweise in die Hand drücken, wie ihn Brunelleschi vorsah, oder die Grundsätze der barocken Altargestaltung oder die der großen Meisterwerke der Gotik, käme das gleiche Desaster heraus, angesichts dessen Millionen von Menschen heutzutage Prinz Charles in seinem Urteil über die moderne Architektur zustimmen. Die Ideen der modernen Architektur waren die einzigen in der Geschichte, die ganz offen ihren Feinden ausgeliefert wurden, also Leuten, die dreist und zutiefst ignorant waren, Leuten, die gar keine Ideen brauchten, weil sie Beton nur einsetzten, weil er billiger war – aber auch nur, wenn man die Stahlträger durch Thunfischbüchsen ersetzt –, Leuten, die dermaßen ignorant waren, dass sie dann selbst in die Penthäuser der auf diese Weise gebauten Häuser einzogen, um die Früchte ihres sozialen Aufstiegs zu genießen, und dann zusammen mit ihren Opfern starben, wenn *zufälligerweise* solch ein Gebäude zerbröselte und einstürzte, diesmal nicht im Bombenhagel, sondern unter der Last des eigenen Gewichts.

In Berlin hingegen, wohin nach dem Krieg Gropius, Mendelssohn und Mies van der Rohe zurückkehrten und wo ihre Lehren tatsächlich von all den namenlosen Architekten und Ingenieuren beherzigt wurden, die den Wiederaufbau der Stadt planten, in dieser Stadt also, in die niemand hinzog, weil es hier keine Industrie gab, und in der die Tristesse, die von der Mauer ausging, von vorneherein verhinderte, dass auch hier Wohnungsbau automatisch Spekulation bedeutete, in diesem Berlin hat sich die Anmut der modernen Architektur großflächig entfalten können. Das Resultat steht nun vor aller Augen. Und obwohl es sich bloß um die wortwörtliche Anwendung von in den letzten siebzig Jahren wieder und wieder betonten Grundsätzen handelt, ist dieses Resultat wahrhaft revolutionär, denn Berlin war die einzige Stadt Europas, die diese Grundsätze tatsächlich anwendete.

In einer seltsam melancholischen Stimmung kehre ich aus Berlin zurück. Ich habe etwas gesehen, was mir wie der plötzliche Einbruch einer anderen Geschichte in die unsere vorkommt, habe gesehen, wie das Leben der Menschen in der Moderne hätte werden können und nicht geworden ist. Aber immerhin weiß ich jetzt wieder, was man Prinz Charles auf seine aristokratische Demagogie mit ganz, ganz einfachen Worten antworten kann: »Die moderne Architektur – man muss nur an sie glauben, königliche Hoheit.«

Die Madonna des Sumpfes

»Was meinst du denn jetzt, Papa? Soll ich an sie glauben oder nicht?«

Die Frage kommt von meinem Sohn Lucio, der im April sieben Jahre alt wird. Wir sind auf der Autobahn, der Himmel ist strahlend blau, aber ein rauer Wind weht und rüttelt immer wieder an unserem Auto. Es ist der erste Sonntag nach dem Ende des Heiligen Jahrs, und wir wollen sehen, was aus der Madonnina von Civitavecchia geworden ist, jener Madonna, die blutige Tränen geweint haben soll. Lucio hat mich zu der Fahrt gedrängt, denn ihn hat diese Geschichte brennend interessiert.

»Was soll ich dir dazu sagen, mein Sohn?«, antworte ich ihm, »das ist eigentlich eine Sache, die jeder für sich selbst entscheiden muss.«

Lucio ist hin- und hergerissen. Bevor er sich entscheidet, soll ich ihm noch einmal die ganze Geschichte erzählen. Und das tue ich, zumindest soweit ich mich an sie erinnere. »Vor sechs Jahren«, beginne ich, »sah ein Mädchen, wie eine Madonnenstatue im Garten eines Hauses am Stadtrand von Civitavecchia Blut weinte…«

»Aber warum Blut?«, will Lucio wissen. Die Frage hat er mir auch damals sofort gestellt, als ich ihm zum ersten Mal davon erzählte.

»Darum eben. Es war halt Blut«, antworte ich kurz angebunden. Ich muss nämlich zugeben, dass mich die Frage etwas in Verlegenheit bringt. In der Tat macht es ja wenig Sinn, Blut zu weinen, zumal es sich, wie ich gelesen habe, um männliches Blut gehandelt haben soll. Aber das werde ich ihm nicht sagen, denn das würde die Sache nur unnötig verkomplizieren.

»Darum eben ist keine Antwort«, beschwert sich mein Sohn, aber ich gehe nicht darauf ein und erzähle weiter. »In den folgenden Tagen«, fahre ich fort, »behaupteten auch andere Menschen, sie hätten gesehen, wie die Madonnenstatue Tränen vergoss, blutige Tränen, und schon bald begann man sich in ganz Italien leidenschaftlich für diese Angelegenheit zu interessieren. Zeitungen, Radio, Fernsehen, alle berichteten darüber. Und so kam es, dass sich auch der Bischof einschaltete und dafür sorgte ...«

»Was ist eigentlich ein Bischof?«

»Das ist sozusagen der Chef aller Priester in einer Gegend«, antworte ich, »ein hohes Tier.« Plötzlich fällt mir sogar sein Name ein, und ich erwähne ihn: Bischof Grillo, »Grille« also. An bestimmten Namen haben Kinder immer ihren Spaß. Und in der Tat, auch Lucio weiß den Namen zu schätzen.

»Dann ist er aber sehr klein für ein hohes Tier«, meint er kichernd.

»Bischof Grillo ließ sich also die Statue bringen und stellte sie einige Tage lang in seiner Villa auf, um zu überprüfen, ob an der Sache etwas dran wäre. Und gerade als er zu der Überzeugung gelangt war, dass es sich um einen Scherz oder einen Trick handeln müsse, geschah es: Die Madonna weinte. Und so verkündete er, dass es sich tatsächlich um ein echtes Wunder handle. Es folgte eine Zeit großer Feierlichkeiten – für die Madonnenstatue, für Bischof Grillo und für ganz Civitavecchia, eine Stadt, von der man in Italien sonst nicht allzu viel hört. Tausende von Menschen pilgerten zu der Statue, die man mittlerweile in die Pfarrkirche überführt hatte. Ganz Italien spaltete sich (in nicht ganz gleiche Teile, ehrlich gesagt); die einen glaubten an das Wunder, die anderen nicht, und es gab endlose Diskussionen darüber, auch im Vatikan. Manche dachten schon daran, für die Statue eine eigene Kapelle zu bauen, aber es gab Probleme beim Grundstückskauf, die Eigentümer zerstritten sich, und bald hörte man immer weniger von der Madonna von Civitavecchia, bis es irgendwann ganz still um sie geworden war. Aber die Statue steht immer noch in der Pfarrkirche, und heute ist sie Ziel kleinerer Pilger- und Butterfahrten.«

»Butter?«, fragte Lucio. »Was hat denn die Madonna mit Butter zu tun?«

Manchmal kann es ganz schön schwierig sein, Kindern die Welt zu erklären.

»Butterfahrten«, sage ich, »sind Busfahrten, die kaum etwas kosten und organisiert werden, um den Teilnehmern etwas zu verkaufen, früher Butter, heute meistens Haushaltswaren. Die Leute können sich die Sachen kaufen und machen dazu noch einen preisgünstigen Ausflug, üblicherweise zu einem ›geweihten Ort‹.«

Lucio akzeptiert diese merkwürdige Erklärung, aber nur, weil er insgesamt mit einer noch viel merkwürdigeren Sache beschäftigt ist. Ich sehe, wie er angestrengt nachdenkt, während wir jetzt auf der Via Aurelia den Schildern zur Kirche Sant'Agostino folgen: Eine Statue, die Blut weint, wird meinem Sohn noch nicht mal in seinen Scooby-Doo-Comics begegnet sein.

»Und in all den Jahren hat sie nie mehr geweint?«, will er wissen.

»Niemals.«

»Dann war es wohl doch ein Trick«, stellt er fest, »mit Ketchup und so.«

Der große ungepflasterte Platz vor der Kirche ist fast menschenleer. Es ist furchtbar kalt, und mitten auf dem Platz ist die größte Pfütze, die ich jemals gesehen habe. Lucio beharrt darauf, dass es sich um einen kleinen See handelt, und will nachsehen, ob es darin Fische gibt. »Es ist ein Pfütze«, sage ich noch mal, aber sie ist tatsächlich riesig: Es ist wohl Schicksal, dass ich hier ständig von Dingen berichte, die schwer zu glauben sind. Wir gehen an drei Ständen vorbei, an denen Madonnenstatuen in verschiedensten Größen feilgeboten werden, die alle aus dem bosnischen Wallfahrtsort Medjugorje stammen, und gelangen dann zu der recht kleinen Kirche. Wir treten ein.

Vor dem Reliquiar sind nur sehr wenige Menschen, höchstens zehn, und während wir warten, dass wir an die Reihe kommen, werfe ich einen Blick in das dicke Gästebuch. Ich finde Gebete, Bitten um Schutz und Fürsprache, und lese den letzten Eintrag: »Madonnina, hilf mir bei meinen Absichten.« Die Person, die das geschrieben hat, muss noch hier in der Kirche sein. Wer mag es sein, und was hat der- oder diejenige damit bloß sagen wollen?

Nun sind wir an der Reihe und treten vor das Reliquiar. Die Madonna hat den Kopf leicht geneigt, die rechte Hand liegt auf der Brust, und in der linken hält sie einen goldenen Rosenkranz. Man hat sie in einem steinernen Schrein untergebracht, und dort steht sie nun, bescheiden, klein, sanft und lässt sich verehren. Angesichts dieser bemerkenswerten Schlichtheit bin ich plötzlich richtig ergriffen, und ich denke, dass hier schon Tausende von Menschen standen, mit ihrem Leid, ihrer Hoffnung; Menschen, für die die unbarmherzigen Gesetze der Naturwissenschaften nicht existierten, sondern nur der Glaube an einen Bischof und das große Bedürfnis, dass das alles kein Scherz sei. Und schon allein das hat dieses Stück Stein zu etwas ganz anderem gemacht als die Figuren, die draußen für 28 000 Lire zu haben sind. Ich schaue Lucio an, in dessen Gesicht ich ebenfalls Ergriffenheit erkenne, die nun aber in Verblüffung umschlägt, als er sich zur Wand umdreht und die Fotos erblickt, die gleich nach dem Vergießen der Tränen aufgenommen worden sein sollen. Da sieht man die kleine Madonnenstatue mit langen tiefroten Streifen unter den Augen, die sich schockierend, fast horrorartig, von dem weißen Stein abheben. Das ist also das Blut.

»Papa«, flüstert Lucio, »dann stimmt es also doch! Da sind die Fotos!«

Ich führe ihn hinaus, damit ihn die Kälte wieder etwas klarer denken lässt und von der situationsbedingten suggestiven Vernebelung befreit. Aber über ein Wunder nachzudenken ist etwas ganz anderes, als es zu sehen, und im Moment ist er ganz hingerissen, weil er glaubt, es *gesehen* zu haben. Außerdem hat sich der Marienkult immer schon auf diese Weise genährt: Erscheinungen, Ikonen, Visionen. Und mittendrin immer auch Kinder …

An einem der Stände soll ich ihm nun eine kleine Statue kaufen, und er begnügt sich tatsächlich mit der allerkleinsten für 3500 Lire. »Die ist aus Marmorstaub«, erklärt uns der Verkäufer und gibt uns auch noch 500 Lire Rabatt – wegen der Kälte, meint er. Wie alle anderen Statuen hat man auch ihr dünne rote Streifen unter die Augen gemalt, damit sie dem Original näher kommt. *Zu dünne* Streifen für Lucio:

»Zu Hause gehen wir noch mal mit einem roten Filzstift drüber, oder Papa?«, meint er und beginnt, seine persönlichen Fantasien auf die Statue zu übertragen, die nun, wie er verkündet, ihrem Besitzer drei Wünsche erfüllt.

Wir gehen kurz ins Pfarrhaus, in den kleinen Raum mit den Weihegaben – und auch der Begriff »Weihegaben« ist einem Kind nicht leicht zu erklären. In den Schaukästen wimmelt es von Babyausstattungen, Fotos geheilter Menschen, nur halb vollen Zigarettenschachteln, in einer Ecke eine Flöte, Spritzbesteck. Als Lucio Hunger bekommt, gehen wir ins Restaurant gegenüber, zu Amina, für die die Tränen der Madonna mit Sicherheit ein Wunder waren, denn in den letzten sechs Jahren hat ihr Restaurant einen Aufschwung erlebt, wie sie ihn sich niemals auch nur erträumt hatte. Auch an einem flauen Sonntag wie diesem, mitten in der religiösen Nebensaison nach dem Heiligen Jahr, ist das Restaurant jetzt um halb eins fast voll, und während wir das Touristenmenü zu 30000 Lire verzehren, füllt es sich bis zum letzten Platz.

Die Spaghetti mit Muschelsoße entfernen Lucio wieder von

der mystischen Erleuchtung, die er in der Kirche erlebt hat. »Ich weiß nicht, ob ich es glauben soll«, meint er, »es kann Blut sein, aber genauso gut auch Ketchup. Die Fotos beweisen gar nichts.« Dafür hat er aber nun großes Vertrauen zu seiner kleinen Statue und beginnt sie wie einen Pokemon einzusetzen, um seinen Mitmenschen etwas Gutes zu tun. Ihre wunderbaren Kräfte stehen außer Frage, jetzt kommt es nur noch darauf an, die Madonna auf jemanden zu richten und einen entsprechenden Wunsch zu äußern: »Zzzt«, macht er und zielt auf eine beleibte Dame, die ihr Huhn mit den Händen verzehrt: »Die Frau wird abnehmen.« »Zzzt«, auf einen Herrn mit einer Zigarette in der Hand. »Der hört auf zu rauchen.« Er erinnert an Mister Bean in der Szene, wo er mit Krippenfiguren Krieg spielt. »Zzzt«, er richtet die Statue auf mich: »Milliardär.«

Nach dem Mittagessen will er noch mal in die Kirche, um sich ein letztes Mal die Madonna anzusehen. Es ist halb zwei, vor dem Reliquiar stehen nur wir und ein Herr, der mit leiser Stimme betet, aber diesmal passiert nichts, und Lucio lässt sich bald schon ablenken, betastet die Votivkerzen, lässt das rote Absperrseil hin- und herschwingen. »Fahren wir heim?«, fragt er leise. Während wir hinausgehen, beobachte ich, wie er seine kleine Statue auf einen betenden Herrn richtet, sagt aber nicht, was sie bei ihm bewirken soll. Der Platz draußen ist menschenleer. Die riesige Pfütze kräuselt sich im Wind, und der Anblick ist trostlos. Egal, wie es sich nun verhält, für die kleine Madonna von Civitavecchia wird die Sache so weitergehen wie bisher, und der Kult um sie wird bescheiden weitergehen, weit entfernt von den Feierlichkeiten, die hier vor sechs Jahren stattfanden. Es sei denn, sie würde wieder Tränen vergießen.

»Erinnerst du dich an Nilowfer?«, fragt mich Lucio, während wir in den Wagen steigen. Und ob ich mich erinnere, es handelt sich um ein Mädchen, das mit ihm in den Kindergarten ging.

»Weißt du, einmal hat sie aus einem Auge geblutet, aber es waren keine Tränen. Sie bekam einen Verband, und es war bald wieder gut.« Er nimmt auf dem Kindersitz seines kleinen Bruders Platz, lächelt und wird wieder ganz der alte Lucio: »Nein, Papa, es ist unmöglich, ich hab beschlossen, nicht dran zu glauben«, sagt er und fängt an, mit seiner Statue zu spielen.

Bobby Fischer

Als Bobby Fischer siebzehn und bereits ein Schachgenie war, wollte ihn die amerikanische Meisterin Liza Lane kennen lernen und stattete ihm einen Besuch ab. Die Dame erkundigte sich, woran er gerade arbeite, welche Eröffnungen, welche Verteidigungsstrategien er trainiere, doch Fischer antwortete ihr: »Nein, nein, Theorie übe ich gar nicht. Ich trainiere körperlich, ich muss kräftiger werden.« Überrascht fragte Lane, was er dafür denn genau mache. »Gewichtheben«, antwortete Fischer, »ich schaffe jetzt schon siebzig Kilo.« Daraufhin bat ihn die Dame, ihr sein Können zu zeigen, und Fischer legte das Jackett ab, knöpfte das Hemd auf, krempelte die Ärmel hoch und begann sich zu konzentrieren, indem er tief ein- und ausatmete. Dann beugte er sich vor und breitete die Arme aus, um die Hantel zu greifen. »He«, rief da die Dame, »wo ist denn das Gewicht?« Und in der Tat, es war überhaupt keine Hantel im Raum. »Ach so«, meinte Fischer, »sowas brauche ich gar nicht«, und begann mit größter Anstrengung, das nicht existente Gewicht, vor dem er sich so konzentriert hatte, in die Höhe zu stemmen. Die Frau sah, wie er sich aufblähte, alle Muskeln anspannte, bei dem Kraftakt des Hebens bebte und schwitzte, bis er schließlich, am Ende der Übung, das Nichtgewicht fallen ließ und sich entspannte. Verstört versuchte Liza Lane die Sache von der heiteren Seite zu nehmen und schlug vor: »Warum hebst du denn nicht gleich hundert Kilo, wenn du schon mal dabei bist?« »O nein«, antwortete da Fischer, »die schaffe ich noch nicht. Dazu habe ich noch nicht genug trainiert.«

In den letzten zwanzig Jahren ging Fischer *früh zu Bett*. Seine letzte offizielle Partie hatte er am 31. August 1972 in Reykjavik gegen Boris Spasskij gespielt, eine siegreiche sizilianische Verteidigung mit Schwarz, die auch für den bärenstarken sowjetischen Spieler zu viel war und Bobby Fischer mit neunundzwanzig Jahren zum ersten amerikanischen Schachweltmeister überhaupt machte. Ein Ereignis, durch das der Schachsport plötzlich ins Rampenlicht der Öffentlichkeit rückte und Millionen Jugendliche – darunter auch ich – eine Leidenschaft für eine Sportart entwickelten, die sie früher immer kalt ließ, weil sie keine Idole wie Fischer hervorgebracht hatte, die mit Hollywood-, Rock- oder anderen Sportstars vergleichbar gewesen wären. Zur Feier des Tages brachte die amerikanische Post eine Briefmarke mit seinem jungenhaften, mehr slawisch als angelsächsisch wirkenden Konterfei heraus, und so genoss Robert James Fischer plötzlich einen für einen Schachspieler nie da gewesenen Ruhm, der, wäre er in Geld eintauschbar, ihm ein fürstliches Leben bis zum Ende seiner Tage gesichert hätte. Doch sogleich trat auch wieder seine Unfähigkeit zutage, sich auf einen irgendwie gearteten Kompromiss einzulassen – jener Dämon mangelnder Flexibilität, der seine Karriere bereits in erheblichem Maß verzögert hatte –, und trieb ihn in einen unversöhnlichen Konflikt mit dem internationalen Schachverband. Und als er sich dann 1975 weigerte, die Partien gegen Karpow ohne die von ihm verlangten Regeländerungen zu spielen, erkannte man ihm den Weltmeistertitel ab und sprach ihn seinem sowjetischen Herausforderer zu. Ungeschlagen, doch von allen Möglichkeiten abgeschnitten, verschwand Bobby Fischer von diesem Moment an vollkommen von der Bildfläche, während sich gleichzeitig, unkontrollierbar, die Gerüchte über ihn verbreiteten, die seinen Mythos noch weiter festigten: Fischer ist wahnsinnig geworden, Fischer sitzt im Gefängnis, Fischer kommt zurück, Fischer lebt in einer Sekte, Fischer ist tot. Ohne ihn wurde in den Augen der Öffentlichkeit der Schachsport schon bald wieder das, was er immer gewesen war, ein Mikrokosmos halb verrückter Egomanen, die ihr Leben damit zubringen, sich gegenseitig das Nervenkostüm zu demolieren. Die nicht enden wollende Auseinandersetzung zwischen Karpow und Kasparow, die sich insgesamt fünf Jahre hinzog, war vielen der Beweis, dass diese Schach-WM zu langwierig, zu »sowjetisch«, ja, wie nicht wenige meinten, sogar verdächtig war. In der Tat hatte auch im Schach die Ära der Sponsoren und der großen Gelder begonnen, und so manch einer blickte nicht mehr durch bei der endlosen Serie von Remisen, die das Match immer wieder in die Länge zog und die Prämien erhöhte. Von Fischer dagegen weiterhin nur ferne Echos: Er ist geheilt, er schreibt an einem Buch, er ist im Irrenhaus, er wird bald wieder spielen...

Urplötzlich, am 1. September des letzten Jahres, kam Bobby Fischer dann tatsächlich zurück. Das, was wie die fantastischste Variante aus der Gerüchteküche geklungen hatte, sollte sich überraschenderweise bewahrheiten, eine Revanche gegen Boris Spasskij, zwanzig Jahre danach, organisiert von einem zwielichtigen serbischen Millionär im Herzen des vom Bürgerkrieg zerrissenen und vom internationalen Embargo in die Enge getriebenen Jugoslawien. Fischers Fans rieben sich verwundert die Augen, als sie im Fernsehen die Bilder der Pressekonferenz sahen und sein Gesicht eingeblendet wurde, das sich in den zwanzig Jahren stark verändert hatte (amerikanischer war es geworden, eingerahmt von einem kurzen rötlichen Bart und mit den Anzeichen einer leichten Altersähnlichkeit zu Gene Hackman). Doch schon einen Moment später konnten sie ihren Augen wieder ohne zu Zögern trauen, als sie nämlich sahen, wie er auf den Brief spuckte, in dem die amerikanische Regierung ihn aufforderte, sich an das Embargo gegen Jugoslawien zu halten und das Match abzusagen. »Das ist meine Antwort«, proklamierte er nach dem Spucken, mit dem er sich genau genommen einer Straftat schuldig gemacht hatte, für die das amerikanische Strafgesetzbuch bis zu zehn Jahre Freiheitsstrafe vorsieht. In jenem Moment haben Millionen Menschen (denn so viele Fans hat Fischer immer noch auf der Welt) gejubelt und gedacht: »Er ist immer noch der Alte. Bobby ist wieder da.«

Als Fischer am ersten Tag mit den weißen Figuren die erste Partie eröffnete und den Königsbauer aufs vierte Feld rückte (»die einzig sinnvolle Eröffnung einer Schachpartie«, wie er immer betonte), war das ein historischer Augenblick für die leblose zeitgenössische Mythologie, ähnlich wie damals, 1971, als mit einem Gongschlag ein gewisser Muhammad Ali wieder im Ring zu tanzen begann. Die auf hervorragendem Niveau gespielte Partie entwickelt sich ganz so, wie Bobby Fischer es liebt, eine klassische Ruy-Lopez-Eröffnung in der Breyer-Variante, und unterstützt von der einen oder anderen Unsicherheit Spasskijs, der mittlerweile unbeobachtet jenseits des hundertsten Platzes auf der Weltrangliste zurückgefallen war, gewinnt Bobby mit einem Bauernvorstoß im neununddreißigsten Zug, dessen Folgen Schwarz nach weiteren elf Zügen zur Aufgabe zwingen. Eins zu null. Bobbys Comeback war kein Bluff.

Die Begegnung, unverdrossen als »Schachweltmeisterschaft« bezeichnet – ein Affront für den amtierenden Weltmeister Garry Kasparow –, wird auf zehn Gewinnpartien gespielt. Dies war eine der Regeländerungen, die Fischer zwanzig Jahre zuvor verlangt hatte, um die Kontrahenten zu attraktiverem Spiel zu zwingen und die Bedeutung des Remis zu mindern. Diese Forderung hat man ihm nun erfüllt, ebenso wie alle anderen des Katalogs, und das im vollen Einverständnis Spasskijs. Die ersten Partien des Matches werden in Sveti Stefan, einem montenegrinischen Inselchen im Besitz des Organisators gespielt, mit dem unter den aktuellen Umständen bizzaren Hintergedanken, es als luxuriöses Touristenziel bekannt zu machen. Beim Stand von fünf zu zwei für Fischer zieht man ins Hotel Intercontinental in Belgrad um, einen weniger exklusiven und der Popularität, die Schach in Jugoslawien genießt, sehr viel angemesseneren Ort. Rechtzeitig zur sechzehnten Partie treffe ich selbst dort ein, nachdem der gute Spasskij nach der ersten Serie seine alte Form wiedergefunden, einen Sieg und dreimal unentschieden erreicht und auf fünf zu drei aufgeholt hat. Doch ich sehe schon Bobby Fischer in Fleisch und Blut, bevor die Partie beginnt, und zwar am Nebentisch im Restaurant meines Hotels. Er ist in Begleitung seines Sekundanten Eugenio Torre, ein Filipino, der zehn Jahr zuvor als sehr guter Spieler bekannt war und heute, wenn Fischer schläft, seine Nächte über dem Schachbrett zubringt und jeden am Nachmittag gespielten Zug analysiert. Dennoch wirkt er nicht müde, und auch Fischer wirkt nicht erschöpft oder angespannt oder irre. Nach dem, was ich von ihrer Unterhaltung hören kann, spricht er gelassen über taktische Fragen, über Bauern, die man nicht hier, sondern dorthin hätte setzen sollen. Dabei ist es gerade mal zwei Tage her, dass er bei der wöchentlichen Pressekonferenz Karpow und Kasparow als »Hunde« beschimpft und sich darüber mokiert hat, dass die beiden fünf Jahre lang – und er behauptet, das beweisen zu können – die Welt an der Nase herumgeführt haben, indem sie sinnlose Partien spielten, bei denen *jeder einzelne Zug* im Voraus im inneren Zirkel des sowjetischen Schachapparats abgesprochen war. Von Zina jedoch keine Spur, jenem geheimnisvollen ungarischen Mädchen, von dem viele Zeitungen behaupteten, aus Liebe zu ihr habe Bobby Fischer überhaupt den Beschluss zum Comeback gefasst. Nur ein paar Meter entfernt, in der Hotellobby, hält sich hingegen, umringt von der Schar seiner Bodyguards, jener Abenteurer auf, der dieses historische Comeback überhaupt ermöglicht hat. Jezdimir Vasilević, Jezda genannt, eine nicht gerade salonfähige Persönlichkeit, die wie Fischer nach zwanzig Jahren plötzlich aus dem Nichts wiederauftauchte, ein Mann, der ohne eine Lira in der Tasche nach Amerika ausgewandert war, dort tat, was er getan hat (tatsächlich weiß niemand so genau, was eigentlich), und schließlich auf spektakuläre Art und Weise ins Vaterland zurückkehrte, milliardenschwer und als Boss von Jugosscandíc, einer großen internationalen Speditionsfirma. Offen gestanden kann ich nicht genau sagen, ob dieser Jezda schlechter wegkommt, wenn man alle seine angeblich begangenen Schandtaten auflistet oder ganz einfach sein Aussehen beschreibt (die offensichtlichste, aber vielleicht sogar noch harmloseste Schandtat ergibt sich aus der Kombination folgender Elemente: serbischer Spediteur – Krieg – Waffenembargo – Geld wie Heu). Fest steht jedenfalls, dass er in der aktuellen Situation in der serbischen Hochfinanz nicht gerade unwillkommen ist, und zumindest muss man anerkennen, dass er einer an Legenden armen Welt eine solche zurückgegeben hat. Außerdem hatte Bobby Fischer immer schon eine Schwäche für Halunken. Ich erinnere mich da an seinen bestürzenden Beschluss, zwei Partien gegen Marcos auf den Philippinen zu spielen (»Nein, nein, Mister President, die Bauern dürfen den Läufer nicht überspringen, tut mir Leid …«), nur weil sich der Diktator öffentlich als sein Fan bezeichnet hatte.

Die Partie beginnt pünktlich um 15.30 Uhr im großen Saal des Sava Centers. Von den über dreitausend Plätzen sind nur sehr wenige leer geblieben, denn dies ist ein Land, wo die Alten auf den Bänken Schach spielen wie in Italien »Briscola« und die Kinder in der Schule hinter dem Rücken des Vordermanns, während die Lehrerin vorne etwas erklärt. Und in der Tat könnte das Publikum nicht bunter gemischt sein: Ich sehe Kinder, Zigeuner, auch einige hübsche Mädchen. Das Schachbrett steht mitten auf einer riesigen, von den Scheinwerfern der Fernsehteams taghell erleuchteten Bühne, davor eine Glasscheibe, die die Spieler vor Geräuschen von außen abschirmen soll. Als Erster erscheint Bobby Fischer, mit einem Blendschutz wie ein Golfspieler über der Stirn, dann Spasskij, der mit Weiß spielen und daher den ersten Zug haben wird. Die beiden alten Duellanten schütteln sich die Hand, nehmen einander gegenüber Platz, und Spasskij beginnt: Bauer auf d4, natürlich, um Bobby sogleich die Möglichkeit zu nehmen, seine Lieblingspartie zu entwickeln. Und von hier aus betrachtet, im Dunkel des mit Schachfans gefüllten Saals, in dieser spannungsgeladenen Stille, werden die zwei Spieler, die hinter Glas reglos vor einem Schachbrett sitzen und nachdenken, zu einer Show, wie man sie niemals von einer Schachpartie erwarten würde. Hin und wieder steht einer der beiden auf, gleitet durchs weltraumartige Weiß dieses an ein Delphinarium erinnernden Kastens, verschwindet hinter einer Tür und lässt den Gegenspieler in der Einsamkeit seiner Entscheidung zurück. Dann macht der Gegenspieler seinen Zug, er betritt wieder die Bühne, und eine riesige unsichtbare Hantel (das war es, womit Bobby damals trainierte) legt sich auf seine Schultern.

Es stimmt aber auch, dass diese beiden nicht nur Schach spielen. Sie spielen auch eine Fortsetzung der Geschichte und bieten Raum für eine enorme kollektive Imagination, wie es sonst nur guten Romanen gelingt. Da sitzen sie, diese beiden Herren mittleren Alters, gedankenversunken vor einem Schachbrett, ein Amerikaner und ein Sowjetrusse, und nehmen ihren alten Kampf wieder auf, zu einem Zeitpunkt allerdings, da dieser Sowjetrusse längst französischer Staatsbürger geworden ist und es die Sowjetunion schon gar nicht mehr gibt. Sie stellen sich Fallen und fügen sich Verluste zu in einem Spiel, das die natürliche Metapher des Krieges ist. Und das im Herzen eines der historischen Vaterländer des Schachs, Jugoslawien, in einem Moment, da es dieses Land eigentlich auch schon nicht mehr gibt und drum herum, im Umkreis weniger hundert Kilometer, ein echter, verheerender blutiger Bürgerkrieg wütet. Die fünf Millionen Dollar, die Jezdimir Vasilević ausgesetzt hat, mögen das schmutzigste Preisgeld sein, das es im Profisport jemals gegeben hat – doch die Reinheit von Fischers eigenem Mythos, der jetzt nach zwanzig Jahren unbeugsamen Widerstands wieder zu strahlen beginnt, lässt sich ebensowenig besudeln wie der seines alten Rivalen, der ihm die Möglichkeit bietet, dies zu tun.

Fischer greift an, verzaubert alle mit einer waghalsigen und perfekten Indischen Partie. Spasskij macht einen Fehler, verbraucht alle Bedenkzeit beim Versuch, ihn auszubügeln, und ist beim vierunddreißigsten Zug zur Aufgabe gezwungen. Sechs zu drei für Fischer, genau der gleiche Spielstand wie nach der sechzehnten Partie des Matches zwanzig Jahre zuvor. Es ist ein »Schach« an die Geschichte, ein Geschenk von unschätzbarem Wert für alle, die wie ich selbst davon überzeugt sind, dass die Geschichte einfach unmenschlich wird, wenn man ihr die Legenden nimmt.

Ich sah einen Lastwagen fliegen

Absurd, dieses Wort fällt mir ein, wenn ich an die Buchmessen in Turin zurückdenke. An jene Erlebnisse vor zwei Jahren etwa, als man mich in ein Pelzgeschäft brachte, um dort ohne Publikum meinen Roman vorzustellen, oder an letztes Jahr, als meine Anwesenheit selbst nichts anderes als absurd war. Denn ich war eingeladen, um denselben Roman noch einmal vorzustellen – übrigens der Einzige, den ich bis dahin geschrieben hatte und der in den Buchläden mittlerweile unauffindbar war –, diesmal in einer amerikanischen Mittelschule im bergigen Umland der Stadt, einem sehr angesehenen Institut, in dem allerdings niemand Italienisch sprach. Und während ich vor einer Klasse steinreicher Zwölfjähriger aus aller Herren Länder, die mir wie die United Colors of Benetton vorkamen, auf Englisch ausführlich über mein einziges Werk sprach, spürte ich plötzlich (vielleicht wegen der Hitze, vor allem aber wegen der Absurdität der Situation), dass mir die Sinne schwanden: Wie ein Weichwerden des Hirngewebes, ein Lahmwerden der Glieder, das mir aber noch ganz gut zu überspielen gelang, denn ich wollte ja die Kinder nicht erschrecken. Übrigens passiert mir das häufiger, aber immer nur in Situationen, deren Absurdität ein gewisses Maß übersteigt. Und es hat mich gefreut zu erfahren, als ich kürzlich Ermanno Cavazzoni kennen lernte, dass auch er unter der gleichen Form von Ohnmachtsanfällen leidet.

So war ich also am Vorabend der dritten Buchmesse auf alles vorbereitet, ja man kann fast sagen gespannt, welche neuen Absurditäten ich wohl diesmal erleben würde. Und meine Erwartungen wurden nicht enttäuscht. Absonderlichkeiten gab es auch in diesem Jahr reichlich. Vielleicht nicht derart, um gleich in Ohnmacht zu fallen, aber immerhin. Einige waren eher privater Natur, und es hat keinen Sinn, darüber zu berichten. Eine andere Absurdität aber hatte, wie es mittlerweile Tradition ist, mit der Präsentation meines Romans zu tun (nicht immer noch derselbe, in der Zwischenzeit habe ich einen weiteren geschrieben), und von der lohnt es sich schon zu erzählen. Diesmal schien alles normal: Der Ort (der Stand meines Verlags) war nicht bizarr wie das Pelzgeschäft, die Zeit (drei Uhr nachmittags) schien akzeptiert zu werden, denn es war Publikum da, das sogar Italienisch sprach. Nur einer fehlte, und zwar der Journalist, der mein Buch vorstellen sollte. Er kam einfach nicht und rief auch nicht an, um mitzuteilen, dass er verhindert sei. Bis heute weiß ich nicht, was ihm widerfahren ist, und ich bin immer noch ein wenig besorgt. (Die einzige nicht dramatische Erklärung, die ich für sein Fernbleiben habe, ist folgende: Um fünf vor drei steigt er vor der Messehalle aus dem Taxi, um sich zum Stand zu begeben. Da tritt Emmanuelle Seigner auf ihn zu und spricht ihn an: »Ich habe Roman verlassen, der ist doch zu alt für mich. Hast du Lust, mich nach Cannes zu fahren?« – »Wann?« – »Jetzt gleich. Oder hast du was anderes vor?« Er denkt eine halbe Sekunde nach und sagt nur: »Steig ein.«)

So wartete man also einige Zeit, dachte sich Entschuldigungen aus (Verkehr, Regen), versuchte, den Abwesenden per Mikrophon auszurufen, und griff schließlich auf Ersatz zurück, und zwar auf einen mit mir befreundeten Autor und Nachbarn, der sich in der Zwischenzeit schon vor der Auswechselbank warmgelaufen hatte. Und ich muss sagen, er zog sich blendend aus der Affäre und hat niemanden vermissen lassen. Außerdem wusste das Publikum nicht, dass er mit mir befreundet ist, so dass die Lobeshymnen, die er auf mich sang, auch nicht beanstandet wurden.

Aber diese Kuriosität ist kaum erwähnenswert verglichen mit

dem, was ich auf der Heimfahrt im Zug erlebte. Eine bizarre Geschichte, die ich hier auch der Buchmesse in Turin zuschreiben will, denn es liegt ja auf der Hand, dass ich nicht hätte heimkehren müssen, wäre ich nicht nach Turin gefahren. Ich hätte nicht den Zug nach Neapel bestiegen und auch nicht den Anschlusszug, der erstaunlicherweise pünktlich von Pisa nach Florenz unterwegs war. Es war ein angenehmer Nahverkehrszug, der gemächlich meine Heimat durchquerte. Daher legte ich *Wer die Nachtigall stört* zur Seite, ein hervorragendes Buch übrigens, um mir jenen Teil der Toskana anzuschauen, der draußen vor dem Fenster an mir vorüberzog. Die grüne, aber noch maritime Landschaft. Die geordneten, üppig gedeihenden Gemüsegärten hinter den Bauernhäusern. Vertraute Kennzeichen wie PI, LI, FI an den Autos, die an den Bahnübergängen warteten. Eine Stahlbrücke über die Era. Ein Verrückter neben den Gleisen, der herumschrie und ein Taschentuch schwenkte.

Dies war so unerwartet, dass ich mich umdrehte, um ihn mir genauer anzusehen, und er schien tatsächlich besessen, fuchtelte mit den Armen herum und brüllte irgendwas. Dann, mit einem Mal, das Bremsen, jedoch sanft, wie mir schien, nicht abrupt, und ein kaum wahrnehmbarer dumpfer Schlag. Ich drehte mich wieder um, und in diesem Moment sah ich ihn, sah einen Lastwagen fliegen. Ich sah, wie er sich unglaublich hoch aufbäumte, sich dann krümmte, mit schlenkernden Rädern, die Türen weit aufgerissen, und schließlich herunterfiel, leicht, wie ein Spielzeug, das ein Kind weggeworfen hat. Dann Nebel, eine riesige, weiße Staubwolke, in der nichts mehr zu erkennen war, während der Zug endlich zum Stehen kam. Das Befremdlichste, Unwirklichste an der ganzen Szene aber war die Stille. Ich kann mich an kein anderes Geräusch erinnern als an das Kreischen des Zuges auf den Schienen, und es war, als spiele sich das Ganze mit heruntergedrehtem Ton ab. Im Nachhinein kommt mir dazu ein bemerkenswerter Abschnitt aus Victor Hugos *Dreiundneunzig* in den Sinn, in dem die Personen zu den Toren eines Ortes kommen und dort sehen, wie die Glocken auf allen Glockentürmen hin und her schaukeln, dabei aber nicht das leiseste Geräusch hören, weil sie, wie sie feststellen, den Wind im Rücken haben.

In einer Zeitspanne, die mir ebenfalls irreal gedehnt vorkam, lichtete sich der Staub, weggeschaufelt von den ersten Geräuschen, die von außen zu uns drangen, Schreie von Frauen und gewaltiges Fluchen. Und draußen vor meinem Fenster erblickte ich ein riesiges Rad, zwei Meter über dem Erdboden, das langsam immer deutlicher wurde, so als entstehe es wie auf einem Bild in der Entwicklerschale eines Fotolabors. Nach dem Rad, das sich immer noch drehte, erschien die vollkommen verbogene Antriebswelle, das zerschrammte Fahrgestell, die anderen Räder, der ganze auf der Seite liegende Lastzug. Die vollkommen zerstörte Tenne eines Bauernhofes, eine zerbröselte Backsteinwand, aufgescheuchte Hühner, die wie ein Grissino in der Mitte durchgebrochene Schranke des Bahnübergangs. Ein Bild der Verwüstung. »Lebwohl«, dachte ich, »jetzt falle ich tatsächlich in Ohnmacht, angesichts der Toten und Verletzten, der Notarztwagen, dem Blut überall …« Ich selbst jedoch hatte mir nichts getan, und auch die anderen Passagiere schienen mir, so wie ich, vollkommen unversehrt. Ein wenig benommen, aber wohlauf. Ich steckte den Kopf aus dem Fenster und sah nach links und rechts am Zug entlang, der noch fest auf den Schienen stand. Inzwischen belebte sich die Szene mit weiteren Passagieren, die mit dem Schrecken davongekommen waren. Immer mehr stiegen aus, und neben den beharrlichen Schreien und Flüchen (die alle von einer einzigen Stimme kamen) begann ich, zunehmend verständlichere Gesprächsfetzen wahrzunehmen. Ich verließ ebenfalls den Zug, und in einer Zeitspanne, die nun plötzlich irreal kurz war, wurde ich darüber informiert, dass es keine Verletzten gegeben hatte. Eine Tatsache, die mich noch mehr überraschte als der Zusammenstoß selbst.

Dennoch würde es, wie ich fürchtete, bald einige Verletzte geben, denn hinter dem umgekippten Führerhaus des Lastzugs war ein handfester Streit ausgebrochen. Als handle es sich um einen x-beliebigen Auffahrunfall an einer Straßenkreuzung, waren sich auch hier die Fahrer in die Haare gekommen: »Ja, verdammt noch mal, wie kannst du denn da stehen bleiben?« »Ja, verdammt noch mal, bist du denn blind, hast du nicht meine Zeichen gesehen?« – »Ja verdammt, wie sollte ich denn wissen…« – »Aber warum, verdammt…« – »Aber wie, verdammt…« – »Verdammt…« – Alle beide wurden jeweils von einem Mitstreiter unterstützt, während die neutralen Beobachter, die anderen Passagiere und die Bewohner der umliegenden Häuser sich hüteten, dazwischenzugehen. Denn es waren ja keine x-beliebigen Passanten, die sich da stritten, sondern zwei Vertreter ausgerechnet jener Berufszweige, deren Gewerkschaften in Italien am meisten verhasst sind: Lastwagenfahrer gegen Lokomotivführer. »Sollen sie sich doch umbringen«, meinte ein beleibter Herr neben mir. Zum Glück war jetzt auch ein Carabiniere zur Stelle (was mag er wohl ins Unfallprotokoll geschrieben haben?) und trennte die Streithähne, die versuchten, »mit den Füßen handgreiflich zu werden«, wie ein Carabiniere in einem berühmt gewordenen Protokoll einmal vermerkte.

Inzwischen stiegen immer mehr Leute aus dem Zug, eine eigenartige Gesellschaft: Dutzende fliegender Händler aus dem Senegal, voll beladen mit ihren Waren (ich habe mich erkundigt, von Florenz fahren sie jeden Tag extra nach Pisa, ihre Sachen zu verkaufen, weil sie dort weniger Prügel einstecken müssen), Japaner, aber in Unmengen, alle mit Fotoapparaten ausgerüstet, die nun eifrig ausgelöst wurden (und auf irgendeine Wand in Tokio oder Osaka wird in nächster Zeit ein Dia geworfen werden, auf dem man sehen kann, wie ich ein Stück Stoßstange von den Gleisen räume), blonde Amerikanerinnen in Shorts, die beim Aussteigen ihr gesamtes Gepäck mitschleppten (Rucksack, Walkman, Jacken, sogar das Taschenbuch von Tom Wolfe) – man hat sie wohl gewarnt, dass in Italien geklaut wird. Dazu muss man wissen, dass dieser Zug den Flughafen in Pisa mit Florenz verbindet und deswegen stets mit Touristen überfüllt ist. Ich ging bis vorn an die Spitze, um mir den Triebwagen anzusehen, und jetzt wurde wirklich klar, wie heftig der Zusammenprall gewesen war: die Schnauze vollkommen zerstört, die Windschutzscheiben zersplittert, Scherben und Metallteile überall. »Es ist ein Wunder«, meinte ein Eisenbahner dort vorn, »ein Wunder, dass er nicht entgleist ist.« Ich blickte zurück bis zum Ende des Zugs. Die letzten Wagen standen noch auf der Eisenbrücke, wären wir entgleist, wären sie wahrscheinlich in die Tiefe gestürzt, in die Era, wie in einer Szene aus *Cassandra Crossing*.

Der Kranwagen der Feuerwehr traf ein, weitere Carabinieri, ein Notarztwagen, der aber wieder weggeschickt wurde, weil tatsächlich niemand verletzt war. Die Unfallstelle wurde mit einem rot-weißen Band markiert, und die Beamten maßen dies und das. Eine Bäuerin bat, man möge ihr beim Wiedereinfangen der Hühner helfen, auch diese waren alle wohlauf, aber auf einem Feld an der Straße riskant verstreut. LKW-Fahrer und Lokomotivführer hatten ihren Streit eingestellt, und man war nun dabei, den Unfallhergang derart zu rekonstruieren, dass beide – schier unglaublich – als Unschuldige dastanden. Der Lastwagenfahrer hatte nämlich bei geöffneter Schranke den Bahnübergang schon fast überquert, als plötzlich, genau auf den Gleisen, der Motor ausging. Und während er noch versuchte, den Motor wieder anspringen zu lassen, gingen die Schranken herunter, und er war eingesperrt. In seiner Not versuchte er, sein Fahrzeug wenigstens von den Schienen zu bekommen, doch so dicht er auch an die Schranken heranfuhr, zwei Meter Lastwagen blieben immer noch auf den Gleisen. So stieg er aus und rief dem Schrankenwärter zu, er solle die Schranken noch mal öffnen, ohne zu wissen, dass es hier keinen Schrankenwärter gibt, weil der Übergang automatisch von Pontedera in zwei Kilometer Entfernung aus gesteuert wird. Den Gedanken, die Schranken einfach zu durchbrechen, verwarf der LKW-Fahrer (»Ich wollte nichts beschädigen«, erklärte er); als sich dann der Zug näherte, rannte er ihm entgegen und gab dem Lokführer mit einem Taschentuch ein Zeichen, damit er abbremse. Als dieser ihn sah, dachte er genau das Gleiche wie ich, »schau sich einer diesen Irren an«, und fuhr weiter. Und als er dann den LKW auf den Gleisen stehen sah und bremste, war es bereits zu spät. Im letzten Moment konnte sich der Lokführer aus der Führerkabine retten, und schon raste der Zug mit voller Wucht in den Lastwagen. Der LKW flog auf die Tenne des Bauern, der sich (und damit wäre auch das letzte Rätsel gelöst) immer noch nicht beruhigt hatte und weiter herumfluchte.

Mehr als eine Stunde war inzwischen vergangen, und den Passagieren wurde immer klarer, dass sie ein Problem hatten. Zwar mochte man immer noch erleichtert sein, den Unfall heil überstanden zu haben, doch nicht in dem Maß, dass man bereit gewesen wäre, im Zug zu übernachten. »Wie lange dauert denn das noch?« – »Geduld.« – »Wir müssen hier abgeholt werden.« – »Keine Aufregung.« – »Wir verklagen die Bahn.« – »Ruhe.« Aber wann, verdammt, nichts Ruhe, verdammt, verdammt... Nur die Senegalesen zeigten ihr strahlendes Lächeln, ihnen war die Verspätung egal, ja mehr noch, sie nutzten die Gelegenheit und boten direkt neben dem Zug ihre Waren feil. Und einige Reisende kauften sogar. Andere Passagiere hatten das Gerücht aufgebracht, der Triebwagen des Zuges befinde sich hinten (wie mögen sie um Himmels willen darauf gekommen sein), und man hörte empörtes Gemurmel, das sei ja die Höhe, kein Wunder, dass es einen Zusammenstoß gebe, mit einem Lokführer hinten statt vorn. Niemand kam auf die Idee, ihn sich mit eigenen Augen anzusehen, den Triebwagen an der Spitze, so wie ich es getan hatte. Ähnlich wie bestimmte Journalisten, wollten sie sich lieber empören, als die Wahrheit kennen lernen. Während ich wartete und bevor ich mein Buch wieder zur Hand nahm, fiel mir ein Dokumentarfilm ein, den ich im Fernsehen gesehen hatte, in dem es hieß: »Bei gleicher Anzahl zurückgelegter Kilometer ist das Flugzeug zehnmal gefährlicher als der Zug, das Auto hundertvierzehnmal, das Motorrad zweihundertmal...« In Rom wäre das hier nun der Anlass zu einer kurzen Grabrede gewesen, nicht sehr elegant, aber treffend.

Schließlich wurde eine grün-gelbe Lokomotive geschickt, die uns abschleppte. Sie sah genauso aus wie jene, die mein Vater über die Schienen seiner Modelleisenbahn gleiten lässt. Auch der Dichter Giorgio Caproni hatte so eine in seinem Arbeitszimmer. Beim einzigen Besuch, den ich ihm abstattete, zeigte er sie mir. »Die ist exakt maßstabgetreu«, sagte er, und wir spielten ein wenig damit. Das war drei Wochen, bevor er starb. Und als sich der Zug wieder in Bewegung setzte und mich ein Junge nach der Uhrzeit fragte, musste ich noch einmal an ihn denken. Denn indem ich »sieben Uhr« antwortete, rief der Dichter den Dichter, und trotz der Müdigkeit, der Langeweile und der überstandenen Todesgefahr, fiel mir ein Bonmot von Capronis Zeitgenosse Vittorio Sereni ein, das, so strahlend klar, für mich zu den schönsten der Welt zählt: »Um diese Zeit«, dachte ich, »werden in ganz Europa die Gärten gegossen.«

Der heilige Judas

Es ist vier Uhr nachmittags, und ich stehe vor einer Statue in einer merkwürdigen Kirche im Zentrum Mailands, einer Kirche aus braunem Backstein, wie man sie eher aus England kennt. Ich knie nieder und lese den Text auf dem Heiligenbildchen, das mir mein Onkel gegeben hat: »*Heiliger Judas, du ruhmreicher Apostel und treuer Diener und Freund Jesu. Der Name des Verräters war der Grund, warum dich viele vergaßen, doch die Kirche verehrt dich und ruft dich einmütig als den* PATRON *an, der auch in aussichtslosen Fällen und hoffnungslosen Angelegenheiten helfen kann. Bitte für mich, der ich so unwert bin! Ich flehe zu dir, mache Gebrauch von deiner besonderen Gabe, dort Hilfe zu bringen, wo es kaum noch Hoffnung gibt. Stehe mir bei, damit ich den Trost und die Hilfe des Himmels empfange in Sorgen und Leiden, indem du mir die Gnade gewährst, zu …* (Auslassung, die Bitte ist persönlich), *dass ich den* HERRN UNSEREN GOTT *loben kann mit dir und allen Auserwählten von jetzt an bis in alle Ewigkeit. Ich gelobe dir, o seliger Judas, mich stets an diese Gnade zu erinnern und nie darin nachzulassen, dich zu verehren als meinen besonderen und mächtigen* PATRON *und alles Mögliche zu tun, um die Schar deiner Getreuen zu mehren. Amen.*« Ich hebe den Blick, die Statue schaut mich mit tiefem Mitgefühl an …

Dass ich hier gelandet bin und dieses ergreifende Gebet aufsage, ist einer jener Verkettungen von Zufällen zu verdanken, in denen man unmöglich *kein* gutes Vorzeichen sehen kann. Die ganze Geschichte begann mit einem Besuch, der meinen Onkel Carlo, der jetzt in seiner altbekannten Ähnlichkeit mit Omar

Sharif aufrecht neben mir steht, im letzten Mai in die Kirche der Misericordia in Viareggio führte. In dem menschenleeren Gotteshaus erblickte er eine blonde Frau, die vor einer Nische mit einer Heiligenfigur kniete, geistesabwesend ins Gebet vertieft. Ein Bild, das ihn nicht mehr losließ. Am Tag darauf ging er erneut in die Kirche und sah dieselbe Szene. Er wartete, bis die Frau weggegangen war, um sich die Nische genauer anzuschauen, und stellte fest, dass es sich bei der Figur um den heiligen Judas handelte, den, wie dort stand, »Patron für aussichtslose Fälle«. Er war verwirrt, denn der Name Judas kam ihm seltsam vor. »Na so was«, dachte er, »hat man jetzt sogar schon aus Judas einen Heiligen gemacht?« Er nahm eines der Heiligenbildchen, von dem ich gerade mein Gebet abgelesen habe, vom Stoß und eilte nach Hause, um seiner Frau, meiner Tante Carla, einer ausgewiesenen Expertin in Sachen Heiligenverehrung, von seiner Entdeckung zu erzählen.

Tante Carla hörte sich die Sache an und las aufmerksam das Gebet auf der Rückseite des Heiligenbildchens, um dann später, wieder zurück in ihrem Wohnort Mailand, Nachforschungen anzustellen, die das Geheimnis lüfteten. Bei diesem heiligen Judas handelt es sich um den Apostel Judas Thaddäus, einen Bruder Jakobs und Vetter Jesu; eine Person, die bereits von den Evangelisten sehr vernachlässigt wurde, und erst recht – wegen seines verfluchten Namens wohl auch verständlich – von den Gläubigen in den Jahrhunderten danach. Dabei ist dieser Judas einer der ganz wenigen Heiligen, die noch in direktem Kontakt zu Jesus standen und wohl daraus ihre besonderen Kräfte beziehen.

Einige Zeit verging, bis Tante Carla eines Tages, als sie von einem Krankenbesuch kam, zufällig die als Santuario di San Camillo bekannte Kirche an der Piazza San Camillo De Lellis betrat, die besonders von Gläubigen aufgesucht wird, welche für die Kranken des nahen Pflegeheims beten. Und hier begegnete ihr, gleich neben dem Eingang, ein weiteres Mal der heilige Judas. Dieses zweite zufällige Zusammentreffen nahm Tante Carla als eindeutiges Zeichen und wurde fortan eine treue Anhängerin dieses Heiligen.

Nun geschah es, dass mein Vater an der Prostata operiert werden sollte und Onkel Carlo zu uns in die Toskana hinunterkam, um ihn vorher noch einmal zu besuchen, während Tante Carla in Mailand blieb, um eine Grippe auszukurieren. Dafür bete sie aber, wie uns Onkel Carlo versicherte, jeden Tag zum heiligen Judas, dass die Operation gut verlaufe. Wir blickten ihn verwundert an, und so erzählte er uns die ganze Geschichte. An dieser Stelle muss ich nun von den Meinungsverschiedenheiten in unserer Familie berichten. Denn mein Vater und ich vertraten, auf Holz klopfend, die Ansicht, dass es doch, gelinde gesagt, übertrieben sei, einen für aussichtslose Fälle zuständigen Heiligen bei einer banalen Prostata-Operation zu bemühen. Herrje, die heilige Rita hätte es doch wirklich auch getan. Doch Onkel Carlo erklärte, mittlerweile gehe die Ergebenheit Tante Carlas gegenüber dem Heiligen weit über die übliche religiöse Verehrung hinaus, und um ganz sicher zu gehen, bete sie nun bei jedweder Angelegenheit zu ihm (*cadornismo* nennt man diese Strategie, benannt nach dem General Cadorna, der bei der Einnahme Roms aus lauter Angst zu scheitern übertriebene Maßnahmen anwandte). Darüber hinaus sei der 28. Oktober, der Tag, an dem mein Vater operiert werden sollte, zufällig auch der Festtag des heiligen Judas, so dass auch dieser Prostata-Eingriff zweifellos zu seinem Zuständigkeitsbereich zähle. Ich fragte meinen Onkel Carlo zu diesem Thema weiter aus und erhielt interessante Informationen. Danach ist wohl, nach zweitausendjähriger, auf die Namensgleichheit mit dem Verräter zurückzuführender Vernachlässigung, die Gestalt des heiligen Judas Thaddäus erst in den vierziger Jahren unseres Jahrhunderts wieder in ein neues Licht gerückt worden, und zwar durch einen uruguayischen Bischof, der sich diese Spezialisierung des Heiligen auf aussichtslose Fälle ausdachte oder irgendwo entdeckte. Und so erhielt der heilige Judas mit der Zeit endlich auch eine Schar frommer Anhänger – nämlich die Verlassensten der Erde, jene, die buchstäblich nicht mehr wissen, an welchen Heiligen sie sich noch wenden sollen. Aber das sind äußerst wenige. Und wenn man im ersten Moment auch noch angesichts der kläglichen sechs Kerzen vor seiner Statue erleichtert folgern mag, dass es wirklich nur wenige wahrhaft Verzweifelte in unserer reichen Welt gibt, wird man gleich darauf schon eines Besseren belehrt: Denn der Heilige hat nur deshalb so wenige Verehrer, weil ihn trotz der raffinierten Rehabilitierung des uruguayischen Bischofs niemand kennt. Und nur ganz wenige sind so kühn wie Tante Carla und wagen es, sich dem entsetzlichen Vorurteil, das aus dem Fluch seines Namens herrührt, zu widersetzen. Und in der Tat wirkt dieser Altar ganz so, als würde er selten besucht, obwohl vor kurzem, um ein paar mehr Leute in die Kirche zu locken, zur Linken des heiligen Judas eine Statue von Pater Pio aufgestellt wurde. Aber nur diese ist geschmückt und von einem ganzen Feld brennender Kerzen (vierundzwanzig Stück) umgeben. Als wir dann in die Sakristei hinübergehen und mit dem Küster reden oder mit dem Pfarrer, ich habe es nicht genau verstanden, jedenfalls dem, der dort Bücher und Broschüren verkauft, erhalten wir die Bestätigung einer traurigen Wahrheit: Ist ein Schicksal einmal festgeschrieben, ist nichts mehr zu machen, man kann sich noch so sehr anstrengen. »Haben Sie vielleicht das Buch über den heiligen Judas da?«, fragt mein Onkel Carlo, »meine Frau hat es in den Librerie Paoline bekommen?« »Nein«, lautet die Antwort, »wissen Sie, das rechnet sich für uns einfach nicht.«

Ein Tag ist seitdem vergangen. Ich bin immer noch in Mailand, am Bahnhof, um den Zug nach Hause zu nehmen. In der letzten Zeit habe ich sehr viel an den heiligen Judas gedacht, und plötzlich beschließe ich, noch einmal umzukehren und ihn ein weiteres Mal aufzusuchen, denn schließlich ist die Kirche nur einen Katzensprung von hier entfernt. Es ist nämlich so, dass ich mich gestern beim Vaterunser und beim Ave Maria, die im Anschluss an das Gebet zum heiligen Judas gesprochen werden sollen, selbst betrogen habe. Unvorbereitet wie ich war, konnte ich mich nicht mehr an den genauen Wortlaut der Gebete erinnern, weil ich sie schon viele Jahre nicht mehr gesprochen hatte, und nun fürchte ich, meine Bitte an den Heiligen könnte vielleicht nicht gültig sein. Denn diese Bitte war aufrichtig. Im Geist gehe ich beide Gebete noch einmal durch, und nun, da ich mich ganz genau an sie erinnere, kann ich besser vorbereitet vor diesen besonderen Heiligen treten. Und das tue ich jetzt auch. Nur drei Kerzen für den heiligen Judas, dazu noch meine. Neunundzwanzig für Pater Pio, den Star neben ihm. Ich knie nieder und lege das Heiligenbildchen vor mir auf die Bank, lese das Gebet, wiederhole meine Bitte und sage das Vaterunser und das Ave Maria fehlerlos auf. Dann hebe ich den Blick und betrachte die Statue. Wie viele Menschen in aussichtsloser Lage mögen sie schon angerufen haben? Wie viel Leid mag hinter den Gesten, die auch ich gerade ausgeführt habe, gestanden haben? Und ich denke an *Unter dem Vulkan* – an den Film, nicht an den Roman, denn da gibt's große Unterschiede –, an die Szene, als der betrunkene Konsul von Bustamente in eine kleine Kirche geführt wird, um dort zur Jungfrau der Verzweifelten zu flehen, sie möge auch ihn von seinem Leid erlösen. »Hier kommen nur die her, die niemanden mehr haben«, sagt er. Und der Konsul betet, heruntergekommen, ohne Strümpfe, schwankend; er weint um sich und alle Elenden dieser Welt und löst in jenem riesigen Tränenmeer, das ihn plötzlich überschwemmt, seine eigenen Tränen auf.

Was ich zu erzählen habe

Ich weiß, warum ich schreibe. Ich schreibe, weil ich es brauche. Es ist eine Sache, die vollständig zu mir gehört, eine mittlerweile obligatorische Funktion meines Körpers wie schlafen oder träumen. Warum ich aber genau das schreibe, was ich schreibe, weiß ich nicht. Bis ich mir dies eingestehen konnte, war es allerdings ein weiter Weg, denn jahrelang glaubte ich, auf die Frage »Warum haben Sie dieses Buch geschrieben?« eine Antwort parat zu haben. Und was hab ich nicht alles gesagt, viele schöne Dinge, brillant, originell, *eigen*, absolut überzeugend; ich erinnere mich, im Lauf der Zeit von entscheidenden Anregungen für meine Bücher durch Brunelleschi Paul Morrissey und Andrej Belyj, Nabokov, Truman Capote, Pasolini, ja sogar durch einen Appell des Bürgermeisters von Goradze gesprochen zu haben, um dann irgendwann sehr viel später, ja eigentlich erst vor kurzem, festzustellen, dass das alles gar nicht stimmte. Oder genauer gesagt, es stimmte schon, zeugte jedoch von einer sehr distanzierten, *vorsichtigen* Haltung zu meinem jeweiligen Buch, so als sei ich nicht der Autor, sondern nur ein besonders aufmerksamer Leser. Was in den Aussagen über das, was ich geschrieben hatte, fehlte, war jene tiefere Wahrheit, jenes starke, schmerzhafte Licht aus Angst, Liebe und Verlangen, das meine Werke hervorgebracht hatte. Die Erklärungen waren lediglich die Spitze des Eisberges, den ich mit mir herumschleppte und der beides war, das Werk selbst und der Grund seiner Existenz. Für andere war er unsichtbar, und obwohl ich ihn in mir trug und er in gewissem Sinne sogar ich selbst war, konnte ich ihn irgendwann nicht mehr sehen und konzentrierte mich nur noch auf den kleinen Teil, der herausschaute. Vor allem deshalb, so glaube ich heute, um von den anderen verstanden zu werden, was sich wahrscheinlich alle Menschen bei dem, was sie schaffen, wünschen – aber was unausweichlich zu starken Vereinfachungen führt.

Doch die Welt ist nicht einfach, im Gegenteil, sie ist entsetzlich kompliziert: Und alles, was sie erklärt und was ohne große Mühe verstanden, geteilt und gemeinsam geschätzt werden kann, ist, so fürchte ich, ein Art Täuschung. Nun, da ich einige Erfahrungen gesammelt habe – ein gutes Stück vorangekommen bin, wie man so sagt –, kann ich verkünden, dass ich nicht mehr weiß, warum ich schreibe, oder dass ich es zumindest nicht erklären kann. Ich kann nur sagen, dass ich die Themen eben nicht anders angehen kann. Daher bitte ich also alle Journalisten um Verzeihung, alle Kritiker, alle Leser und Freunde und ziehe hiermit alle Antworten zurück, einschließlich der mit dem Appell des Bürgermeisters von Goradze, die mir so gefiel. Aus jenen Gründen sind die betreffenden Bücher nicht entstanden. Ich hatte es geglaubt, ganz ehrlich, weil ich dachte, die Kontrolle über das zu haben, was ich schreibe. Aber so war es nicht. So funktioniert es nicht. Alles ist viel komplizierter.

In dem Augenblick, als ich mit dem Schreiben fertig und mit dem Geschriebenen nicht mehr allein war (ich auf der einen Seite, die Gründe für meinen Text noch in mir, und das Buch, Papier und Tinte, mit den nunmehr von mir getrennten Wörtern auf der anderen Seite), beging ich den Fehler zu glauben, die wahren Dinge würden in mir bleiben, während im Buch all die Phantastereien landeten, die ich mir ausdachte, um jene wahren Dinge auszudrücken. Doch heute weiß ich, dass genau das Gegenteil der Fall ist. Die wahren Dinge wandern ins Buch, und die Phantastereien schießen ins Kraut, wenn ich gebeten werde, über das Buch zu reden.

All das wäre relativ unbedeutend, wenn es nur mir so erginge.

Doch sollte es allen so ergehen, sollte dies der Mechanismus sein, der das Verhältnis jedes Autors zu seinem Werk regelt – ein Mechanismus, der die literarische Wahrheit zunächst langsam aufscheinen lässt, um sie dann mit einem Schlag wegzufegen –, dann wäre die ganze Welt davon betroffen, und nicht nur die literarische. Ich weiß nicht, ob es anderen auch so geht. Vielleicht nicht. Doch nehmen wir einen Moment mal an, es wäre so. Nehmen wir an, es erginge allen mehr oder weniger so. Es würde das Ende eines Mythos bedeuten, nämlich jenes Mythos von der *Kontrolle* (für mich selbst ist dieser Mythos bereits gestorben, doch viele Autoren und Kritiker reden noch ständig davon). Es hieße, die Vorstellung einer harten, faszinierenden und geheimnisvollen Machtlosigkeit akzeptieren zu müssen, aufgrund derer es eine enorme Kluft gibt zwischen dem, was ein Autor geschrieben hat, und dem, was er geschrieben zu haben glaubt, zwischen dem, was ein Leser liest, und dem, was er gelesen zu haben glaubt. Bevor sie die erste Frage stellen, bevor sie die erste Antwort geben, wissen Leser und Schriftsteller bereits alles, was es über ein Werk zu wissen gibt. Das Werk liegt offen vor ihnen, rätselhaft, rein, schön (oder vielleicht auch hässlich, dumm, nervtötend). Doch wenn man dann zu analysieren beginnt, weiß man es bald schon nicht mehr. Dann wird der Leser vom Autor getäuscht, und Letzterer von sich selbst, von seiner Anmaßung nämlich, die eigene Arbeit kontrolliert zu haben, wobei man dann durchaus zu einem Punkt gelangen mag, an dem eine sinnvolle Diskussion einsetzen kann, die Einsichten über diese oder jene Vorstellung von der Welt bringt oder demontiert; das alles aber, und darauf kommt es hier an, ohne dass es noch irgendeine Bedeutung hätte, was an Unerklärlichem, Chaotischem, Zufälligem, nicht Wiederholbarem und grundlegend Absurdem das Werk so hat werden lassen, wie es nun mal ist.

Nabokovs *Lolita* kann man sicher als einen Roman über amouröse Besessenheit diskutieren. Doch *Lolita* ist kein Roman über eine amouröse Besessenheit: *Lolita* ist ein Roman, so und nicht anders, und er ist sehr viel komplizierter und unbewusster, als Nabokov selbst sich das jemals vorgestellt hätte. Mit der Einschränkung, das sei nochmals gesagt, dass das, was ich bei mir festgestellt habe, auch für andere Autoren gilt. Sollte das nicht der Fall sein, dann handelt es sich nur um meine persönliche Anomalie (also nur einen kleinen Teil der Dinge erkennen zu können, den meine Bücher enthalten), eine Anomalie, die mir zudem bewusst ist und die mich zumindest davor bewahren müsste, das gleiche Ende wie Georgann Williams zu nehmen, die Protagonistin der Geschichte, die ich hier erzählen will. Es handelt sich um eine Begebenheit, die sich kürzlich im US-Bundesstaat Arkansas zutrug und über die die Lokalzeitungen der Gegend berichteten. Das heißt, man mag die Geschichte glauben oder nicht, so wie man auch alles andere, was die Zeitungen so schreiben, glauben mag oder nicht. Doch egal, ob die Sache nun stimmt, sie ist jedenfalls ein gutes Beispiel für die Haltung, von der ich mich befreit habe, als mir klar wurde, dass ich schlichtweg nicht weiß, warum ich etwas geschrieben hatte. Ich lese den Artikel am besten einfach vor:

Georgann Williams, eine junge Frau aus Little Rock, erlag gestern den Verletzungen, die sie sich beim Sprung aus ihrem fahrenden Auto, einem Cabrio, zugezogen hatte. Es war ein Unfall, für den nach Aussage Dutzender von Zeugen eine »grundlose Ekstase« verantwortlich gewesen sein soll. Dreizehn Personen wurden anschließend bei der Massenkarambolage von mehr als zwanzig Fahrzeugen verletzt, denn alle versuchten, die Frau nicht zu überfahren, welche in Ekstase geraten war, weil sie glaubte, zwölf Personen zum Himmel auffahren zu sehen, unter ihnen ein Mann mit ausgebreiteten Armen, in dem die Frau Jesus Christus erkannte. »›Er ist zurückgekehrt!‹, hat sie gerufen, ›Jesus ist zurückgekehrt!‹«, erklärte Everett Williams, der Ehemann der achtundzwanzigjährigen Georgann. »Ich habe noch versucht abzubremsen, aber sie wollte nicht warten, bis ich halten konnte«, fügte Williams hinzu. »Sie stürzte sich aus dem Wagen, in der Überzeugung, mit Jesus Christus zum Himmel auffahren zu können.« – »Das ist die merkwürdigste Geschichte, die ich in meinen langen Dienstjahren erlebt habe«, meinte Paul Madison, einer der Polizeibeamten, die zur Unfallstelle gerufen wurden. Madison vernahm den Mann, den Georgann Williams für Jesus Christus gehalten hatte, und stellte fest, dass er wie Jesus gekleidet war, weil er gerade zu einer Toga-Party unterwegs war; als die Plane über der Ladefläche seines Pick-ups zeriss, kamen darunter zwölf mit Helium gefüllte Sexpuppen zum Vorschein und begannen gen Himmel aufzusteigen. Daraufhin habe er, erklärte der Fahrer, der zweiunddreißigjährige Ernie Jenkins aus Forth Smith, von dem Freunde behaupten, er habe schon immer wie Jesus Christus ausgesehen, den Wagen angehalten und sei ausgestiegen. Er habe sich auf die Straße gestellt, als Zeichen machtloser Enttäuschung die Arme ausgebreitet und den Puppen »Kommt zurück!« nachgerufen. Das geschah genau in dem Moment, als das Fahrzeug der Eheleute Williams vorüberfuhr und das Opfer glaubte, der Mann in der Toga sei Jesus Christus, der die Frommen zum Himmel auffahren lasse. »Georgann hat ihren Jesus schon immer geliebt«, erklärte der Ehemann, »und war überzeugt, er werde eines Tages auf die Erde zurückkehren, um seine Schöpfung zu retten.« Was Jenkins betrifft, so antwortete dieser auf die Frage, warum er denn mit zwölf mit Helium aufgeblasenen Sexpuppen zu einer Toga-Party unterwegs gewesen sei, das gehe niemanden etwas an, aber dass so etwas passieren könnte, hätte er sich auch niemals vorgestellt.

Wie gesagt, die Welt ist kompliziert. Sehr viel komplizierter, als ein jeder von uns zu glauben bereit ist, und die Vernunft ist ein zu schwaches Licht, um sie in allen Winkeln auszuleuchten. Da wäre zum Beispiel das junge Mädchen, das in der Cafeteria des Instituts für Fremdsprachen an der Universität von Chicago sitzt. Draußen dämmert es, und der Bildschirm des eingeschalteten Notebooks vor ihr taucht sie in sein bläuliches Licht und bringt im Halbdunkel ihr wunderschönes Gesicht zur Geltung, macht es mir unvergesslich. Diese Szene, die ich mit eigenen Augen sah, wird früher oder später in einem meiner Romane auftauchen. Aber den wahren Grund, warum sie auftauchen wird und warum ich angesichts dieses Bildes sofort und ohne den leisesten Zweifel wusste, dass ich es niemals vergessen werde, kenne ich nicht. Mit der Vernunft, jenem blassen Licht, würde ich sicher a posteriori zwei, drei gute Gründe dafür finden können, indem ich etwa, wie ich es früher tat, Verse oder Gedichte heranzöge, oder Liedtexte, Filmszenen oder Romane, so dass meine Beweggründe auch von anderen verstanden werden könnten. Doch heute weiß ich, dass dies eine Art Trick wäre, denn der Grund, warum ich mich immer an jenes Mädchen in genau jenem präzisen Augenblick ihres Lebens erinnern werde, dem einzigen Augenblick ihres Lebens, dessen Zeuge ich bin, ist mir ganz und gar unbekannt. Es könnte sein, dass er eines Tages aus den Windungen meines Unterbewusstseins wieder auftaucht, möglicherweise während ich etwas ganz anderes suche, oder dass er niemals auftaucht. Aber dadurch ginge der Buchseite, die durch ihn entstanden ist, kein Körnchen Wahrheit verloren, einer Seite, die man je nach Geschmack als schön oder hässlich empfinden mag, die aber niemals zu erklären ist, weder von mir noch von anderen, und auch nicht durch die Handlung des Buches, die sie enthält und die ich an einer Stelle, wie ich jetzt schon weiß, absichtlich dehnen werde, und das nur, um für dieses Bild Platz zu schaffen.

Die Dinge, die ich zu erzählen habe, sind im Grunde genau die Dinge, die ich dann auch erzähle. Jahrelang wollte ich über ein kleines Mädchen schreiben, das jeden Morgen nach dem Aufwachen vor dem Fenster niederkniet und betet, amerikanische Bomberpiloten mögen versehentlich eine Atombombe in ihrem

Garten abwerfen. Irgendwann einmal habe ich es dann getan – ich habe einen Roman darüber geschrieben. Stopp. Der eigentliche Grund dafür, nicht jener, den ich damals in Interviews erwähnte, kommt vielleicht jetzt erst zum Vorschein und hat gar nichts mit Literatur zu tun. Das Werk enthält jene Wahrheit, die in ihren privaten und persönlichen Aspekten so unbedeutend wie grundlegend notwendig ist, da ohne sie (der wahre Grund, weshalb ich über dieses Mädchen schreiben musste) dieses Werk nicht zustande gekommen wäre. Und so habe ich neben dem vom Computerbildschirm beschienenen Mädchen noch viele andere Dinge zu erzählen, die sich untereinander finden müssen, aufeinander prallen, verändern und verschmelzen in jener inneren Arbeit, die dem Schreiben vorangeht und Jahre dauern kann.

Wovon ich noch zu erzählen habe: Von einem Yuppie, der seine Tage vor der Schule seiner Tochter verbringt; von einem mongoloiden kleinen Jungen, der an der Hand seiner Mutter den Bürgersteig entlanggeht und sich langsam – für ihn selbst jedoch ruckartig – umdreht, als ein geparkter Wagen mit einem Piep der Fernbedienung entriegelt wird; von Autos, die wie angenagelt auf ihren schiefen, drehbaren Bühnen auf Flughäfen ausgestellt sind, und den Mädchen in Miniröcken und Feinstrumpfhosen neben ihnen, die ebenso »angenagelt« auf ihren Hockern sitzen; ich möchte erzählen, was ich alles über Geld weiß, und vor allem, was ich noch nicht darüber weiß; von Gewittern, bei denen heutzutage mit jedem Blitz die Alarmanlagen von Autos ausgelöst werden, so dass man das Gefühl hat, mitten in eine Bombardierung geraten zu sein; von Zigaretten, die einfach nicht ausgehen wollen und, so hektisch man auch an ihnen herumdrücken mag, beharrlich weiterglimmen; von den Streichen, die der Verstand mir schon gespielt hat, meinen Freunden, meinen Freundinnen, den Männern meiner Freundinnen und den Frauen meiner Freunde; von dem erschreckenden Eigensinn, mit dem Erektionen auftreten können; von den Schlussszenen in *Matrix*, wo

Keanu Reeves Gewehrkugeln in der Luft auffängt; von der Farbe mancher Reflexe auf Autowindschutzscheiben; von all dem, was man die Leute reden hört, wenn sie in ihr Handy sprechen; von Glasbeton; von der Tatsache, dass man täglich viele, viele Gesichter sieht, so dass man, wenn man einen Menschen trifft, den man irgendwo schon mal gesehen zu haben meint, ihn sehr wahrscheinlich tatsächlich schon mal gesehen hat; von Unternehmensfusionen; vom Einfluss der *Play Station* auf die zeitgenössische Kunst, auf Film und Literatur; von den hermetischen Gedichten meines Sohnes Lucio (»Im Garten ist eine Flamme/Im Garten ist eine Katze/Und ich bin auch da«, oder »Ein Elefant fällt vom Himmel«); von verschiedenen Träumen, die ich selbst geträumt habe, und einigen, die andere geträumt haben; von all dem, was uns über Viren und ihre Verbreitung verschwiegen wird; von jenem Tag, als ich eine Frau vor dem Ertrinken rettete; von der Tatsache, dass man in Hongkong keine alten Menschen sieht, nirgendwo; von einem Freund von mir, der von einer alten Frau getroffen wurde, die sich aus dem Fenster gestürzt hatte; von einem Jungen, der eines Morgens laut zu zählen beginnt und tagelang weiterzählt, bis er bei siebenhundertvierzehntausendsiebenhundertvierzehn plötzlich aufhört; von einer Frau, die hin und wieder die Wahrheit sagt und es nicht bemerkt; von einem Architekten, der Fluchtwege in Diktatorenpalästen plant; von einem Witwer, der vor dem Fenster, das auf die Straße hinausgeht, Spaghetti mit Tomatensoße isst; von dem Psychiater, der am Ende von *Mein Freund Harvey* selbst das weiße Kaninchen sieht und den Wunsch gesteht, sich unter einer bestimmten Ulme auf einer Wiese bei seinem Elternhaus neben einem blonden Mädchen niederzulegen, das ihn streichelt und tröstend »du Armer« zu ihm sagt; von dem Trick, die Telefonnummern von Mädchen herauszubekommen, indem man auf die Marken am Hals ihrer Hunde schielt; von den Komplikationen, die durch ein Babyphon entstehen können, wenn man abends Gäste hat; vom

Sex im Freien, der sehr viel schöner ist als in geschlossenen Räumen; von außergewöhnlichen Hitzewellen im Herbst und Winter; von der Schönheit bestimmter Sprichwörter und besonders diesem: *Es ist eine Sache, das Hühnergehege zu umzäunen, eine ganz andere aber, den Fuchs zu fangen*; von dem mächtigen Gefühl von Freiheit, das man verspürt, wenn man nicht an Gott glaubt, und von dem niemand jemals reden will; von der Tatsache, dass viele wichtige Dinge, mit denen man jedweden Diskurs beginnen oder beenden kann, schon in den Liedern von Radiohead gesagt wurden; von der komplizierten aktuellen Debatte unter Wissenschaftlern aller Länder zum Thema Schmerz; von der vollkommenen sublimen Absurdität der Börse; von ein paar Ehen, die gescheitert sind; von der überwältigenden Schönheit bestimmter Augenblicke, in denen absolut nichts geschieht; von den ständig betrunkenen Töchtern George W. Bushs; davon, wie schwer es den Leuten fällt einzugestehen, dass sie sich selbst befriedigen, und davon, welch unangenehmen Eindruck Leute machen, die das ohne Schwierigkeiten zugeben; von Leuten, die andere am Flughafen abholen und dabei Schilder mit dem Nachnamen hochhalten; von der eklatanten Unterschätzung der menschlichen Psyche von Seiten der Wirtschaft; von Mailand; vom Pinienwald bei Roccamare; von Big Sur; von St. Moritz, auch wenn ich nie dort gewesen bin; von dem radikalen Unterschied zwischen Subversion und Rebellion; von dem heute fast nicht mehr existierenden Unterschied zwischen Legalität und Illegalität; von dem substanziellen Unterschied zwischen Schwimmbädern mit erhöhtem Beckenrand und solchen mit Überlaufrinne; von der Tatsache, dass in der westlichen Welt alle ständig leiden, verflucht noch mal, und man nicht dahinter kommt, woran eigentlich; davon, dass in den meisten Fällen der Konsum weicher Drogen tatsächlich zu harten Drogen führt; dass es heutzutage alle möglichen Studien gibt, was so weit geht, dass sich jedermann welche ausdenken kann und es niemand merkt; laut einer Studie, die ich mir ausgedacht habe, sind die Füße die Körperteile, welche die Leute am häufigsten anschauen; davon, dass wir nie wirklich allein sind, wir sind bloß einsam; von der Entropie; davon, wie schwer man danebenliegen kann, wenn man sich die Probleme von Kindern ausmalt; von Statussymbolen; von der mittlerweile hinlänglich bewiesenen Tatsache, dass Arbeit nicht mehr Reichtum schafft, sondern nur ein karges Überleben sichert; von Randsportarten; von dem geheimnisvollen Mechanismus, der für den Erfolg vollkommen gewöhnlicher Produkte zum Beispiel von Benetton oder Ikea verantwortlich ist; von dem Unterschied (wenn es ihn gibt) zwischen dem Vögeln im eigenen oder fremden Schlafzimmern; von dem Unterschied (wenn es ihn gibt) zwischen dem Vögeln mit der Angst, die Eltern dabei aufzuwecken, oder der Angst, die eigenen Kinder könnten wach werden; davon, wie schwer es fällt, sich einzugestehen, den falschen Menschen geheiratet zu haben; von Calvinos drei Stadien der Entfremdung und der Tatsache, dass wir uns, meiner Überzeugung nach, alle mehr oder weniger im dritten Stadium befinden: erstes Stadium – ich bin bei der Arbeit und träume davon, am Meer zu sein; zweites Stadium – ich bin am Meer und träume davon, bei der Arbeit zu sein; drittes Stadium – ich bin am Meer und träume davon, am Meer zu sein.

Dies sind einige der Dinge, die ich zu erzählen habe, und da Schreiben erzählen bedeutet und ich das Schreiben brauche, erzähle ich sie. Aber man frage mich nicht, warum. Ich werde nicht einmal mehr den Versuch unternehmen, dies zu erklären, denn das unterliegt nicht meiner Kontrolle, und Kontrolle ist ein toter Mythos für mich, und das nicht nur in der Literatur. Aber Achtung: Kleine Bereiche des Schreibens sowie des eigenen Lebens unterliegen doch noch unserem Willen, und es ist ratsam, ihn dann auch einzusetzen, denn aus allen Geschichten, die unsere Machtlosigkeit demonstrieren, lässt sich doch noch etwas lernen, was uns vor Schaden bewahren kann. Aus der Geschichte der armen Georgann Williams habe ich zum Beispiel gelernt, mir nie einen Wagen mit abnehmbarem Verdeck zu kaufen. Das unterliegt meinem Willen, und wenn mich jemand nach dem Grund fragt, weiß ich, was ich ihm antworten kann.

DANK

Um diese Geschichten schreiben zu können, war ich auf die Mithilfe vieler Leute angewiesen. Ihnen hier zu danken, ist das Mindeste, was ich tun kann. Deshalb danke ich: Lucio Klobas, Stefano Benni, Paola Gattabrusi, Edoardo Nesi, Piero Ceccatelli, Stefano Bonilli, Edoardo Albinati, Fulvio Abbate, Dario Evola, Carlo Verdelli, Adelino Bonizzato, Alessandro Agostinelli, Giovanni Pizzorusso, Marisa Manni, Morena Pivetti, Stefano Ciambellotti, Puccio Muslin, Walter Garcia Benvenuto, Enrico Palandri, Leopoldo Fabiani, Franco Fiocchi, Raul Tavani, Dario Venegoni, Claudio Lucchesi, Darwin Pastorin, Bruno Restuccia, Sapo Matteucci, Dario Ceccarelli, Vincenzo Pardini, Stefano Calamandrei, Massimiliano Governi, Luca Buoncristiano, Laura Paolucci, Andrea Garello, dem Italienischen Blindenverband, Bobo Roversi, Marco Banci, Isabella D'Amico, Nicola Alvau, Paola Fallai, Lisa Jasmine Mahadavi, Alessandro Baricco, Michele Forlani, Mia Benedetta, Francesca d'Aloja, Marco Risi, Francesca Bonazzoli, Patrizia Oleotti und meinem Vater.

Ein Dank geht auch an die Medien, für die sie entstanden sind und die sie in den letzten Jahren veröffentlicht haben, als da wären: *Il Manifesto*, *Epoca*, *Il Gambero Rosso*, *La Gazzetta di Prato*, *L'Unità*, *Nuovi Argomenti* und der *Corriere della Sera*.

Schließlich ein ganz besonderer Dank an Sergio Claudio Peroni für die Redaktion, Tipps und dergleichen mehr.